HUGO VERLOMME
VALENTINE KARWOSKI

LE DOIGT MORDU

OU COMMENT ALLER AU BOUT DE SES RÊVES

{roman}

Feel SO Good

Travail éditorial : Pierre Moquet
Création graphique : Marie Zuurbier
Ce livre a été imprimé par CPI (167482)
N° ISBN : 978-2-8177-0872-0

1

UNE MAISON, DEUX FAMILLES

Le soleil se couche sur le golfe de Gascogne et ses rayons mordorés balayent la côte comme les faisceaux d'un phare. La lumière céleste passe sur le port de Capbreton, illuminant une belle maison perchée en haut d'un « tuc », une butte de sable boisée. Tandis que la clarté du jour diminue, des bougies s'allument dans l'étonnante bâtisse dont les toits pointus dépassent des arbres. De là-haut, à 500 mètres du front de mer, on voit parfaitement l'Océan, la côte basque et les Pyrénées. La maison s'appelle Le Doigt Mordu à cause d'une drôle d'histoire de musique et de pêche à la ligne. Après la mort de son propriétaire, cette demeure est restée inhabitée jusqu'au jour où, dans les années 1980, une curieuse mésaventure avait amené l'officier marinier Hubert Delage à l'acheter…

La plupart du temps, Hubert mange dans la cuisine, mais ce soir, souhaitant marquer le coup, il s'est installé dans l'observatoire, au dernier étage, d'où l'on peut contempler l'Océan, le phare de Biarritz et les feux des bateaux de pêche. Il a disposé une nappe d'un rouge basque sur la table et sorti sa belle vaisselle ; deux assiettes et deux verres en cristal. Pour faire plaisir à Jacquotte,

Hubert a préparé des huîtres du lac marin d'Hossegor et un bouillon à l'encre de seiche, l'une des rares odeurs qu'elle puisse sentir. Alors que le soleil se couche sans diffuser le moindre rayon vert, Hubert se sert douze huîtres bien grasses, comme il les aime, et dans l'assiette en face, il dispose douze coquilles vides, ne contenant plus qu'un peu d'eau. Les bougies scintillent ; l'ambiance est intime et spectrale.

Hubert s'assied face à la chaise vide et s'éclaircit la voix, comme à chaque fois qu'ils mangent ensemble. Un instant plus tard, Jacquotte est là, assise à sa place, flamboyante et translucide. Il a beau être nerveux et anxieux à l'idée de ce qu'il va lui annoncer, il n'en reste pas moins ébloui par sa beauté. Sa chevelure rouge l'enveloppe et ses yeux percent tout. Il émane d'elle une telle force de caractère, un tel magnétisme, que rien ne lui résiste. Hubert a vécu en ermite pendant des années pour se consacrer à elle. Mais aujourd'hui, une page va se tourner…

— Quelle belle table, souffle-t-elle soudain, que nous vaut cet honneur ?

— Ça fait trop longtemps qu'on n'a pas dîné ici tous les deux, Jacquotte…

— En amoureux ?

— Sans doute, soupire-t-il.

— Tu m'as l'air plutôt chafouin, mon cher Hubert ?

Pour toute réponse, il gobe sa première huître avec délectation. Jacquotte se penche vers sa propre assiette et hume l'eau des coquillages :

— Hmm… Merci mon chéri, je vois que tu penses toujours à moi. Depuis toutes ces années, on a nos petits rituels, les huîtres, l'encre de seiche… tu es vraiment le plus adorable des mortels. Mais le temps ne te paraît-il pas trop long en ma compagnie ? Pardonne-moi, Hubert, je ne me rends pas bien compte…

— Oui, je sais, je sais, pour toi le temps ne passe pas…

Un visiteur pourrait croire que cet homme aux beaux cheveux blancs a perdu la raison, assis seul à une table où sont dressés deux couverts, dialoguant face à un interlocuteur invisible ; mais Hubert voit clairement Jacquotte. C'est à la fois son privilège et sa malédiction.

— Au fond, lance Jacquotte en le regardant droit dans les yeux, ce qui t'ennuie, c'est que je sois transparente, pas vrai ? Je ne suis que de l'air !

— Mais non, proteste-t-il, pas du tout, tu remplis ma vie. Au moindre souffle je sais que c'est toi… Tu es partout !

— Comment ça, « partout » ? demande-t-elle vexée. Non, mais dis tout de suite que je t'envahis, pendant que tu y es !

Jacquotte fait tourner la table comme une toupie. Les voilà tous deux emportés dans un manège tourbillonnant, les cheveux rouges de Jacquotte dressés par le vent… Mais lorsqu'elle s'esclaffe, son rire rappelle le hennissement d'un cheval à l'agonie. Hubert a la nausée. Le mouvement s'arrête d'un coup. Encore un maléfice de cette femme qui hante sa vie. Elle est capable de tout. Avec elle, un simple mot de travers est susceptible de déclencher DEFCON 1, la guerre nucléaire. En un clin d'œil, Jacquotte est tout près de lui et chuchote à son oreille :

— Ne t'inquiète pas, mon beau, j'adore que tu m'envahisses !

Elle éclate d'un rire presque vulgaire.

— Mais je n'aime pas quand tu batifoles !

— Moi ? Batifoler ? Tu ne m'en laisses guère le loisir, réplique Hubert.

— Ce n'est pas faux, soupire Jacquotte. Et puisque l'heure est aux confidences, très cher, je reconnais que je t'ai parfois mené la vie dure…

— Tu étais surtout possessive, Jacquotte !

— Ah ah ah, tu aimerais bien le croire, n'est-ce pas, petit prétentieux ? Comme si tu avais un harem ! Mais moi aussi j'ai des amis partout, tu sais. Ce serait plutôt à toi d'être jaloux, mon cher Hubert ! Moi, tout le monde m'adore…

— Jaloux d'un fantôme ? Ah, laisse-moi rire…

Jacquotte devient livide et se fige de colère :

— Ne prononce jamais ce mot, Hubert, je te l'ai dit cent fois. C'est… interdit. Les mortels ne peuvent pas comprendre.

— Tu as été très envieuse d'Amanda, quand même…

La voix de Jacquotte se fait sifflante comme un serpent agressif :

— Amanda ? Mais elle n'était rien du tout ! Toujours avec son téléphone à la main… Vulgaire, en plus. Mais c'est ce qui te plaisait, je crois ?

— Tu l'as fait fuir…

— Je n'ai rien fait du tout, c'est elle qui a décidé de partir ! clame Jacquotte.

— Évidemment, tu lui as rendu la vie impossible… Tu as versé du laxatif dans son café, tu as détraqué son téléphone et son ordinateur, mais surtout, tu l'as fait tomber dans les escaliers, et il a fallu appeler les pompiers !

— Moi ? Mais non, Hubert, tu as trop d'imagination ! Ah ah ah ah ! Elle est tombée toute seule en regardant son portable. Pauvre Amanda… Si tu savais…

— Si je savais quoi ? demande Hubert soucieux.

— Non, non, rien, rien…

Le vieux marin soupire, boit un peu de jurançon et aspire sa sixième huître. Le goût d'iode délicatement poivré lui fait du bien. L'Océan n'est pas loin et cela le rassure toujours. Depuis toutes ces années qu'Hubert cohabite avec Jacquotte, cette créature aussi envoûtante qu'inquiétante a fini par faire le vide dans son existence. Il est peut-être temps de se remettre en question, puisqu'on vient de lui faire une offre inespérée qui pourrait lui permettre de réaliser son rêve et de tourner la page. Comment a-t-il pu rester bâillonné toutes ces années, renoncer à ses objectifs de jeunesse, et ne plus voir qu'à travers la belle et envahissante Jacquotte ?

— « Qui veut noyer son chien l'accuse de la rage », murmure Jacquotte, citant Molière.

Hubert frissonne ; trop souvent elle paraît deviner ses pensées les plus secrètes. Cela l'indispose. Il fait semblant de ne pas avoir entendu. Alors, elle le regarde mystérieusement et dit :

— Tu es libre, tu sais Hubert.

— Libre de quoi ?

— Libre comme l'air ! répond-elle, sarcastique.

— Mais si j'étais libre, Jacquotte, je serais heureux, je pourrais respirer, voyager… Tu es étouffante, tu m'as entraîné vers les grands fonds, la où tout est sombre…

— Allez, allez, ne joue pas les petits garçons, Hubert, tu n'as plus l'âge… Tu ne peux rien faire sans moi !

Cette remarque met Hubert en rage. Tout en criant : « Maintenant ça suffit ! C'est terminé ! », il saisit une carafe de vin qu'il aime beaucoup, une aiguière en cristal soufflé du XIXe siècle, et la lance contre le mur de la cheminée. L'explosion est spectaculaire et le vin éclabousse les meubles. Le rouge du vin se mêle aux cheveux roux de

Jacquotte, que ce geste fait rire. Hubert, livide, reste d'un calme glacial :

— Bon. Assez rigolé, Jacquotte. N'oublie pas que je suis quasiment le seul à te voir. Au bout du compte, tu n'es rien d'autre qu'une ombre et je crois bien que tu vas sortir de ma vie… Je t'annonce que je vends la maison !

La nouvelle paraît tellement extravagante que le temps s'arrête dans un silence pétrifié. Puis Jacquotte reprend le dessus :

— Vendre la maison ? Mais mon pauvre… Tu ne pourras jamais !

— Ça, c'est ce que tu crois ! Je suis seul maître à bord ici, que je sache ! Le seul à pouvoir signer l'acte de vente. Et puis de toute façon, je suis déjà bien engagé dans le processus et on ne peut plus faire machine arrière. J'ai déjà touché un bel acompte…

Jacquotte fait entendre son rire disgracieux :

— Tu crois vraiment être seul à décider ? Ah la la, comme tu te trompes…

— Tu ne pourras pas m'en empêcher ! lance Hubert énervé.

— Moi ? Non… Mais tu risques d'avoir une surprise…

Puis elle disparaît comme elle était venue, dans un courant d'air glacial.

Suite à cette dispute, chacun est reparti dans ses quartiers en ignorant l'autre. La communication est restée coupée et la brouille semble durable. Hubert retrouve un peu de sérénité, passant le plus clair de son temps sur les plages ou perché dans son observatoire à guetter l'Océan, les vagues, les nuages, la météo, les bateaux, les cétacés, tout ce qu'il aime et qui anime cette vaste zone qu'il a sous les yeux, à savoir le fond du golfe de Gascogne.

Comme quoi Hubert peut très bien se passer de Jacquotte, qui demeure hyperdiscrète depuis leur querelle. Il y a cependant un petit bruit qui l'intrigue. Un tapotement provenant de l'alcôve où elle a l'habitude de se réfugier, dans l'observatoire. Hubert a clairement reconnu les claquements caractéristiques d'une vieille machine à écrire. Sans doute un stratagème de Jacquotte pour l'attirer jusqu'à elle et le reprendre dans ses filets, telle une pêcheuse à l'affût. Mais non, Hubert n'ira pas là-haut, il ne tombera pas dans ce piège grossier.

Depuis qu'il a signé ces papiers avec le promoteur, Hubert se sent des ailes. Comme s'il était déjà un autre homme, plus libre, plus léger. Avec l'acompte qu'il a empoché, il a enfin pu effectuer le premier versement lui permettant de prendre possession de *L'Archimède*. C'est une charnière dans sa vie, un rêve sur le point de s'accomplir… Après tant d'années passées comme officier marinier à terre, « guetteur de la flotte » sur les sémaphores, Hubert aspire désormais à lever l'ancre vers de nouveaux horizons. Et justement, cette possibilité lui a été offerte par ce promoteur, Monsieur Bouriol, un drôle de bonhomme plutôt complaisant sur les demandes du marinier, et qui surtout n'a pas tardé à sortir son chéquier pour y aligner une série de zéros à faire briller les yeux. Le moment serait enfin venu pour Hubert de se libérer, car il est à la fois prisonnier de Jacquotte et de la maison, l'un n'allant pas sans l'autre. S'il veut se délivrer de cette emprise qui n'a que trop duré, il doit lâcher les deux en même temps. Car une autre maîtresse exigeante l'appelle : la mer…

2

DESTINATION CAPBRETON

« Silence, on tourne ! » À chaque fois qu'elle filme, Bérénice aime se répéter cette phrase magique dans sa tête. Penchée sur la rambarde métallique du pont de l'Archevêché, juste derrière Notre-Dame, la jeune femme de 17 ans zoome sur la surface miroitante de la Seine. Elle est tellement folle de joie que le moindre reflet argenté sur l'eau lui semble être un diamant que lui offre la vie. Elle a été élue parmi plus de 250 candidats pour faire un stage à Paris avec l'un des plus grands cinéastes au monde : Rufus Andersen, réalisateur multi-oscarisé, au même titre que Steven Spielberg ou Clint Eastwood… Depuis qu'elle a reçu le message lui confirmant qu'elle a été choisie, Bérénice est excitée comme une puce, mais commence aussi à avoir le trac. Le challenge qui se présente à elle est énorme.

Depuis toute petite, le cinéma est sa passion. Au lycée, elle a pris l'option cinéma, ainsi que des cours dans une école indépendante. Aujourd'hui, la jeune femme a déjà réalisé des petits films qui circulent sur la Toile et lui valent des milliers de followers sur les réseaux sociaux. Bérénice a un style bien à elle, une approche cinématographique qui mêle intimement réalité et fiction. C'est sans doute ce qui a séduit le grand Rufus Andersen. À tout moment, Bérénice filme des scènes de la vie quotidienne, elle interpelle des passants à chaud, des gens, des amis, les fait parler aux moments les plus inattendus. Ensuite, elle utilise des fragments de ce matériau « réel » pour tisser une fiction autour, avec des comédiens, de la 3D et divers effets qui viennent s'entrelacer pour ne plus faire qu'une œuvre, comme elle l'avait montré brillamment dans son premier court-métrage, *Salle des pas perdus.*

En apprenant qu'elle avait été sélectionnée pour le stage, Bérénice a ressenti un électrochoc. Elle se trouve désormais au pied du mur. Jamais plus elle n'aura une telle occasion d'épanouir sa passion. Elle doit donner le meilleur d'elle-même durant ces trois semaines. Chamboulée, elle a décidé de rentrer chez elle à pied pour se calmer un peu. Après avoir flâné le long des quais, sa caméra greffée à la main comme toujours, elle a filmé des bouquinistes, puis s'est engagée sur ce pont menant à l'île Saint-Louis.

La lumière est parfaite, le soleil éclaire son visage lisse, ses traits de princesse, ses yeux envoûtants et surtout son incroyable crinière rouge. Deux garçons passent près d'elle et la reluquent en chuchotant ; elle est belle et le sait. Le décor est en place. Bérénice se filme en direct, appuyée à la rambarde, décrivant avec enthousiasme le paysage derrière elle : la Seine avec une péniche qui remonte le courant, l'arrière de Notre-Dame, l'île Saint-Louis… « Tu es belle, Paris, je t'aime ! » lance-t-elle à la caméra avec des accents d'Hollywood. Puis elle ajoute, à l'intention de ses fans : « Je vous réserve une énooorme surprise, mais vous devrez attendre encore un tout petit peu pour savoir de quoi il s'agit… Je vais d'abord annoncer la bonne nouvelle à mes parents ! »

Arrivée chez elle, avenue Ledru-Rollin, Bérénice grimpe les quatre étages en songeant à la façon dont elle va expliquer à son père et sa mère qu'elle vient de décrocher trois semaines de masterclass avec l'immense Rufus Andersen ! Le cœur battant, elle tourne la clef dans la porte. Ils vont être tellement fiers d'elle…

Ils sont là tous les deux, Octavio, son père et Louise, sa mère, assis à la table de la salle à manger, une lettre ouverte devant eux. Ils la regardent avec une drôle de tête, comme s'ils venaient d'apprendre la mort de quelqu'un.

— J'ai un truc à vous dire… commence Bérénice toute contente.

— Non, la coupe sa mère. Il faut d'abord qu'on te parle…

— Mais qu'est-ce qui se passe ?

— On a reçu cette lettre, ajoute Octavio, c'est complètement dingue.

— Mais expliquez-moi, enfin ? crie Bérénice, exaspérée de ne pas pouvoir s'exprimer en premier.

— C'est à propos d'une maison, répond sa mère. Il semblerait que j'aie des liens de parenté avec le propriétaire, mais je n'en savais rien du tout…

— Bon… Et alors ? insiste Bérénice.

— Et alors, répond sa mère, il faut qu'on descende là-bas.

— Qu'on… quoi ? Bérénice n'en croit pas ses oreilles. Qu'on descende où ?

— Devine ! lance joyeusement son père.

— Mais j'en sais rien, moi ! grogne Bérénice.

— À Capbreton ! C'est un truc de dingue, puisque c'est là qu'on va en vacances ! répond Octavio.

— Il se pourrait même qu'on hérite de cette maison, ajoute nerveusement sa mère, et ça tomberait drôlement bien ! Enfin, rien n'est sûr, la lettre n'est pas très claire, mais elle contient aussi des billets d'avion en business class pour Biarritz, où une voiture de location nous attend. En tout cas, nous devons être tous les trois sur place jeudi matin.

— Comment ça : tous les trois ? demande Bérénice affolée.

— Ah oui, c'est clairement stipulé dans la lettre. Pour les liens de parenté, je crois...

Bérénice est tellement estomaquée qu'elle n'arrive plus à parler. Son père, lui, est tout excité :

— C'est un signe, j'en suis sûr ! Ça fait tellement longtemps qu'on rêve d'une maison près de la plage... Ah, vous imaginez un peu, pouvoir sortir de chez nous avec la planche sous le bras et aller surfer à pied ?

— Oui, enfin, calme-toi un peu et ne vends pas la peau de l'ours, Octavio, le coupe Louise qui a tendance à jouer les éteignoirs.

Quant à Bérénice, bouche bée, elle essaie de comprendre ce qui lui arrive. Un sac de briques vient de lui tomber sur la tête. Non ! Son rêve ne peut pas s'effondrer comme ça, c'est impossible !

Et pourtant, deux jours plus tard, tous les trois se retrouvent à Capbreton, dans le Sud-Landes. Malgré le soleil et l'Océan, Bérénice fait la gueule. Inconsolable à l'idée de rater son stage, elle boude, se renfrogne et, plus inquiétant encore, elle ne touche plus à sa caméra, ce qui n'est pas bon signe chez elle. Elle a envoyé deux messages à Rufus, mais il ne lui a pas répondu. Et maintenant, voilà que les parents la coincent à l'autre bout de la France dans cette vieille bicoque poussiéreuse loin de tout...

À leur arrivée, ils ont été accueillis par la gardienne des lieux, une matrone au visage fermé, vêtue de noir, Madame Cazaubon, pas souriante pour un rond. Elle leur a donné un jeu de clés, leur a montré le tableau électrique, le fonctionnement du four et divers petits détails des chambres et des salles de bains. Curieusement, le seul moment où elle s'est éclairée, c'est avec Bérénice, lorsqu'elle l'a menée jusqu'à sa chambre avec un lit à baldaquin, au premier. Elle la lorgnait du coin de l'œil, comme si quelque chose l'intriguait :

— Comment t'appelles-tu, ma petite ? lui avait-elle demandé avec son accent landais bien marqué.

— Bérénice, Madame.

— Moi c'est Maïté. Ça alors… C'est incroyable, mais tu ressembles à quelqu'un…

— Ah bon ?

— Viens voir ! dit Maïté en la menant au fond de la chambre.

Sur le mur au-dessus du petit bureau est accroché un étrange tableau en forme de médaillon, sans doute la reproduction d'une peinture du XVIIe ou XVIIIe siècle. On y voit une belle jeune fille aux cheveux roux et au front bombé, un bandeau noir sur l'œil gauche, un perroquet rouge sur l'épaule droite, arborant un chapeau de pirate noir orné d'une tête de mort surplombant deux tibias croisés… En y regardant de plus près, cette jeune femme ressemble effectivement à Bérénice !

— Mais c'est qui ? avait-elle demandé.

— C'est une femme pirate, avait sobrement répondu Maïté. Elle s'appelait Jacquotte Delahaye…

Bérénice attendit que la dame en dise plus, mais après avoir poussé un soupir, celle-ci continua de lui montrer où se trouvaient les couvertures ou les serviettes, avant de lui dire :

— Ici tu seras bien, dit-elle en montrant le lit à baldaquin.

Du coup, Bérénice s'était enhardie :

— Je peux vous poser une question ?

— Je t'écoute…

— Pourquoi la maison s'appelle Le Doigt Mordu ?

La dame avait hoché la tête en esquissant un sourire :

— Ah, celle-là, on me la pose souvent ! Remarque, c'est normal, avec ce nom bizarre… Eh bé en fait, c'est à cause de l'homme qui l'a fait construire, un grand violoniste qui s'est installé à Capbreton après la guerre. Il venait d'Amiens, dans le Nord. Soi-disant qu'il descendait de la famille de Jules Verne… Ça, j'y crois pas trop ! Mais il adorait aller à la pêche en bateau, là-bas sur les bords du Gouf. Et bon, un jour, voilà qu'il a le malheur de remonter un congre…

— Un quoi ?

— Un congre, petite, ça ressemble à une grosse murène, avec des dents pointues comme des aiguilles. Eh bé, une fois sortie de l'eau, la bestiole s'est débattue comme un beau diable dans le bateau… En essayant de l'attraper, ce monsieur s'est fait méchamment mordre le petit doigt. Il en manquait même un bon bout et sa phalange était toute tordue et déchirée…

Madame Cazaubon paraissait se délecter de son histoire.

— Ah bon, c'est pour ça le nom ?

— Oui, mais pas seulement ! insiste la dame, se prenant au jeu. D'abord, il faut savoir que pour un violoniste, le petit doigt est très important. Alors ce Monsieur a inventé un style bien à lui, en utilisant son auriculaire tordu d'une façon originale, à ce qu'il paraît. C'est même ça qui l'aurait fait connaître !

Bérénice sentait que cette femme d'apparence revêche l'adoptait ; ses yeux brillaient au fur et à mesure du récit :

— Mais la vraie origine, petite, c'est à cause de la fosse qu'on a ici à Capbreton : le Gouf est connu des marins et des pêcheurs depuis des siècles, car il est profond et plein de poissons. Et l'endroit où est allé pêcher le violoniste, là… Eh, tu sais comment il s'appelle ?

— Euh, non, pas du tout.

Madame Cazaubon avait pris un air de maîtresse d'école :

— C'est une zone de pêche qui s'appelle : « Les Roches du Doigt Mordu ». Et figure-toi que ce nom existe sur les cartes marines depuis 1826 ! Eh ben, c'est justement là que notre pêcheur-musicien a sorti son congre de l'eau et perdu son bout de doigt !

Maïté s'était mise à rire d'une drôle de façon, avant de repartir comme elle était venue, expliquant aux parents de Bérénice qu'elle les laissait s'installer tranquillement. Elle n'habitait pas loin et repasserait le lendemain. Devinant qu'ils allaient la bombarder de questions, Madame Cazaubon avait ajouté, laconique, qu'ils auraient bientôt des explications sur les raisons de leur venue…

*

Octavio a prévenu ses copains surfeurs de leur présence imprévue à Capbreton, et en moins de deux heures, la maison s'est retrouvée investie par une troupe de gaillards aux cheveux délavés et aux pieds pleins de sable, accompagnés de deux pimpantes Américaines. Tous sont épatés par la maison, tellement bien cachée en haut de sa butte et tellement kitsch… « Oh my God, this is really amaaazing ! » répète l'une des deux Californiennes en prenant des dizaines de photos. Ils touchent à tout dans le salon, et sont clairement envahissants. Bérénice ne les aime pas, car ils ne s'intéressent qu'aux vagues et la plupart d'entre eux sont avant tout des pique-assiette et des sans-gêne. Louise, elle aussi consternée, songe au sable sur les tapis, aux planches de surf posées contre la bibliothèque, aux cannettes de bière à moitié bues, en se demandant s'il y aurait des dégradations, mais Octavio connaît ces gens depuis des années. Il calme leur enthousiasme en précisant qu'ils ne sont pas chez eux ici et qu'à ce stade, ils ne savent rien de la situation. Bérénice voit bien qu'ils rêvent tous de squatter l'endroit, parfaitement planqué et proche des plages…

Vient l'heure de l'apéritif et, comme prévu, la conversation dérive sur les conditions météo, vent, orientation de la houle, taille et période des vagues, marée, coefficient, meilleurs spots de surf pour le lendemain matin : les Culs-Nus ou La Gravière ? Autant d'interrogations qui n'intéressent que les surfeurs. Abandonnant lâchement sa mère à la cuisine, Bérénice monte cuver sa déprime dans sa chambre. Elle trouve déplorable de se couper du monde pour ne vivre que par l'intermédiaire d'une planche de polystyrène…

Madame Cazaubon lui a assigné la chambre rose avec un bureau carré en bois, un grand miroir rond et deux petites fenêtres donnant sur la cime des pins. Dès la porte refermée, Bérénice se jette sur son lit et se met à broyer du noir. Impossible de rester ici dans cette maison bizarre, avec les soi-disant amis de son père qui s'installent… Sans réfléchir, elle se met à consulter les horaires de la SNCF sur son écran. Quels sont les prochains départs pour Paris Montparnasse ? Elle laissera un mot à ses parents. Ou un message vidéo ? Mais non, elle n'a même plus envie de filmer, elle se sent sèche et triste. Machinalement, elle prépare son sac. Après tout, à 17 ans, elle n'a pas besoin de l'avis de papa et maman pour mener à bien sa vie et sa carrière. Elle ne peut absolument pas rater l'opportunité de travailler avec Rufus. Ils étaient des centaines à postuler ! Si elle ne fait rien, Bérénice va être balayée, oubliée… Elle risque de tout rater, pendant que son père ne pense qu'aux vagues et pendant que sa mère fait des plans sur la comète avec l'argent qu'elle n'a pas… C'est glauque.

Alors qu'elle voit tout en noir, elle remarque que le plafonnier se met à clignoter par intermittence. Elle se lève pour aller vers le commutateur, mais en passant elle aperçoit son reflet dans le miroir. Curieuse impression qu'il y a un léger décalage entre ses mouvements et ce que lui renvoie la glace ; à moins que ce ne soit causé par la lumière syncopée qui déforme les contours. Voilà qu'elle ne se reconnaît pas vraiment ! Mais c'est impossible, puisqu'il s'agit bien de son reflet… C'est elle, mais ce n'est pas elle. Bérénice ne peut détacher son regard du miroir, tandis que les éclats lumineux la font apparaître plus âgée, avec ses cheveux d'un roux flamboyant. Sidérée, elle croit voir son propre visage qui s'adresse à elle… Bérénice n'entend pas les mots avec ses oreilles, mais lorsqu'elle voit bouger les lèvres, les paroles lui apparaissent clairement : « Pourquoi veux-tu partir, puisque tu vas recevoir un coup de fil ? »

La lumière cesse de clignoter et la chambre retrouve sa lueur de fin d'après-midi. Dans le miroir, son reflet n'a plus rien de bizarre et les seules voix qu'entend Bérénice sont celles des surfeurs qui rient aux éclats en bas dans le salon. La réalité lui revient de plein fouet et elle se demande ce qui lui est arrivé. Elle doit être fatiguée… C'est comme s'il y avait quelqu'un d'autre. *Cette baraque me fout les boules !* songe-t-elle, plus motivée que jamais à partir au plus vite.

Lorsque son téléphone sonne et qu'elle voit un numéro inconnu s'afficher, elle songe d'abord à ne pas répondre, mais quelque chose la pousse à le faire quand même. Tandis qu'elle écoute, ses yeux s'agrandissent et se bouche forme un « O » lorsqu'elle comprend enfin qui est son interlocuteur. Elle se tourne vers le miroir comme s'il s'agissait d'une vieille copine, et lui lance à voix basse :

— Putain j'hallucine ! T'avais raison pour le coup de fil ! C'est Rufus !

Son cœur s'emballe et le rouge lui monte aux joues. Bérénice n'en croit pas ses oreilles : c'est Rufus en personne qui l'appelle. Le big boss ! Ils échangent quelques mots, Bérénice bredouille des explications sur son départ de Paris, la veille, pour des soucis de famille, mais Rufus (qui l'appelle « Béré ») ne s'en inquiète pas :

— Écoute Béré, j'ai visionné plusieurs fois ce que tu m'as envoyé. J'aime beaucoup *Les Pas perdus*, tous ces gens qui cherchent leurs pas dans une gare, l'idée est géniale. Mais je t'appelle pour te dire qu'on ne va pas faire ce stage avec toi…

— Quoi ? Mais non, attendez, c'est impossible !

Pour Bérénice, c'est un coup de massue. Tout s'effondre ; le monde s'ouvre en deux.

— Attends, Béré ! Écoute-moi bien ! On ne va pas faire un stage, MAIS on va travailler ensemble. J'ai une idée pour utiliser ton travail dans un de mes futurs films…

Bérénice reste sans voix, essayant d'assimiler à toute allure ce que Rufus vient de lui dire. Elle prie pour qu'elle n'ait pas mal entendu. Cela lui paraît trop beau pour être vrai. Le cinéaste continue à la complimenter :

— Tu as vraiment un sens du cadre et du montage. Ta « real-fiction », où se mélangent réalité et fiction, c'est excellent ; j'adore l'idée. En plus, tes images pulsent, Béré. À ton âge, tu as déjà une signature cinématographique. C'est rare… Alors, tu es d'accord pour qu'on bosse ensemble ? Béré ? Tu es toujours là ?

— Oui, oui, bien sûr ! C'est trop génial ! Merci, merci, je suis trop contente… Je ne sais plus quoi dire…

— Tu es où, exactement ?

— À Capbreton, près d'Hossegor, dans les sud des Landes. Vous connaissez ?

— Non, mais je crois qu'il y a de grandes plages de sable là-bas… Comme chez moi, dans la Baltique… Sauf que l'eau doit être un peu plus chaude là où tu es ! dit-il en riant. En attendant, je vais t'envoyer des indications de scénario pour mon prochain film. À toi de voir ce qui t'inspire, tu es libre de filmer ce que tu veux.

— Mais… Mais, je ne sais pas…

Rufus la coupe gentiment :

— Mais si, mais si, tu sais, Béré, tu es très douée. Je te fais confiance. Je t'envoie du contenu sur ton mail. Au fait : ce que je t'envoie est confidentiel. Tu ne le montres à personne, évidemment !

— Oui, oui, bien sûr, répond-elle impressionnée.

— Alors essaie de m'envoyer quelque chose d'ici 48 heures, okay ? C'est bien de travailler à chaud.

— 48 heures ? Bérénice ne s'attendait pas à ce genre de délai.

— Oui. Et comme on dit chez nous : « Le non n'est pas une option. » Alors n'hésite pas à m'envoyer tes images en vrac. Profite que tu es au bord de l'Océan pour le filmer. Mes ancêtres étaient de grands navigateurs... J'ai envie de sentir les embruns du grand large, les vagues qui déferlent, j'ai envie de voir des gueules de marins bien burinés par le sel de la mer... Je veux prendre une claque, tu comprends ?

Bérénice est étourdie par ce moment magique avec le cinéaste vivant qu'elle admire le plus. Elle s'en veut de n'avoir pas pensé à enregistrer leur conversation...

— Tu comprends, Béré ?

En entendant Rufus répéter la question, la jeune femme sort de son hébétude :

— Oui, oui, je comprends ! C'est génial. Ne vous en faites pas.

— Écoute, si je n'ai qu'un conseil à te donner après avoir vu tes petits films, c'est de continuer à être toi-même. Lâche-toi, Bérénice, tu as énormément de talent...

Lorsqu'ils raccrochent, Bérénice est sous le choc. Il a dit « énormément »... Ce grand homme croit en elle ! Maintenant, il va falloir assurer. Un ricanement semble provenir du miroir. La phrase qu'elle croyait avoir entendue lui revient en mémoire : « Pourquoi veux-tu partir, puisque tu vas recevoir un coup de fil ? » Un frisson la parcourt, une ombre passe tout près, la frôle. Que se passe-t-il ici ? Bérénice a la chair de poule ; ce visage dans le miroir lui avait donc prédit l'avenir ! Et les mots de

Rufus résonnent en elle : « Lâche-toi, tu as énormément de talent… »

Sans plus attendre, elle s'habille, prend son équipement et sa caméra, et dévale les escaliers dans un état second. Elle croise sa mère dans le hall, qui est en train de regarder des objets de marine sur une étagère et qui s'étonne de la voir si pressée.

— Je vais juste voir l'Océan, lance Bérénice en guise d'explication.

Une fois dehors, elle soupire. Ce qu'elle vient de vivre est complètement fou ! Bérénice a l'impression d'avoir gagné au loto, en mieux. Pour l'instant elle veut garder ce secret pour elle toute seule, afin de mieux le savourer. Elle sort aux aguets, comme un chien de chasse, sauf qu'elle chasse des images, des rencontres, des dialogues. Elle est boostée par l'enthousiasme et la confiance de Rufus. À elle de se montrer à la hauteur.

L'air sent bon la résine et l'Océan, mais une chaleur lourde s'installe. La rumeur des vagues lui parvient, grondement rassurant, tout proche. Les pins qui entourent Le Doigt Mordu sont anciens, certains ont des formes de lyre. Quel drôle d'endroit que cette butte cachée dans la végétation, si proche du front de mer. Et tout en haut, quelle drôle de demeure, style manoir hanté ou maison de pirate…

Bérénice descend le chemin ombragé comme si elle connaissait l'endroit par cœur. De la rue, on ne soupçonne pas l'existence de la maison perchée en haut de cette colline, à cinq minutes de la plage. Dans sa main, la caméra frétille d'impatience ; « Je veux prendre une claque ! » avait exigé Rufus. Face à ce défi, la jeune femme sent renaître son âme de guerrière. La caméra est son arme et elle est décidée à frapper un grand coup pour épater son mentor.

Dans le quartier des plages, les rues de Capbreton sont un bon terrain de chasse et Bérénice se balade au hasard, rue des Basques, rue de la Frégate, puis une petite rue qui monte vers le château d'eau, avec la charmante chapelle de la plage datant des années 1920. À l'extérieur, une fresque contemporaine représente « L'Annonce faite à Marie ». Sur le seuil de la porte, Bérénice filme une belle étoile noire à cinq branches, le symbole de l'étoile de mer, Stella Maris… Décidément, la mer est ici partout, même à l'intérieur, avec des représentations de bateaux, de plages, de pêcheurs, et un ex-voto marin, une maquette de navire ancien. La jeune cinéaste pensait que la chapelle était vide, mais un homme et une femme, le cheveu blond et la peau cuivrée, ressortent de la petite pièce dédiée à Sainte Rita, la sainte des causes désespérées et des marins perdus… En la croisant, tous deux saluent Bérénice silencieusement.

Après ce moment de grâce, elle redescend vers l'Océan, l'œil aux aguets. Des surfeurs en combinaison néoprène trottinent ici et là, leur planche sous le bras, comme si les vagues allaient s'évanouir d'un instant à l'autre. Le front de mer de Capbreton est unique ; depuis le temps qu'elle vient ici en vacances, Bérénice ne s'en lasse pas. La longue plage de sable qui se courbe vers l'ouest, les montagnes en contre-jour, au pied desquelles se nichent les villes ou les ports que l'on devine parfois, Boucau, Anglet, Biarritz, Bidart, Guéthary, Saint-Jean-de-Luz, Hendaye, Fontarabie, Saint-Sébastien… Et au loin, en suivant la côte vers l'ouest, les reliefs du Pays basque espagnol se fondent avec l'horizon. C'est un paysage splendide, avec les Pyrénées nimbées de brume, les longues plages de sable, les vagues qui laissent derrière elles des mantilles d'écume. À cause de la houle, deux bateaux de pêche attendent que la marée monte pour rentrer au port. Bérénice se régale de ces paysages, mais elle sait que ce n'est pas ce que veut Rufus, surtout pas une carte postale ! Pourvu qu'elle trouve le bon angle pour ne pas le décevoir... Mais à trop chercher, on ne trouve rien. La jeune cinéaste a beau regarder autour d'elle en quête d'un angle insolite, l'inspiration n'agit pas sur commande. Ce qu'elle voit lui paraît horriblement banal à filmer, les plages, les vagues avec leurs surfeurs, les pêcheurs, l'estacade, c'est du déjà-vu et revu...

Un sentiment d'oppression monte en elle et une pellicule de sueur se forme sur son beau front bombé. Bérénice a peur de ne pas y arriver. Elle a tellement peur de décevoir Rufus... Sur la plage, un enfant énervé crie à pleins poumons ; l'air est lourd, chargé de gaz d'échappement, et la chaleur se transforme en couvercle. Du coin de l'œil, elle remarque alors une silhouette sur la terrasse du casino. Cette femme blonde, avec sa veste kaki... C'est elle qui sortait de la chapelle. L'homme qui l'accompagne tient une caméra bizarre, surmontée d'une petite parabole, et tous deux semblent tendus vers la mer. Ça ne peut pas être un hasard !

Piquée au vif, la jeune femme grimpe sur la vaste terrasse panoramique du casino qui surplombe les plages, la passe et l'Océan. La vue est bluffante, car elle englobe tout le paysage, les interminables plages de sable au nord, le Pays basque et les Pyrénées au sud... Mais ce qui attire son attention, c'est la voix de la femme blonde et sportive vêtue d'une veste kaki. Penchée sur la rambarde à l'autre bout de la terrasse, elle désigne un point de l'Océan et se tourne vers l'homme : « Là, là ! Regarde ! Ça recommence ! ».

Bérénice s'imagine aussitôt qu'il s'agit de dauphins. Il n'est pas rare d'en voir baguenauder par ici, pour le plus grand plaisir des baigneurs et des touristes. À son tour, elle scrute la direction indiquée, sans rien voir à la surface, pas le moindre aileron. Mais quelque chose l'intrigue chez ces deux personnes. Lorsque la femme la remarque, un sourire illumine son visage. Elle reconnaît la belle jeune fille rousse croisée à la chapelle de la plage, et la salue de loin. Bérénice s'approche, tandis que l'homme, concentré dans sa tâche, continue à pointer son objectif vers l'eau.

— Bonjour, ose Bérénice en s'approchant, vous filmez quoi ? Des dauphins ?

— Non, non, lui répond la femme avec un sourire lumineux, on filme des mouvements d'eau… Et vous ? demande-t-elle en désignant sa caméra.

— Moi ? Ah oui, répond Bérénice, je fais une école de cinéma et je suis pas mal active sur le Net.

— Formidable ! Il faudra nous donner le lien, on va aller voir ça !

Habituellement méfiante, Bérénice apprécie d'emblée son interlocutrice. Il émane d'elle une douceur qui lui inspire confiance. L'homme tourne brièvement la tête pour dire bonjour, mais il semble absorbé par ce qu'il filme. Bérénice a beau regarder, elle ne voit rien de spécial à la surface. Devant sa perplexité, la femme explique :

— Nous, on filme des ondes, n'est-ce pas, mon cher ? dit-elle à l'adresse de son acolyte.

Ce dernier répond sans décoller l'œil de son objectif :

— Oui… On apprend à lire la surface de l'eau, les signes, les mouvements, les tourbillons…

— Ah bon ? Mais pour quoi faire ?

Bérénice est intriguée.

— Pour mieux comprendre ce qui se passe à l'intérieur du Gouf, répond l'homme. Le canyon sous-marin proche du bord.

Voyant sa perplexité, la femme explique :

— En fait, ce canyon est vivant, comme un gros animal endormi… Et depuis ce matin, il y a eu plusieurs avalanches sous-marines. Elles déclenchent des vortex à la surface, et c'est ça qu'on filme.

— Des avalanches ?

Caméra à la main, Bérénice balaie le paysage, puis tourne son objectif vers cette belle femme pleine d'autorité et lui demande :

— Je peux vous filmer, là ? Ce serait génial, je dois rendre un travail très important…

— Ok.

— Comment vous appelez-vous ? Moi, c'est Bérénice.

— Pour l'instant, appelez-moi Étincelle…

Les yeux brillants, Bérénice la cadre en gros plan :

— Parlez-moi encore des avalanches sous-marines et de ces lignes que vous filmez à la surface de l'eau ?

— Essaie un peu d'imaginer ce canyon avec un fleuve sous-marin qui coule sur le fond, répond la femme en la tutoyant…

— Un fleuve sous l'eau ? demande Bérénice interloquée.

— Oui, il est animé par de puissants courants gravitaires, et parfois, ce fleuve invisible déclenche de grosses avalanches…

Pendant plusieurs minutes, Bérénice lui pose des questions et la filme. Par moments, l'homme se tourne et ajoute un détail ou décrit le genre de formation qu'ils guettent en surface, des spirales, des bulles ou des vortex qui semblent liés à ces événements géologiques. Sur la terrasse, la chaleur est de plus en plus pesante et les vêtements collent à la peau. Bérénice se déplace autour d'eux avec discrétion pour les filmer. L'homme lui montre quelques-unes de ces formations sur son écran. Mais à un moment, alors qu'il regarde vers le sud, il sursaute, inquiet, et pose une main sur l'épaule de son amie pour lui montrer une petite montagne lointaine en forme de volcan, située côté espagnol :

— Regarde le Jaïzkibel… Il y a de drôles de nuages dessus. On dirait des arcus. J'espère que ce n'est pas une brouillarta qui arrive, mais ça ne me dit rien de bon…

Étincelle explique à Bérénice que les arcus sont des nuages qui ressemblent à des rouleaux compresseurs et qui peuvent annoncer une tempête. La brouillarta, ou galerne, est un phénomène météo, un coup de vent très violent qui se produit entre Santander en Espagne et le Sud-Landes. L'homme intervient à sa façon :

— Et va savoir s'il n'existe pas un lien entre les avalanches du Gouf et la brouillarta ?

— Là, je crois que tu vas chercher un petit peu loin, mon cher ami ! réagit Étincelle en riant. Mais après tout, pourquoi pas ? Tu as souvent raison…

Bérénice se rapproche de l'homme, un loup de mer, un passionné d'océan, elle le filme en gros plan, avec ses yeux polis par l'écume et sa barbe délavée par le sel, et elle lui demande d'expliquer à la caméra ce qu'est ce vent :

— Une brouillarta, dit-il, commence dans les montagnes de la cordillère Cantabrique en Espagne, et c'est d'abord une avalanche d'air glacé qui dévale sur un Océan surchauffé. Plus de 300 pêcheurs se sont noyés en 1878 au large de Santander, balayés par ce vent aussi violent qu'imprévisible…

Bérénice boit ses paroles tout en filmant leur complicité avec son style propre, en se concentrant sur les gros plans. Le front, les cheveux, les oreilles, le nez, la bouche, le menton, et surtout les yeux, sésames de l'âme. L'homme a le regard d'un sage qui a beaucoup nagé et navigué. Salés comme les larmes, et profonds comme l'indigo. C'est en zoomant sur Étincelle que la jeune cinéaste comprend d'où lui vient ce surnom. Des yeux magnétiques, d'un vert d'or, animés d'une pétillante électricité. Elle et lui, l'homme qui filme, ont de vraies tronches qu'on n'oublie pas ; ils doivent bien prendre la lumière. Bérénice a hâte de visionner les images sur son ordi. En repartant vers la maison, elle lance un grand « Yesss ! » vers le ciel, car elle sent qu'elle tient son sujet pour Rufus.

3

BROUILLARTA

Au Doigt Mordu, la chaleur, soudaine et écrasante, a calmé les ardeurs des uns et des autres ; le salon en désordre ressemble à une salle d'attente étouffante. La soirée se déroule au ralenti et le temps semble suspendu, tant l'atmosphère est oppressante. Bérénice se demande combien de temps les amis de son père vont rester là. Cette maison, qui lui semblait si grande à son arrivée, lui paraît désormais exiguë.

À la tombée de la nuit, la chaleur cède la place à une pluie lourde et grasse aussi assourdissante qu'une rafale de mitraillette. En quelques minutes, la belle soirée estivale ressemble à une mousson tropicale. Tout le monde s'active en désordre et les deux Californiennes se rhabillent en poussant des cris de gamines effarouchées. La pluie est si forte qu'il n'est pas question de sortir. Chacun se réfugie ici ou là et les visiteurs s'installent sur des canapés ou des fauteuils en attendant le retour à la normale.

Après toutes ces émotions, la maisonnée s'endort sous des trombes d'eau, si bien que deux heures plus tard, personne n'entend le bruit des portes qui s'ouvrent et se ferment dans l'aile de la maison restée fermée. Madame

Cazaubon a accompli sa mission, les deux familles se trouvent réunies. Jacquotte doit être contente…

Mais Jacquotte n'est jamais contente, bien au contraire, et l'envie lui vient de se manifester. Elle sait qu'elle ne devrait pas, mais elle adore les mauvaises blagues… Au petit matin, Octavio s'isole dans la salle de bains pour faire sa toilette. Il est tellement embrumé qu'il ne remarque rien. Le miroir lui renvoie l'image d'un homme mal réveillé, les cheveux en bataille et la barbe naissante. En se brossant les dents, il se demande ce que leur réserve la journée. Il faudra bien que cette Madame Cazaubon leur explique pourquoi ils sont là. Ou bien que le mystérieux mandataire se fasse connaître. Octavio se sent déjà un peu chez lui dans cette incroyable maison qui doit valoir une fortune avec sa situation prédominante proche de l'Océan et son terrain boisé. Un véritable rêve!

— Oui, eh bien ne rêve pas trop! murmure une voix de femme toute proche.

Effaré, Octavio fait un bond, prenant conscience qu'il y a quelqu'un derrière le rideau de la baignoire, d'où s'échappent des volutes de vapeur. La main tremblante, il écarte le rideau en plastique et ce qu'il découvre le sidère: une femme nue est allongée là, nonchalante, dans un bain d'eau très chaude. Ses cheveux sont d'un roux flamboyant, elle a un corps magnifique, bien charpenté, des seins altiers, des hanches bien dessinées, elle porte aussi une cicatrice sur l'épaule et une autre sur la cuisse, ainsi que plusieurs tatouages de pirates sur divers endroits de son anatomie. La créature le regarde en souriant; ses yeux sont anormalement bleus. Au bout d'un fin collier en or, elle arbore un morceau de corail rouge qui a toute une histoire. Mais pour Octavio, le plus dérangeant, c'est sa ressemblance avec Bérénice...

On frappe à la porte de la salle de bains. C'est Louise :

— Octaviooo, ouvre, c'est moi !

Affolé, il ne sait plus que faire :

— Je... J'arrive...

Le temps qu'il se tourne vers la porte, l'apparition a disparu. Il ne reste plus que l'eau du bain, brûlante et sans le moindre remous, sa surface est parfaitement lisse. Octavio a-t-il eu une hallucination ? Lorsqu'il ouvre la porte, Louise s'engouffre avec sa trousse de toilette sous le bras, et remarque la baignoire pleine. Agacée, elle lui demande :

— Quoi ? Tu t'es fait couler un bain ? Ce n'est vraiment pas le moment !

— Mais non, ce n'est pas moi, je l'ai trouvé comme ça !

Louise se penche et trempe sa main dans l'eau :

— Tu te fous de moi ? L'eau est brûlante !

Les lueurs de l'aube réveillent Bérénice, qui a mal dormi tant son cerveau est en effervescence. À force de réfléchir à sa vidéo pour Rufus, elle en a presque oublié le reste, la maison et la pluie, qui s'est arrêtée. Elle consulte ses messages, puis vérifie que sa caméra est prête à l'emploi, avec des batteries pleines et une carte mémoire vide. Il est encore tôt, mais Bérénice meurt d'envie d'un café.

Lorsqu'elle descend les escaliers, une odeur de café lui monte justement aux narines, et elle voit une femme debout dans la cuisine avec sa tasse entre les mains. Encore une amie de son père qui squatte la maison... Bérénice lui décoche un « Bonjour » peu amène. Âgée d'une cinquantaine d'années, elle sourit et lui propose une tasse avec un fort accent anglais. Ravie, Bérénice prend la moque bien chaude entre ses mains en la remerciant. Ne sachant que dire, elle se met à siroter la boisson, mais elle déchante ; ce qu'elle boit ressemble à du thé ou à une infusion. Pour elle, c'est à la limite du buvable. La femme se présente, elle s'appelle Wendy et vient de Vancouver, dans l'Ouest canadien. Du coup, Bérénice comprend pourquoi cette boisson est infecte, car en Amérique du Nord, le café ressemble souvent à un allongé, dilué avec de l'eau.

— Vous êtes en vacances ? demande Bérénice en se rapprochant de l'évier pour y vider discrètement le contenu de sa moque.

— Non, non, pas du tout, répond Wendy. Et vous ? Vous habitez ici ?

— Euh… Non, pas vraiment, on est arrivés hier.

— Et vous venez d'où ?

— De Paris.

— Ah, pour du travail ?

— Non… Enfin, oui, un peu maintenant, rétorque Bérénice souriante en songeant à son travail pour Rufus. Mais je suis venue avec mes parents.

— Excusez-moi de vous poser la question, insiste Wendy, mais nous sommes chez qui, ici ?

— Euh… En fait j'en sais rien, moi non plus ! s'exclame Bérénice. Il faudrait voir ça avec mes parents. Mais vous, Wendy, vous êtes là pour quoi ?

— Justement, nous ne le savons pas ! Cette Madame Cazaubon n'a rien voulu nous dire. Vous imaginez, un peu ? Nous faisons onze heures d'avion depuis Vancouver pour atterrir à Paris avant de prendre un TGV jusqu'ici, et nous ne savons toujours pas pourquoi nous sommes là, à part cette lettre d'une société immobilière où il est question de cette maison. Ils ont tout payé d'avance pour nous faire venir…

Bérénice n'en croit pas ses oreilles. Eux aussi auraient reçu une lettre, dans l'Ouest canadien ? Alors qu'elle s'apprête à lui poser une question, arrivent Octavio et Louise, encore mal réveillés. Perplexes, ils regardent Bérénice et cette inconnue, supposant qu'elle est venue avec des amis surfeurs. Pendant qu'ils se présentent, Bérénice fait chauffer de l'eau, car elle a déniché du café soluble. En attendant, elle sort une cigarette de son sac.

— Vous faites du surf, vous aussi ? demande Louise à Wendy.

— Ah non, pas du tout !

Elle grimace d'incompréhension.

— Et mon mari s'appelle Thomas…

Louise fronce les sourcils et se tourne vers Octavio en chuchotant :

— Je n'y comprends plus rien !

— Eux aussi ont reçu une lettre pour la maison, lance Bérénice, sa cigarette éteinte entre les doigts.

— Tu fumes, maintenant ? demande sa mère d'une voix glaciale.

— Tu dis qu'ils ont reçu une lettre pour la maison ? répète Octavio.

— Oui, une lettre comme la nôtre, répond Bérénice.

— J'hallucine ! dit Louise.

— Moi aussi, répond Octavio.

— Non mais je parle de ta fille, Octavio : elle fume ! précise-t-elle.

Mais il est tellement secoué par ce que vient de dire Bérénice, qu'il n'entend même pas sa femme. Wendy se tourne vers lui :

— Oui, nous avons reçu une lettre avec des billets d'avion en première classe, un chauffeur nous attendait à Roissy pour nous amener au TGV…

— Nous ? demande Louise, le sourcil levé.

Comme pour répondre à cette question embarrassante, une voix perce derrière une porte qui s'ouvre : « Mom ! Mom ! » Arrive un drôle de jeune homme aux cheveux noirs bouclés, la peau blanche et de grands yeux bleus. Il tient un transistor à la main, qui crachouille des informations en français. Un peu étonné de se trouver devant cette petite assemblée, il ne sait plus quoi dire et l'on entend, derrière les parasites, une voix qui débite des consignes d'un ton martial.

— Zack ! Dis bonjour. Qu'est-ce qui se passe ?

— Euh, bonjour, répond-il en jetant un regard furtif vers chacun.

— C'est mon plus jeune fils, explique Wendy : Zacharie.

— Il y a une alerte grave ! lance Zack. Je l'ai entendue dans ma radio.

Il la brandit et tous écoutent la voix grave du météorologue :

> *… les rafales pourraient dépasser les 120 km/h et l'on craint des phénomènes de submersion, en particulier sur le littoral landais très exposé. C'est pourquoi il est instamment demandé aux populations de bien vouloir rester à leur domicile et de sécuriser tout ce qui est exposé au vent. Cette cellule orageuse venue d'Espagne touchera bientôt les côtes basques et landaises. Soyez attentifs aux consignes et ne sortez pas inutilement. Préparez-vous à d'éventuelles coupures de courant. Et surtout, merci de ne pas encombrer les centres de secours avec des appels téléphoniques non-urgents…*

Dans la cuisine, tout le monde se met à parler en même temps, sauf Bérénice qui s'en fout de la météo. À la limite, ça fera de belles images. Les trois adultes parlent fort et l'inquiétude vibre dans leurs voix, ça l'énerve de les voir perdre leur sang-froid. Par contre, elle est intriguée par le garçon qui vient d'arriver avec son transistor. D'ailleurs, le voilà qui s'approche d'elle ; voyant sa cigarette éteinte, il lui demande tout de go si elle aurait une clope pour lui.

— Ouais, carrément, répond-elle complice, en lui en tendant une, fine et mentholée.

Louise est en train d'énumérer les catastrophes qui pourraient se produire, Octavio se demande si, une fois partie, la tempête va laisser derrière elle de grosses vagues pour le surf, et Wendy s'inquiète pour Jo et Thomas, son fils et son mari, qui sont allés se promener dans Capbreton. Bérénice pousse Zack du coude :

— Dis donc, t'as foutu un sacré souk avec ta météo pourrie ! lui dit-elle, s'efforçant de ne pas éclater de rire.

— Mais quand même, ça craint, cette grosse tempête qui arrive, non ?

Bérénice hausse les épaules :

— Et si on allait fumer dehors, avant que le ciel nous tombe sur la tête ?

Zack sourit et ils s'esquivent par la porte de derrière. Pendant ce temps-là, les adultes accusent le coup : il faut se préparer à l'arrivée d'une tempête majeure. Pour éviter d'être envahie par l'anxiété, Louise prend les choses en main. Elle devient le quartier-maître du Doigt Mordu, et se met à distribuer des rôles : Octavio doit d'abord aller réveiller ses amis surfeurs pour leur demander de rentrer chez eux au plus vite. D'elle-même, Wendy propose de s'occuper de la partie intendance, et en particulier de la cuisine. Arrivent Thomas et son fils Jo, le frère aîné de Zack. Ils sont échevelés et souriants, et portent des sacs en plastique du port. Thomas explique qu'ils sont allés au marché aux poissons acheter des tourteaux, deux gros crabes vivants qui gigotent dans le sac.

— J'adore ça ! lance Louise sans même se demander qui est cet homme.

Tous se saluent et se présentent, aussi déconcertés les uns que les autres. Dans un mélange de français et d'anglais, Wendy explique rapidement à son mari la situation avec l'autre famille, Louise, Octavio et Bérénice, et surtout l'urgence de se préparer avant l'arrivée de la tempête.

Jo rejoint son frère à l'extérieur et fait connaissance avec Bérénice, qui filme le ciel en marmonnant qu'il a une couleur bizarre. Les deux frères sont à peine plus âgés que Bérénice. Jo, élégant, presque maniéré, est intimidé face à cette fille si belle et radieuse. Il la trouve classe, même si ses goûts ne le portent pas vers les filles. Louise arrive en trombe et les réquisitionne tous les trois pour faire le tour de la maison, ramasser ce qui traîne dehors et s'assurer que les volets sont bien fermés de l'intérieur. Quand elle s'éloigne, Zack souffle à Bérénice :

— Elle est un peu stressante, non ?

— Un peu ? Tu rigoles, répond-elle, c'est une tornade. Elle est toujours à fond, ça me fatigue rien que d'y penser.

Tous les trois se mettent à rire. Jo ajoute :

— Nous, notre mère c'est l'inverse, elle est toujours cool, même trop cool parfois, et quand plus rien ne va, elle te prépare des bons petits plats !

Ils rient de bon cœur ; le courant semble passer entre eux.

Les amis d'Octavio plient bagage et repartent piteusement, leurs planches de surf sous le bras. Pour l'instant, le temps reste calme. Wendy s'active à la cuisine, Thomas anticipe l'éventualité d'une panne de courant, et Octavio obéit aux ordres du quartier-maître Louise, pendant que les jeunes montent à l'étage pour fermer les volets. Ça court un peu partout et les voix s'interpellent, on se croirait à bord d'un vaisseau pirate à l'approche du cap Horn.

— Cette baraque me fout les poils, dit Zack en regardant un grand tableau de bataille navale en haut de l'escalier.

— Ah bon ? Moi c'est le contraire, j'adore, dit Bérénice.

— On commence par quelle pièce ? demande Jo. Il en désigne une, à droite du palier.

Elle est ouverte, la porte grince, ils ne savent pas à quoi s'attendre. C'est une salle de bains. Les robinets sont des têtes de tritons et la baignoire est anormalement longue. Bérénice filme tandis que les deux frangins ferment le volet et la fenêtre. La pièce suivante est une chambre triste et austère, avec un crucifix en bois d'olivier au-dessus du lit ; la fenêtre est minuscule et le volet n'a qu'un seul battant. La chambre voisine sent le fauve et elle a visiblement été occupée par les charmants amis d'Octavio, qui ont, sans vergogne, laissé leur lit en vrac. Puis vient la chambre où dort Bérénice, ainsi qu'une pièce voisine servant de débarras, pleine de meubles drapés et d'objets entreposés. Un lieu inquiétant. Jo, costaud et rationnel, s'occupe de fermer les volets. En se penchant à la fenêtre, il lève la tête et remarque alors d'autres volets ouverts au-dessus, mais lorsqu'ils retournent dans le couloir, ils ne trouvent aucun escalier vers un autre niveau.

— Chhhht ! Vous n'entendez pas ?

Bérénice tend l'oreille, à l'écoute d'un bruit ténu. Un lointain claquement.

Pour en avoir le cœur net, elle met un écouteur et repasse le film sur sa caméra, en augmentant le son au maximum :

— Tap, tap, tap, dit-elle, je connais ce bruit ! C'est une machine à écrire !

— Mais ça vient d'où ? demande Zack.

— Ça vient d'en haut, dit Jo qui frappe les murs avec son poing pour chercher un son creux.

Dans une encoignure, il finit par trouver une boiserie qui sonne différemment. Habile de ses mains, Jo parvient à la faire coulisser partiellement. Un escalier étroit apparaît, à peine assez large pour monter de face, et d'une verticalité anormale, d'autant qu'il n'y a pas de rampe. Les trois jeunes poussent un cri de surprise lorsque la lampe torche du téléphone de Zack éclaire un épais rideau de velours rouge en haut des marches. Soudain une autre dimension semble s'ouvrir à eux et ils se mettent à chuchoter comme s'ils allaient commettre un crime. Ils décident de monter voir, mais Bérénice suggère qu'ils referment derrière eux pour que personne ne les trouve.

Une fois la boiserie coulissante remise en place, l'endroit paraît aussi minuscule qu'un placard. Zack a décidé de passer en premier, suivi de Bérénice. L'escalier est si étroit qu'il faut monter de travers et à la verticale ou presque, éclairés par les portables. L'air devient étouffant. Ils ne savent pas s'il faut rire ou crier. Zack écarte le rideau, dévoilant une pièce arrondie qui les projette dans un autre siècle, tant elle rappelle la cabine d'un bateau, la cabine du capitaine, tapissée de livres, de cartes. Tout est en bois, avec des angles arrondis et l'étroite fenêtre, la plus haute de la maison, dévoile une vue majestueuse sur l'Océan et les montagnes. Une odeur iodée flotte dans l'air. La petite table en bois est élégamment dressée pour deux personnes et les deux fauteuils qui se font face ont été déplacés, comme si les convives venaient de partir. La vaisselle est royale, car elle provient de l'épave d'une fameuse goélette corsaire de Saint-Jean-de-Luz ayant écumé le golfe de Gascogne au XVIIIe siècle, qui transportait dans ses cales un butin mirifique. À l'époque, ce port basque était appelé « Le Nid de Vipères » par les Anglais, tant ils en redoutaient les corsaires.

Le tapotement étrange reprend et Bérénice en comprend l'origine. Elle pousse un cri de surprise : de l'autre côté de la fenêtre, un corbeau d'un noir brillant frappe la vitre de son bec, car il y voit son reflet. Ce tapotement irrégulier rappelle en effet le bruit d'une machine à écrire.

— Alors c'est ça, ton bruit ? lance Zack.

— Les corbeaux, ça porte malheur, lance Jo qui est superstitieux.

Aussitôt, l'oiseau disparaît, presque sans battre des ailes.

— Ça craint, ici, lâche Zack.

— Bon, je vais fermer les volets, annonce Jo pragmatique.

Bérénice est attirée par une belle carte marine couverte d'annotations. Elle représente les fonds marins de ce fameux canyon qui commence près du bord, avec les noms de lieux sous-marins, dont certains ont été annotés à la main par quelqu'un ayant sans doute beaucoup navigué et pêché dans les parages : « Roches du Moulin », « Roches Duprat », « La Rampe », « Roches du Champ des Vaches », « Méandre de Talère », « Vatevielle », « Chez Loulou », « Cascatelle », « Roches du Doigt Mordu »…

— Regardez !

Bérénice pose le doigt sur ce lieu-dit sous marin, là, sur le versant sud du canyon.

— « Roches du Doigt Mordu » relit Zack.

— Je vous expliquerai pourquoi la maison s'appelle comme ça, répond Bérénice.

— Venez voir ! les appelle Jo.

Derrière un paravent oriental, dans le coin de la pièce, il a découvert une alcôve avec un tabouret, une table et une vieille machine à écrire à ruban, une authentique Remington. Elle a été utilisée récemment, comme en témoignent les touches enfoncées et les manuscrits éparpillés. Bérénice n'en revient pas. Elle remet les touches en place et s'amuse à taper quelques lettres.

— C'est exactement ce bruit-là que j'avais entendu : « Tap, tap, tap… »

Elle meurt d'envie de lire tout ce qui est écrit sur ces pages, et s'amuse à en filmer quelques-unes. Mais des voix d'adultes leur proviennent du dehors :

— Ohé ! Zack ? Jo ? Bérénice ?

On les cherche. Avant de quitter ce lieu étrange, Bérénice se tourne vers les deux frangins :

— Bon, écoutez-moi bien, tous les deux : on ne parle à personne de tout ça, ni de cet endroit. C'est notre secret, ok ?

Elle tend la main ; après une courte hésitation Zack la tape avec la sienne en disant : « Deal ! » Jo le suit de près et fait de même. Bérénice écarte le rideau et, avant de descendre l'étroit escalier elle se retourne vers eux, l'index en travers des lèvres pour leur rappeler d'être discrets :

— Motus et bouche cousue…

*

Quelques heures plus tard, le vent s'est abattu sur la maison avec la violence d'un fauve affamé. En quelques instants, le calme d'une belle journée ensoleillée a été balayé par les bourrasques glacées qui ébranlent Le Doigt Mordu. La maison vibre, tressaute sous les coups de boutoir. On tremble a l'idée que la toiture puisse être emportée par une rafale plus féroce. On dirait que la tempête s'acharne sur ce promontoire exposé.

Une légende aztèque prétend qu'un vent qui souffle trop longtemps et trop fort finit par rendre fous les humains, au point de les transformer en singes. Ce vent du sud souffle avec une telle violence sur Le Doigt Mordu qu'il est quasi-impossible de s'entendre ou de se parler. Chacun se retrouve isolé en lui-même tant la communication s'avère difficile. Des rafales et des courants d'air s'immiscent ici et là avec des hululements de sirènes et des mugissements sinistres, s'ajoutant à la mitraille des averses. Cette belle maison en bois est un vaisseau perché sur le haut d'une butte, un navire sur la crête de la vague. On s'attendrait à la sentir tanguer. Sa charpente gémit, les murs résonnent comme si un géant se jetait dessus, les poutres et les chevrons grincent, les volets mal ajustés jouent des castagnettes et c'est un concert cauchemardesque que le vent orchestre.

Passée l'excitation du début de la tempête, chacun s'est replié dans ses quartiers en attendant que la météo se calme. Les uns écoutent les infos en boucle, les autres lisent ou écoutent de la musique. Quant à Bérénice, casque audio sur la tête, elle s'est enfermée dans sa chambre pour travailler sur les séquences qu'elle vient de tourner. Sidérée, elle réécoute l'interview sur la terrasse du casino, le passage où l'homme aperçoit des petits nuages au loin sur une montagne et prédit précisément l'arrivée de « la brouillarta ». Et maintenant, les voilà au cœur de la tourmente…

De leur côté, les Canadiens ne se laissent pas démonter, car ils sont habitués aux aléas de la météo, blizzard ou grand froid, et Wendy a décidé de préparer un bon dîner pour la maisonnée, aidée par Jo, qui adore cuisiner avec sa mère. Rien de tel qu'une bonne tambouille pour remonter le moral des troupes. Quant à Thomas, il s'est mis à disposition du quartier-maître Louise, car ce grand gaillard sait tout faire de ses dix doigts. En entendant Louise lui donner des ordres pour faire ceci ou cela dans la maison, on aurait pu penser que Thomas se froisserait et qu'ils allaient clasher. Or il n'en est rien, bien au contraire, on les entend rire fréquemment. Octavio passe son temps au téléphone, appelant ses amis, s'informant de la situation, des dégâts sur la commune et de l'état de la mer. Il a cherché plusieurs fois à joindre Madame Cazaubon, mais elle ne répond pas.

Plus tard, alors que le vent ne faiblit pas, on frappe à la porte de Bérénice. C'est Zack ; elle le laisse entrer dans son petit royaume car elle l'aime bien, il est doux. Elle continue à travailler un peu tandis qu'il lit un vieux livre pris sur l'étagère : *Lapérouse, le voyage sans retour*. La jeune femme sait qu'il n'est pas rassuré par la tempête et cette situation si bizarre, mais elle le trouve cool et il sait se faire oublier. Bérénice visionne les images tournées plus tôt avec cet homme et cette femme, Étincelle. Elle veut mêler leurs voix et leurs visages pour réaliser un flash onirique sur ce canyon sous-marin qui serait vivant…

Son flot d'idées est interrompu par la sonnerie du téléphone. Lorsqu'elle voit le nom de Rufus s'afficher, elle sursaute et son cœur bat à deux cents à l'heure. Elle fait signe à Zack de ne pas bouger et de ne pas faire le moindre bruit ; puis elle répond. La voix vive et grave du réalisateur la cueille à toute allure :

— Hey, Béré, j'ai entendu dire qu'il y avait une grosse tempête là où tu es ?

— Oui oui, mais ne vous inquiétez pas, je suis en sécurité...

— Bien sûr, bien sûr, mais je voulais surtout te dire d'en profiter, tu comprends ?

— Euh oui, je suis justement en train de travailler...

— Non, pas travailler, Béré, filmer ! Ce n'est sûrement pas un hasard si la tempête arrive sur toi ! On en parle même aux infos.

— Oui mais pour l'instant on ne peut pas sortir, répond-elle un peu gênée, c'est trop dangereux...

— Eh bien alors filme les carreaux avec la pluie, les volets qui claquent, mais surtout, filme le vent...

— Le vent ? Comment ça ?

— Le vent, c'est comme ce qu'on veut montrer dans un film : les sentiments. On ne le voit jamais, mais il existe par ses effets, comme les sentiments. Il fait tomber les arbres ou soulève des montagnes, tout comme les sentiments, la colère ou l'amour ! Tu es toujours là ? demande Rufus, craignant une coupure.

— Oui, oui, répond Bérénice, j'étais en train de réfléchir à ce que vous venez de dire. J'adore l'idée. C'est comme un fantôme...

— Oui, si tu veux ! Alors profite bien de ta tempête, et envoie-moi quelques images dès que tu peux, okay ? Allez : « Action ! »

— Oui Rufus, promis je m'y mets !

Une fois la communication coupée, Bérénice regarde dans le vide et soupire avant de laisser échapper :

— Oh la vache ! Je viens de prendre une sacrée leçon !

— Tout va bien ? demande le jeune homme qui est resté silencieux dans le fauteuil pendant le coup de fil.

— J'ai une chance incroyable, Zack. Je viens de prendre une leçon de cinéma de la part du grand Rufus Andersen…

— De qui ? Zack fait la grimace. Pas le Rufus Andersen qui a réalisé *La Treizième oreille*, j'imagine ?

— Mais si ! J'ai été choisie pour faire un stage avec lui ! Et au lieu de cela, je me retrouve ici…

— Et c'est carrément lui qui t'appelle ?

— Oui, mais là, il m'a fait comprendre quelque chose d'énorme…

— C'est quoi ? demande Zack déconcerté.

— Eh bien, si on veut montrer quelque chose, il ne faut pas le montrer…

— Ah bon ? Euuh…

Sans plus épiloguer, Bérénice prépare sa caméra et met une bonnette à son micro. Puis elle se tourne vers Zack :

— Viens, on va chercher le vent ! dit-elle en sortant de la chambre.

Une délicieuse odeur de gratin monte du four de la cuisine jusqu'à l'étage. Wendy est aux manettes. Près d'elle, Jo moud du poivre au-dessus d'une grande marmite d'eau qui chauffe :

— Encore du poivre ? demande-t-il à sa mère.

— Oui, encore, vas-y. Pour les tourteaux, il faut beaucoup d'eau, beaucoup de sel et beaucoup de poivre. Rien d'autre.

Comme s'ils avaient compris qu'on parlait d'eux, les deux gros crabes s'agitent dans le sac en plastique sur l'évier. Octavio arrive en reniflant les bonnes odeurs et remercie Wendy et son fils. Dehors, les rafales sont de plus en plus virulentes et la maison gémit de partout. Le bruit est constant, comme si le vent ne cessait de forcir en hurlant ; ce qui épuise tout le monde et provoque un état de tension permanente.

— On dirait une meute de loups ou de coyotes, dit Jo qui ajoute du gros sel dans l'eau tiédissante.

— Ça, c'est chez vous au Canada, répond Octavio en souriant, ici ce serait plutôt des chants de sirènes…

Mélancolique, Wendy reprend :

— Chez nous, aux îles de La Madeleine, dans le golfe du Saint-Laurent, on dit que c'est le chant des marins noyés en mer…

Sur cette note sinistre, arrivent Louise et Thomas, finissant une conversation qui les a fait rire. Eux aussi reniflent la bonne odeur du gratin ; tous se sentent solidaires face à la tempête, jusqu'au moment où le téléphone d'Octavio sonne. Le nom de Madame Cazaubon s'affiche :

— Ah, quand même ! souffle-t-il en répondant. Allô oui, bonsoir Madame Cazau… Ah ? Vous n'êtes pas Madame Cazaubon ? Mais alors… Oui, oui, je vous écoute, excusez-moi…

Octavio écoute attentivement ce qu'on lui dit au téléphone et ses yeux s'agrandissent :

— Oui, je comprends… sa voisine, d'accord. Vous avez vu sur son téléphone… oui, j'ai essayé plusieurs fois de la joindre et… Ah bon ? Je ne savais pas. J'espère que ce n'est pas trop grave ?

Lorsqu'il pose son téléphone, il les regarde :

— Madame Cazaubon est aux urgences ! Apparemment, elle a mélangé ses médicaments et elle s'est empoisonnée…

— La pauvre…

— Elle me foutait les jetons cette bonne femme ! lâche Jo en se rongeant un ongle. J'étais sûr que ce corbeau portait malheur…

— Quel corbeau ? demande Octavio les sourcils froncés.

— Non, non, rien, souffle Jo, craignant d'en avoir trop dit.

À ce moment, un étrange silence passe sur la maison et l'on pourrait se prendre à espérer un répit, mais c'est le calme qui précède le tumulte. Le vent reprend de plus belle et un puissant craquement résonne, suivi par un choc sourd à l'étage, qui ébranle la maison. Un cri les alerte, c'est Bérénice !

Tous se ruent dans l'escalier. Au fond du couloir, une porte bat dans les courants d'air et s'ouvre sur une pièce pleine de meubles, un débarras que Bérénice était en train de filmer, caméra au poing, lorsqu'une grosse branche de pin est tombée sur l'avant-toit et la fenêtre, faisant exploser les carreaux. Le vent s'engouffre, ainsi que des branchages avec des aiguilles de pin bien vertes. On dirait qu'un arbre a poussé à l'intérieur de la maison. Bérénice s'avance malgré la pluie et le vent, elle filme les rideaux et les draps qui claquent au vent comme les voiles d'un bateau en détresse. Elle croit entendre la voix de Rufus dans son oreille qui l'encourage : « Vas-y, Béré, montre-nous ce que tu vois, fais parler l'invisible ! »

Alors elle balaie la scène de son objectif : sa mère vient d'arriver, elle piaille, de peur que la toiture s'effondre ; Octavio craint que ça empire ; Thomas, aidé par Jo, cherche des planches, des clous et un marteau pour colmater les brèches, comme si le bateau allait couler ; Wendy est allée chercher des serpillières et un seau. Zack reste proche de Bérénice pour la protéger. À présent, elle choisit de filmer les visages qui l'entourent, des gros plans sur la peur, la confusion, les yeux, les bouches, les mains…

— Cet endroit est maudit! lance Jo. Avec Madame Cazaubon ça fait beaucoup!

— Comment ça, Madame Cazaubon? demande Bérénice tout en continuant de filmer.

— Tu sais pas? continue Jo. Elle est aux urgences, elle s'est trompée dans ses médocs…

Choquée, la jeune fille se raidit et arrête la caméra. Elle a du mal à croire que cette dame qui lui a montré le portrait dans sa chambre soit maintenant entre la vie et la mort. Cette nouvelle l'affecte, car elle est sûrement l'une des dernières à lui avoir parlé. Elle revoit toute la scène, le portrait de cette jeune femme pirate, et la vieille dame qui lui avait fait confiance. C'est un peu comme si elle lui avait légué quelque chose d'essentiel. Pourvu que la maison ne soit pas maléfique! L'apparition dans le miroir, le corbeau, la machine à écrire, la tempête, la fenêtre qui explose dans la tempête… Et maintenant, Madame Cazaubon!

— Mais enfin, qu'est-ce qui lui est arrivé? demande Bérénice, les yeux rougis.

— On n'en sait rien, répond Octavio, c'est sa voisine qui m'a appelé. C'est sans doute à cause de la tempête.

Au même moment, malgré la furie du vent, Bérénice croit entendre le petit tapotement de la machine à écrire! Ça lui donne la chair de poule. Elle observe Zack et Jo, mais ils n'ont pas l'air d'entendre quoi que ce soit.

*

Peu à peu, Jacquotte se transforme en cocotte-minute. Elle sait que les choses s'accélèrent et que l'étau se resserre autour de la maison. Des forces antagonistes les entourent. Elle pourrait très bien disparaître elle-même dans ce nœud qui se referme sur Le Doigt Mordu. Certes, Jacquotte n'est qu'un spectre sans matérialité apparente, mais tout comme le vent, elle peut bousculer les destinées. La preuve avec cette vieille bique qui devenait gênante… *J'ai toujours su qu'elle était dangereuse*, songe Jacquotte, *elle fourrait son nez un peu partout.* Madame Cazaubon incarnait Le Doigt Mordu, et elle en connaissait l'histoire, mais elle s'apprêtait à révéler aux deux familles une vérité qui n'en était pas une… En effet, elle s'occupait de la maison avant qu'elle soit rachetée par Hubert et elle avait suivi de loin ses tractations pour trouver l'argent nécessaire à son acquisition. Mais Madame Cazaubon en avait tiré des conclusions erronées qui pouvaient faire exploser ces deux familles, convaincue que Hubert avait été payé pour engrosser Julie… En vieillissant, elle voulait se soulager de ce terrible secret, mais cela risquait de mener à la disparition pure et simple de Jacquotte, qui n'avait aucunement l'intention de se laisser faire. On ne se débarrasse pas comme ça des esprits !

La veille au soir, Jacquotte avait entendu la Cazaubon promettre aux Canadiens qu'elle reviendrait le lendemain pour tout leur expliquer… Elle menaçait de tout faire dérailler ! Aussi Jacquotte avait-elle dû passer à l'action. Heureusement pour elle, ce vent violent s'était levé, semant un désordre propice à ses funestes desseins. Elle s'était arrangée pour écarter Hubert quelques jours. Mais la vieille gouvernante tenait une bombe entre ses mains… Aussi, profitant de la brouillarta qui soufflait avec violence, Jacquotte avait déployé ses maléfices pour que Madame Cazaubon soit mise hors d'état de nuire pendant un moment. Et le tout sans la toucher directement, comme le vent. Jacquotte était partout à la fois. Elle fit claquer les volets de la maison, puis la sonnette de la porte se mit à la réveiller inopinément. La vieille bique avait dû se lever une bonne demi-douzaine de fois et commençait à se sentir vaseuse. À peine recouchée, on sonnait à nouveau et l'on tambourinait même à sa porte. Elle avait beau descendre le plus vite possible, il n'y avait jamais personne. Rien que le vent… La dernière fois qu'elle s'était recouchée, ses draps étaient glacés et trempés. Lorsqu'elle voulut les changer, les lumières s'étaient mises à clignoter. Pour l'apeurer, Jacquotte mêlait ses hurlements de louve aux mugissements de la tempête.

Comme la gouvernante souffrait d'insomnies causées par de fréquents cauchemars, Jacquotte l'avait poussée à acheter des gouttes – un peu fortes – pour dormir. Ces extraits de plantes s'avéraient efficaces, à condition de bien espacer les doses. Or, ce soir-là Jacquotte avait joué avec les aiguilles du réveil en les reculant et, dans sa confusion, Madame Cazaubon avait multiplié ses doses par deux, ce qui avait causé son intoxication. C'était sans doute bien triste, mais Jacquotte n'avait pas le choix. La vieille s'en remettrait, car elle venait d'une lignée de femmes coriaces. Il fallait à tout prix préserver l'âme de la maison, dont Jacquotte était la seule véritable dépositaire. Depuis quelque temps, les vautours de l'immobilier tournoyaient au-dessus de leurs têtes pour bétonner ce terrain exceptionnel. Si jamais cela se produisait, ce serait la fin des fins, ce qui risquait de déclencher une malédiction vieille de plus de vingt siècles, pleine de sang et de souffrances…

4

CONCEPTION

Jo s'est chargé de placer délicatement les deux gros crabes un par un dans la grande marmite d'eau bouillonnante, le dos vers le bas, posés sur une écumoire. Ses gestes sont précis ; il adore cuisiner avec sa mère.

Une fois le deuxième tourteau immergé, l'eau cesse de bouillir.

— Dès que l'eau recommencera à frémir, tu...

— Oui, je sais, maman, soupire Jo, « 16 minutes à petit bouillon ». Tu me l'as dit au moins cent fois !

— Vous avez aussi des tourteaux en Colombie-Britannique ? demande Bérénice qui le regarde faire.

— Chez nous, on a les king crabs, le crabe royal d'Alaska ! répond Jo. Ils sont énormes !

— ... plutôt du Kamtchatka, corrige sa mère tout en surveillant la cuisson des crabes, dont le fumet marin et poivré embaume la pièce.

— Et puis les plus gros ne sont pas forcément les meilleurs, répond Bérénice. Moi j'adore les tourteaux, mais on n'en mange jamais à la maison.

— Pourquoi ? Tes parents n'aiment pas ça ? demande Wendy.

— Ben tu sais, mon père est assistant vétérinaire et ma mère bouddhiste, alors voilà, ils ne veulent pas trop tuer d'animaux… Mais moi, ça ne me dérange pas, je mange de tout. J'ai des dents de carnassier !

En disant cela, Bérénice éclate d'un rire féroce. Dans la lumière dorée de la cuisine, ses cheveux sont d'un roux presque rouge, sa peau cuivrée, ses dents d'un blanc étincelant, ses yeux d'un bleu-vert ultramarin et Zack, qui l'observe en épluchant des carottes, songe qu'elle pourrait être une reine viking !

Arrivent Thomas et Louise, qui ont sécurisé la pièce du haut. En entrant dans la cuisine, elle se met à éternuer en disant : « C'est le poivre, ça me monte aux narines. » Thomas éternue à son tour : « Moi aussi, pareil ! » Malgré la tempête qui ne faiblit pas, l'ambiance est bonne. Wendy sort le gratin dauphinois du four et Jo annonce que les crabes seront cuits dans sept minutes. Octavio arrive, une bouteille de vin à la main, et clame fièrement :

— On ne va pas se laisser abattre !

À ce moment précis, toutes les lumières s'éteignent dans la maison, comme dans un spectacle bien réglé. Le noir est complet. Seul le voyant rouge de la caméra dans la main de Bérénice luit faiblement. Chacun allume son portable, mais comme le dit Thomas dans le noir, en bon Canadien pragmatique :

— Il vaut mieux économiser les batteries en attendant que le courant revienne… On ne sait jamais !

À la lueur d'un briquet, Octavio retrouve l'emplacement du tableau électrique indiqué par Madame Cazaubon dans l'entrée, mais aucun fusible n'a sauté. La panne doit être généralisée. À la cuisine, on cherche vainement des bougies. Wendy allume le gaz pour y voir plus clair. Impossible de trouver des bougies ! Bérénice se souvient alors des candélabres et des chandelles dans l'observatoire. Lorsqu'elle en parle à Jo et Zack, les deux frères bottent en touche, inquiets à l'idée d'y grimper dans le noir et en pleine tempête. Bérénice, elle, n'a peur de rien. Effrontée et curieuse, elle décide d'y aller seule, pendant que chacun continue de s'agiter en bas. *Au final*, songe-t-elle, *les femmes sont toujours plus courageuses que les hommes !*

À vrai dire elle se sent même attirée par cette pièce, et elle y monte en s'éclairant du flash de sa caméra. Lorsqu'elle écarte le lourd rideau rouge en haut de l'étroit escalier, Bérénice n'en revient pas : alors qu'elle se trouve dans la pièce la plus haute de la maison, elle ne perçoit pas le moindre bruit de l'extérieur, ni vent ni pluie… C'est comme si elle pénétrait dans une autre dimension et que rien d'autre n'existait.

La caméra éclaire légèrement les alentours alors qu'elle continue à filmer. Bérénice retrouve les deux candélabres Louis XV en bronze torsadé, portant chacun sept chandelles rouges, mais elle constate avec surprise qu'elles ont en partie brûlé, alors qu'elles étaient neuves la dernière fois ! Son cœur se met à battre très vite. Se pourrait-il que quelqu'un vive ici en cachette ?

Tout en filmant la pièce arrondie qui rappelle la cabine du capitaine sur une frégate du XVIIIe siècle, Bérénice a un drôle de pressentiment, comme si quelqu'un était venu ici récemment. Une présence qui aurait envie de se manifester. Caméra en avant, elle s'approche de l'alcôve où se trouve la machine à écrire. Elle sent alors quelque chose sous son pied et s'arrête pour regarder : c'est un médaillon ancien. Bérénice éclaire le bijou qui s'ouvre sur une petite photo ovale. Elle représente un couple sur le seuil de la maison, des années auparavant. En y regardant de plus près, elle voit que la tête de la femme a été grattée jusqu'à ne plus laisser, en guise de visage, que le blanc du papier.

Sans réfléchir, elle empoche le médaillon puis braque sa caméra vers l'alcôve afin de filmer la machine à écrire et les papiers épars. Un curieux parfum flotte dans l'air, salé, musqué, avec un fond de tabac. Bérénice prend son temps pour zoomer et faire des plans fixes, mais lorsqu'elle jette un œil sur l'écran de contrôle, elle fait un bond, au point de trébucher. Elle y voit une femme. Très belle, les cheveux rouges, assise au bureau face à la vieille Remington, une longue cigarette allumée au bout des doigts, elle la salue d'un geste royal. Mais lorsque Bérénice regarde le bureau, il n'y a personne! Sur l'écran de la caméra, l'apparition rigole de son étonnement. Son visage est familier, on pourrait lui trouver une ressemblance avec elle-même…

Une petite voix vient de l'escalier :

— Ça va ? Bérénice ?

C'est Zack, il est là. Le jeune homme a pris son courage à deux mains pour monter voir ce qu'elle faisait. Encore sonnée par ce qu'elle vient de vivre, elle a hâte de se repasser les images captées par la caméra. En attendant, elle tend un candélabre à Zack et ils redescendent avec quatorze chandelles pour éclairer la maison.

Une fois les bougies réparties, une ambiance de fête flotte autour de la grande table de la cuisine. Octavio débouche sa fameuse bouteille, Wendy et Jo disposent le festin sur la table, et bientôt tout le monde s'installe.

— Un dîner aux chandelles! s'exclame Thomas, émerveillé.

— C'est quand même dingue ce qui nous arrive ! ajoute Louise en s'asseyant à côté de son nouvel ami, Thomas.

Tous deux s'entendent comme larrons en foire, ce qui entame un peu la bonne humeur d'Octavio.

— Si seulement nous savions qui est le propriétaire de cette maison… commence Wendy.

Bérénice écoute d'une oreille distraite et repense au médaillon qu'elle a trouvé avec ce couple et la femme sans visage… Il faut qu'elle l'examine de plus près.

— Demain, déclare Octavio avec autorité, nous irons chez Madame Cazaubon. Il y aura peut-être quelqu'un là-bas pour nous renseigner.

— Qui prend du tourteau ? demande alors Jo salivant d'impatience.

Zack dit ne pas aimer ça et Louise préfère éviter de manger un animal qu'on a ébouillanté vivant. Octavio s'apprête à refuser, car il combat lui aussi la souffrance animale, mais au dernier moment, sans doute par provocation, il tend son assiette devant le regard horrifié de Louise. Quant à Thomas, un peu gêné, il préfère commencer par le gratin, ce qui fait froncer les sourcils de sa femme. Bientôt, tout le monde mange avec appétit, oubliant la tourmente au-dehors. Bérénice savoure le corail tiède qu'elle a extrait de la carapace d'un tourteau. Ces gonades orange et moelleuses sont la meilleure partie du crabe, leur goût merveilleux est à nul autre pareil. Près d'elle, sa mère et Thomas mangent du gratin et Bérénice s'étonne du lien qui semble se tisser entre eux.

L'alcool et la bonne chère aidant, les langues se délient et les uns et les autres se racontent. Bérénice s'écarte pour regarder ce qu'elle a filmé dans la pièce du haut, et son cœur se serre lorsqu'elle constate qu'il n'y a pas l'ombre d'une apparition à l'image. Son esprit lui aurait-il joué des tours ? A-t-elle entièrement imaginé cette femme aux cheveux rouges, qui semblait si vivante et réelle ?

*

À des milles et des milles de là, le ciel et la mer ressemblent à du plomb fondu, tant le soleil est chaud et le vent inexistant. *L'Archimède*, un beau voilier de 13 mètres, se balance tristement dans le calme plat, cette « pétole » tant redoutée des marins à voile. À l'ombre du taud installé dans le cockpit, Hubert fulmine. Lui qui se voyait naviguant à belle allure au grand largue avec beau temps et belle mer, le voilà purement et simplement encalminé à une journée de mer du port le plus proche. C'est insupportable. Certes, le bateau est magnifique et sans doute très marin, mais pour l'instant, l'absence de vent les a obligés à naviguer au moteur… Jusqu'à cette panne stupide qui les coince dans cette mer d'huile. Albert, le propriétaire du bateau, ayant eu la main un peu lourde sur le rhum, a profité du calme pour aller cuver ses excès sur sa couchette, d'où s'élève un ronflement digne d'un hors-bord.

Hubert, lui, ne veut pas dormir, cette immobilité l'oppresse, l'angoisse. Plus rien ne bouge et l'air pèse des tonnes. Si ça continue, le bateau va fondre et se dissoudre dans l'eau. Les calmes sont propices aux mauvais rêves et aux visites d'outre-monde… Lorsque les anciens voiliers des conquistadores espagnols se trouvaient pris dans les pétoles et les sargasses pendant des jours, l'eau venait à manquer et l'on ne pouvait plus nourrir les chevaux dans les cales. Ces animaux, destinés à galoper sur les prairies du Nouveau Monde, finissaient jetés par-dessus bord et agonisaient autour des navires. Des légendes de marins disent qu'on peut encore entendre leurs hennissements et leurs galopades lorsqu'on navigue sous ces « Latitudes du Cheval »... Hubert est de plus en plus nerveux, comme s'il sentait qu'une chose terrible allait se produire.

La météo marine a prévu que le vent se lèverait en fin de soirée, mais pour l'heure ils sont englués, entourés d'algues et de débris plastiques. Hubert Delage a été un marin immobile durant sa carrière d'officier marinier, puisqu'il était guetteur dans les sémaphores. C'est un travail passionnant touchant à la météo, la sécurité maritime et nationale, le secours et le sauvetage, le trafic maritime, les tempêtes, la pêche, les pollutions, mais tout cela s'effectue en haut d'une tour de contrôle qui surplombe la mer avec de nombreux moyens d'observation et de communication. Tout comme le gardien de phare qui scrute la mer, Hubert avait ainsi passé des années parmi quelques-uns des 59 sémaphores du littoral français, Dieppe, Sète, la pointe de Grave, Messanges, Socoa, à scruter la mer depuis la terre, sans jamais voguer à la poursuite de l'horizon. Et lorsqu'il avait pris sa retraite dans sa maison, Hubert s'était retrouvé, une fois de plus, immobile à scruter l'Océan du haut de son observatoire, comme il l'a fait pendant tant d'années. Mais aujourd'hui, tout cela doit cesser. *Il est temps de larguer les amarres*, songe-t-il, écrasé par la chaleur et aveuglé par les reflets du soleil à la surface. Ce voilier est la clé qui va lui ouvrir les portes de la liberté, il le sait, il le sent.

Depuis toutes ces années, Hubert est prisonnier de la maison ; elle est à la fois sa tanière et son boulet. Il y a entassé toute sa vie, ses objets, ses livres, ses dessins, mais peu à peu, il a l'impression de s'y enliser. Et puis il y a Jacquotte, bien sûr, l'âme imprévisible du Doigt Mordu… Ange ou démon, c'est selon, Hubert s'est habitué à vivre avec elle malgré ses maléfices… Oui mais voilà, un homme est venu le trouver le mois dernier pour lui faire une proposition impossible à refuser ! N'est-il pas temps de se libérer de cette grande bicoque et de tout son contenu ? Évidemment, Jacquotte a flairé l'histoire et leurs rapports se sont considérablement tendus. Mais ici, au grand large, Hubert peut tout oublier pour ne plus faire qu'un avec les flots.

Tout oublier… ou presque, car un parfum iodé lui monte aux narines, une odeur qu'il reconnaît tout de suite. Lorsqu'il ouvre les yeux, Jacquotte est là, installée dans le cockpit, toute mouillée comme si elle sortait de l'eau ! Elle est splendide, avec sa crinière rousse et son corps fuselé couvert de tatouages. Le moindre de ses gestes est harmonieux. C'est peut-être la grâce accordée aux âmes mortes qui flottent encore parmi les vivants ? Elle regarde Hubert avec tendresse.

— Mais comment es-tu arrivée là? demande-t-il, déstabilisé.

— Tu sais bien que je suis partout, Hubert. Je traverse l'eau avec la même facilité que le temps… Et ce n'est pas à une vieille pirate comme moi que tu vas cacher un bateau !

— Toi, tu es jalouse parce que je suis parti naviguer avec un copain…

— Tu parles d'un copain ! C'est surtout le proprio du rafiot que tu veux acheter, mais il ronfle plus fort qu'un cargo. Si ça continue, il va réveiller les calamars… Et puis, mon pauvre chéri, en guise de « navigation », je constate que tu sembles condamné à l'immobilité. Pas de chance pour un sémaphoriste ! Pour une fois que tu montes à bord d'un voilier, il n'y a pas un pet de vent…

Jacquotte semble tellement ravie, qu'Hubert se demande si elle n'y est pas pour quelque chose.

— Mais il faudrait que tu rentres, tu sais, ajoute-t-elle pleine de malice.

— Bof, au point où j'en suis, ça ne presse pas.

— Tu n'as donc pas envie de les rencontrer ?

— Rencontrer qui ?

— Ben… Tes deux petites têtes blondes, tes bâtards, le fruit de tes amours…

— Bon, allez, tu délires, Jacquotte, arrête de déblatérer comme un vieux chameau, ce n'est pas drôle… Je parie que c'est encore une de tes ruses pour me faire rentrer au Doigt Mordu ? Sauf que là, je te signale qu'on est carrément en panne…

— Bah ! Ce n'est rien, répond-elle avec son sourire sardonique, je peux réparer ça d'un claquement de doigts. En attendant, tu es vraiment en train de rater quelque chose à la maison. L'ambiance est très rock'n'roll en ce moment, et crois-moi, Bérénice est délicieuse… Ses cheveux ont la même couleur que les miens, c'est vraiment frappant. Et mon chemisier pirate avec son col jabot lui ira à merveille. Elle a un côté garçon manqué, je trouve, mais elle a remplacé son épée de pirate par une caméra…

— Je ne comprends absolument rien à ce que tu racontes, Jacquotte. Tu divagues.

— Si tu la voyais… Elle pourrait être notre fille !

— Mais enfin, de qui parles-tu ? Qui est cette Bérénice ?

— Souviens-toi, Hubert, de la fois où tu m'as trompée avec cette garce de Julie… J'aurais dû mettre le feu à la maison, cette nuit-là. Au lieu de cela, je vous ai regardés et je t'ai même aidé à la faire jouir !

Jacquotte se met à rire méchamment dans le cockpit du voilier. Le soleil chauffé à blanc est étourdissant.

Pourquoi Jacquotte lui parle-t-elle de cette femme ? « Julie ! ». Le nom résonne dans la tête d'Hubert… L'histoire remonte à loin, très loin, avant l'achat du Doigt Mordu. Il exposait pour la première fois ses dessins et aquarelles réalisés face à la mer. Hubert avait une façon particulière de représenter l'Océan et les bateaux en s'inspirant des marines anciennes, mais dans un style contemporain. On y voyait des frégates, des goélettes, des brigantins, des voiliers, des cargos, mais avec une modernité qui se reflétait sur ses personnages. Ses œuvres étaient exposées, parmi d'autres, au Sporting Casino d'Hossegor, bâtiment emblématique construit dans les années 1920-1930, où sport et élégance faisaient bon ménage. Le soir du vernissage, malgré un ciel menaçant, Hubert s'était vêtu avec son habituelle élégance décontractée. Il avait marché de Capbreton à Hossegor en passant le pont du Bouret, puis le pont Notre-Dame, avant de longer le canal jusqu'au Sporting. Il aimait beaucoup marcher le long de l'eau, car ces rêveries déambulatoires et aquatiques l'inspiraient.

À cette époque Hubert habitait un appartement humide en entresol, près du château d'eau de Capbreton, mais il rêvait d'une maison d'où il pourrait voir la mer. Or, il venait juste de visiter une incroyable bicoque perchée en haut d'un tuc proche de l'Océan, qui portait un nom bizarre, Le Doigt Mordu. Elle était encore dans son jus, construite par un original, musicien et pêcheur, mort quelques années plus tôt. Depuis, elle était restée inhabitée. Hubert fut immédiatement sous le charme de cette demeure inclassable, car quelque chose en elle l'appelait. Il aurait adoré y vivre, mais elle était très largement au-dessus de ses moyens, ce qui lui crevait le cœur, car il était tombé en amour de cette maison, comme si elle lui était destinée. Au moment de repartir, après sa visite, il avait cru entendre une phrase bizarre : « Si tu me veux, reviens ! ». Depuis, Hubert n'avait cessé d'en rêver, désespéré qu'elle soit trop chère pour lui.

À quelques centaines de mètres de là, une Jaguar XJ-S était garée sur le parking du Sporting. La femme qui se trouvait à l'intérieur n'en finissait pas de se remaquiller dans le rétroviseur, en pestant contre le monde entier. Julie n'avait aucune envie d'être là, mais elle devait représenter son puissant mari à ce vernissage qui menaçait d'être follement ennuyeux, avec des artistes prétentieux et de l'art amateur de province. Julie était une femme impatiente, pétulante, et son mari un bloc de marbre, un homme aussi pondéré qu'autoritaire. Elle qui détestait les mondanités, allait se retrouver à faire la potiche contre son gré. D'un autre côté, la vie quotidienne n'était guère plus réjouissante, dans la mesure où son époux ne pouvait pas lui donner d'enfant, pas plus qu'il ne lui procurait de plaisir. Et puis le Señor José Delgado était un homme très occupé qui voyageait, jouait beaucoup au golf et brassait de nombreuses affaires en France et en Espagne, d'où il était originaire.

Pour la petite Bordelaise qu'était Julie Miramont, épouser un homme aussi puissant représentait un rêve. Un rêve qui sentait l'opulence, mais aussi la solitude. Aujourd'hui, elle passait l'été dans une magnifique villa basco-landaise sur le bord du lac d'Hossegor, participait aux soirées huppées des années Giscard, bronzait à la plage de la Gravière en lorgnant les beaux sauveteurs, et conduisait une Jaguar.

Mais au fond, elle se morfondait, dévorée par son envie d'enfant. L'autoradio crachouillait les dernières nouvelles par la voix émue d'un envoyé spécial :

La situation est critique, ici dans le Gers, à la suite des pluies torrentielles et ininterrompues de juillet qui ont provoqué des inondations catastrophiques... Le fleuve en crue emporte tout sur son passage, des ponts et des habitations, des villages entiers... Ces inondations sans précédent mobilisent plus de 500 CRS et 250 secouristes. À l'heure qu'il est, on déplore plus de 15 morts et le nombre des sinistrés s'élève à plusieurs milliers, notamment dans la ville d'Auch...

Lorsque Julie sortit de la voiture, trois gouttes tombaient du ciel, aussi prit-elle son parapluie télescopique. Deux secondes plus tard, la pluie s'intensifiait. Un homme élégant courait dans la même direction, en évitant d'être trop mouillé, c'était Hubert. Julie venait d'ouvrir son parapluie ; la rencontre, inéluctable, se fit tout naturellement. Elle n'eut même pas besoin de prononcer une seule parole, il s'inclina de lui-même sous le parapluie et ils trottinèrent ensemble vers l'entrée. Tous deux arrivèrent en trombe devant la porte, trempés et hilares, sans savoir pourquoi. Ils furent accueillis par le directeur du casino ainsi que l'attaché culturel de la mairie, qui les saluèrent chaleureusement, supposant qu'ils étaient ensemble :

— Vous êtes très assortis, dit l'un en remarquant que tous deux étaient vêtus de noir et blanc.

Ils se regardèrent, se découvrant pour la première fois, et Julie, inspirée, décida de jouer le jeu :

— Oui, figurez-vous que nous avons décidé de nous habiller pareil ce soir, n'est-ce pas, très cher ?

— C'est exact, très chère, répondit Hubert ravi d'entrer dans son jeu, et comme toujours, vos désirs les plus fous sont des ordres !

Heureux de leur bonne blague, ils se mêlèrent à la foule dans le Salon Bleu :

— Il y a bien plus de monde devant le buffet que devant les tableaux ! observa Julie, moqueuse.

— Eh bien allons-y, suggéra Hubert en la guidant vers un bout de table où il avait reconnu Thierry, un garçon du coin avec lequel il jouait parfois aux cartes. Après avoir échangé quelques mots avec lui, Hubert revint vers Julie avec deux coupes de champagne :

— Puis-je offrir à ma délicieuse épouse – dont je ne connais toujours pas le nom – une coupe de champagne ?

— Mais certainement, ô mon cher époux inconnu ! répondit-elle en riant.

Ils trinquèrent :

— Je m'appelle Hubert.

— Et moi Julie.

De toute évidence, ils se plaisaient. Le hasard les avait réunis et ils n'avaient aucune envie de se quitter. Julie proposa d'aller « quand même » jeter un œil sur les œuvres exposées. Ils déambulèrent devant diverses peintures plus ou moins réussies. Julie ne s'attardait pas. Mais lorsqu'ils s'approchèrent du fond de l'expo, un petit groupe s'illumina à la vue d'Hubert :

— Aaah, enfin ! Voilà l'artiste !

Il fut chaleureusement salué par ses admirateurs qui observaient Julie avec intérêt.

— Je vous présente Julie, dit-il simplement.

Elle s'inclina et leur sourit, surprise qu'Hubert ne lui ait rien dit. Les amis se rapprochèrent pour complimenter

Hubert sur son travail. Sans rien dire, Julie alla se planter devant les dessins, les encres et les aquarelles en les regardant posément, une à une, pendant que les amis d'Hubert faisaient son éloge. « Ça fait penser à certaines encres de Victor Hugo… » ; « Il y a un air de Corto Maltese dans les personnages… » ; « J'adore le côté dépouillé, ligne claire… » ; « Et en même temps tous les détails sont exacts, comme dans une marine, on voit que vous connaissez la mer et les bateaux… »

Julie perdit son regard dans ces petits tableaux qui la touchaient plus qu'elle ne voulait se l'avouer. Ils étaient poétiques, sobres et beaux, de véritables incitations aux grandes traversées. Elle s'approcha de lui et observa ses mains burinées qu'il agitait en parlant. Elle se prit à imaginer que ces mains-là pourraient la caresser avec une grande douceur et elle se pencha vers lui :

— C'est très beau. J'aime beaucoup.

À son tour il se pencha suffisamment près pour pouvoir humer sa nuque, à la naissance des cheveux, un parfum de sève et d'ambre :

— Merci, ça me touche vraiment venant de vous…

— De moi ?

— Oui, mon épouse inconnue !

Ils rirent et se baladèrent dans l'expo, reprenant du champagne tout en continuant à jouer le jeu du couple. Si bien qu'ils quittèrent tout naturellement l'établissement ensemble et Julie proposa de le ramener dans la somptueuse voiture de son mari qui sentait le cigare, le cuir et le parfum. De toute évidence, ils avaient terriblement envie l'un de l'autre, mais Hubert n'osait pas l'amener dans son modeste appartement en entresol, et Julie ne pouvait pas non plus le ramener chez elle, dans la somptueuse villa de son époux. Alors Hubert eut une illumination et sut où aller, car il n'avait pas encore rendu le double des clefs du Doigt Mordu à l'agent immobilier, qui était l'un de ses bons amis.

Sans expliquer à Julie où ils allaient, il la guida jusqu'en haut du tuc. La lune était pleine et les pins en contre-jour ressemblaient à des guerriers réunis en cercle autour de la maison, qui avait fière allure dans la nuit étoilée. Julie sentit monter son excitation dans cet endroit fantomatique ; avant même qu'Hubert ne déverrouille la porte, elle s'était mise à le caresser langoureusement.

Lorsqu'elle découvrit Le Doigt Mordu, Julie fut d'emblée subjuguée par ce lieu qui ressemblait à un décor de film. C'était l'endroit idéal pour une folle nuit d'amour avec ce charmant inconnu. Il régnait là une ambiance électrique qui attisait leur passion. Jamais Julie ne s'était sentie autant attirée par un homme. Elle ne pouvait savoir qu'une troisième larronne œuvrait dans l'ombre pour les rapprocher plus encore…

Durant sa courte carrière de vivante, Jacquotte avait souvent eu affaire aux hommes. Ils l'avaient maltraitée, violentée, trompée, emprisonnée à leur gré. Mais le dénommé Hubert, marin immobile, était d'une autre trempe. Il y avait une part d'ange en lui, une grâce qui dépassait l'intelligence. Dès qu'elle l'avait vu, lorsqu'il était venu visiter Le Doigt Mordu, elle avait su que c'était le bon, et qu'il fallait à tout prix lui mettre le grappin dessus, comme on dit chez les corsaires. Mais le bougre n'était guère fortuné, ce qui rendait la tâche complexe. Du sort de ces murs dépendait celui de Jacquotte, comme un escargot dépend de sa coquille. Aussi avait-elle habilement manigancé pour qu'il revienne, s'assurant qu'il garde la clef, que l'agent ne la récupère pas, et elle avait ainsi concocté d'autres petits sortilèges efficaces pour tisser sa toile. Jacquotte avait décidé de pousser Hubert entre les bras – entre les cuisses plutôt – de la charmante Julie, qui se trouvait justement en pleine période d'ovulation et n'avait pas fait l'amour depuis des lustres. De quoi exacerber son désir…

Jacquotte les guida vers la chambre rose. Velours, miroir, lit à baldaquin, draps de lin blanc, tout appelait l'étreinte. Ivre de désir, Julie écrasa ses lèvres sur les siennes et ils furent pris dans un tourbillon frénétique qui les dépassait. Hubert sut qu'il vivait là une expérience unique, car tout son être semblait en fusion. Puis vint le moment où il fut attiré par le reflet de leur étreinte dans le miroir… Il n'en crut pas ses yeux : ce n'était pas Julie qu'il voyait dans le reflet, collée à lui et l'embrassant à pleine bouche, mais Jacquotte, cette mystérieuse apparition d'un autre temps. Elle lui sourit à travers le reflet, et se mit à chuchoter des mots sensuels, vulgaires ou incongrus, que lui seul entendait : « Coup double, mon petit ! Ah, ah, ah ! Profites-en bien : là, t'en as deux pour le prix d'une ! »

Hubert sentait contre lui le corps potelé de Julie avec ses seins altiers et ses cuisses accueillantes, mais il entendait aussi les sifflements obscènes de Jacquotte, ses coups de reins fiévreux, ses propositions décadentes… Julie se prêtait bien à cette furie des sens, car elle voulait vivre une aventure exceptionnelle, et cet homme était en train de l'emmener au septième ciel. Hubert pénétrait Julie charnellement, mais son esprit s'unissait à celui de Jacquotte et cet acte double décuplait son plaisir, comme s'il baisait toutes les femmes à travers elles deux. Julie se liquéfiait de désir, les yeux fermés, répétant « Oh oui ! Oh oui ! » pour qu'Hubert vienne plus encore en elle, tout en le caressant, l'embrassant partout, tandis que Jacquotte, collée à Hubert, le manipulait, le guidait, le conseillait pour mieux faire jouir la jolie Julie.

Il n'avait d'autre choix que de se laisser emporter dans ces torrents d'excitation qui montaient de part et d'autre. Julie l'avait attiré en elle, en ce paradis des mers chaudes, et la folle cavalcade avait commencé. Plus loin, plus vite, plus profond. « Encore », disait-elle. « Encore. » Ou bien était-ce Jacquotte qui l'encourageait, impudique ? Hubert ne savait plus, livré à l'empire des sens, à l'ivresse des profondeurs intimes, noyé dans les sucs, les jus, la sève, les liquides de toutes sortes qui les englobaient pour ne plus faire qu'un, jusqu'au moment où l'infini s'était refermé sur eux, le temps d'un soubresaut. Une constellation étincelait dans les ténèbres.

Sur la mer d'huile, loin de toute terre, le voilier *L'Archimède* se dandine toujours sur place, tel un métronome déréglé. Du carré monte le ronflement du pacha qui cuve son rhum. Assise négligemment dans le cockpit, Jacquotte fait face à Hubert, recroquevillé dans un coin d'ombre :

— Alors, ça y est ? Tu te souviens ?

On dirait qu'elle a traversé les méandres de sa mémoire pour tout revisiter en même temps que lui.

— Oui, bien sûr, je me souviens de Julie…

— Le pire c'est que tu as drôlement aimé ça, pas vrai ? Notre petit plan à trois, il y a plus de quarante ans ? T'étais sacrément gaillard à l'époque ! Tu y mettais du cœur… Et la Julie aussi, s'activait comme il faut… Je t'ai bien aidé, pas vrai ? N'empêche, au moment où tu as craché ta semence entre ses cuisses, je peux te dire qu'elle a connu le plus grand bonheur de sa vie. Je l'ai senti jusque dans mon ventre…

— Arrête, Jacquotte, le soleil te tape sur les nerfs…

— J'en ai plus, des nerfs, mon p'tit Hubert… Mais je sais ce que j'ai vu cette nuit-là, quand nous avons joui tous les trois ensemble.

— Et tu as vu quoi ?

— Une conception.

— Une conception de quoi ? insiste Hubert, décalé.

— De quoi ? De quoi ? répète Jacquotte en se moquant. Eh bien ce soir-là, mon vaillant étalon, tu l'as engrossée et tu lui as fait deux beaux marmots, des jumeaux ! Un garçon et une fille. Le choix du roi.

— Quoi ? Mais tu délires complètement ! T'essaies de m'embrouiller, ma pauvre Jacquotte, et je te garantis que ça ne m'amuse pas !

Une grosse voix d'homme s'élève du carré :

— Oh ! Hubert ? Tu causes tout seul, maintenant ? T'as une insolation ou quoi ?

C'est Albert, le propriétaire du voilier, qui a fini sa sieste et regarde son passager avec perplexité. Nulle trace de Jacquotte dans le cockpit, sauf une flaque d'eau sur le sol.

— Non, non, réplique Hubert gêné, je m'étais assoupi, moi aussi. J'ai dû rêver. Bon, allez, j'aimerais rentrer au port, maintenant…

— Ouais, t'es marrant toi. Tu as peut-être oublié qu'il n'y a pas un poil de vent et qu'on est en panne ?

— Démarre le moteur.

— On a déjà essayé cent fois tout à l'heure, on va flinguer la batterie, ça ne sert à rien.

— Démarre, je te dis…

Albert soupire et le regarde de travers en se demandant s'il est en train de péter les plombs. La pétole fait ça à certaines personnes sensibles. Mais il est le premier à pousser un cri de joie quand le moteur démarre du premier coup. La manette des gaz répond parfaitement bien et le voilier se remet en route, cap au sud vers son port d'attache, Santander…

5

REVENUE DE LA MORT ROUGE

Alors que le tapage du vent et de la pluie se poursuit, l'électricité n'est toujours pas revenue dans la maison, et les chandelles sont presque consumées. Chacun repart se coucher avec des sentiments mitigés. Louise semble curieusement guillerette lorsqu'elle rentre avec Octavio dans leur chambre du rez-de-chaussée, un trognon de bougie à la main. Ils ferment la porte et s'installent tandis que la tempête fait rage. Souriante et décoiffée, elle se tourne vers son mari, qui traîne un peu des pieds l'air boudeur, et lui lance :

— Finalement, c'est plutôt marrant tout ça, tu ne trouves pas ?

— Marrant ? demande Octavio dans la pénombre. Non, pas vraiment. Se retrouver coincés dans une vieille baraque sans électricité en plein déluge avec des inconnus, c'est pas forcément mon trip !

L'air agacé, il désigne la fenêtre obstruée par des volets qui vibrent dans les rafales.

— Alors c'est quoi ton trip, Octavio ? Juste surfer toute la journée avec ta bande de potes ?

— Eh bien oui, le surf et les vagues c'est aussi toute une philosophie, figure-toi…

— Oui, je sais, je sais, soupire Louise, tu m'as expliqué ça cent fois. Mais tu devrais peut-être t'ouvrir au présent, à la providence… C'est vrai que la situation est exceptionnelle, mais autant la vivre à fond, non ? clame Louise avec un enthousiasme qui lui fait monter le rose aux joues.

Octavio la regarde et la trouve différente, changée, comme branchée sur une autre longueur d'ondes et presque rajeunie. Avec une certaine perfidie, il lui demande :

— Et qu'est-ce que tu entends, par « vivre cette situation à fond » ?

Cessant de sourire, Louise se tourne vers lui, perplexe :

— Mais qu'est-ce que c'est que cette question ?

Grimaçant, Octavio hausse les épaules :

— C'est bon, t'as très bien compris, puisque tu étais à fond toute la soirée… Tu crois que je n'ai pas vu ton petit jeu ?

— Comment ça ?

Louise remue la tête, dubitative, faisant voleter ses cheveux châtains, puis elle se fige, comme si, d'un coup elle venait de capter les lourdes allusions d'Octavio :

— Tu vas pas me dire que tu me fais une crise de jalousie, quand même ?

— Ça n'a rien à voir, proteste-t-il mollement. C'est juste que t'avais l'air excitée comme une puce avec ce Canadien…

— Ah, ben ça, c'est la meilleure ! lance-t-elle bravache. Tu passes la soirée à faire la tronche en buvant et en mangeant, et maintenant c'est moi qui suis excitée comme une pute… Euh, pardon, une puce !

— Tu vois que tu dis n'importe quoi ! réplique Octavio en faisant un pas vers elle. Mais tu sais quoi ? Ça te va plutôt bien…

— Ah, toi tu as trop bu ? demande-t-elle, taquine.

— Non c'est toi ! répond-il dans un jeu qui leur est familier.

— Non, c'est moi ! reprend Louise pour détendre l'atmosphère.

Tous deux se mettent à rire. Ça fait bien longtemps que Octavio n'a pas trouvé sa femme aussi sexy, on la dirait prête à danser et à s'amuser. Il s'approche et la prend par la taille, comme avant un tango, en lui disant :

— Tu as raison, ma chérie, vivons cette soirée à fond !

Elle rit et renverse sa tête, le rythme de la danse les réunit ; lorsqu'elle se redresse, leurs lèvres se joignent tout naturellement. Ils sont aussi surpris l'un que l'autre, un instant suspendus, puis les bouches s'ouvrent d'elles-mêmes. Curieusement, il y a longtemps qu'ils ne s'étaient pas embrassés ainsi. Alors le feu les traverse et les soude. Cette situation exceptionnelle crée un désir tout aussi exceptionnel, qui les pousse fiévreusement sur le grand lit qu'on leur a octroyé.

— Le vent fait un bruit de dingue dit Octavio… Quelqu'un pourrait crier à plein poumons, on ne l'entendrait pas, avec ce vacarme.

— Tu penses à quoi ? Un crime ? demande Louise intriguée.

— Ou… à autre chose ? répond-il en se jetant sur elle comme un fauve pour la dévorer.

De leur côté, Wendy et Thomas organisent leur chambre pour dormir au mieux malgré les circonstances. Thomas s'efforce de bloquer une fenêtre qui ferme mal et laisse passer de forts courants d'air hurlant comme une bande de coyotes. Wendy installe les bougies et déplace le lit. Tous deux sont habitués aux déménagements, aux maisons rustiques et aux aléas climatiques. Le Canada est un grand pays riche en opportunités variées, et Thomas a dû déménager plusieurs fois pour son travail. Ils ont ainsi vécu dans diverses provinces d'est en ouest, en ville, en forêt ou près de l'Océan, au Québec, en Ontario, puis en Colombie-Britannique, où ils se sont finalement établis. Thomas sifflote en finissant de bloquer la fenêtre, puis se tourne vers sa femme :

— Ça me rappelle notre année passée aux îles de la Madeleine quand on était jeunes mariés, tu te souviens ? Quelles tempêtes on a eues là-bas !

— C'est bien pour ça que ces îles détiennent le triste record de naufrages, déplore Wendy, mais heureusement les homards y étaient délicieux et pas chers !

— C'est vrai, mais n'empêche, le tourteau de Capbreton n'est pas mal non plus ! réplique Thomas imprudemment.

Wendy paraît changer d'humeur :

— Sincèrement, Tom, tu peux m'expliquer ce qu'on fait ici ? Avec cette autre famille ? Je n'y comprends plus rien…

— Remarque, ils sont plutôt sympas.

— Oui, oui, soupire-t-elle, j'ai vu que tu t'entends plutôt bien avec Louise…

— Oh, ça, tu sais, c'est purement intuitif, répond-il, fuyant.

Malgré le raffut des bourrasques, elle soupire une fois de plus, en prenant son air de maîtresse d'école :

— Thomas, écoute… n'oublie pas qu'on a déjà un programme chargé en Europe, on a promis à ta mère d'aller la voir à Madrid, où tu as ton rendez-vous de travail au siège de ta boîte…

— Oui oui, souffle-t-il avec un semblant d'agacement, je sais bien tout ça, ma chérie, mais ce n'est pas un problème, j'ai même vu qu'il y a des vols directs Biarritz-Madrid…

— Peut-être, mais il n'y a pas que ça, mon chéri, on devrait quand même s'organiser un peu, tu sais… Jean et Monette nous attendent à Paris. D'ailleurs, tu as promis aux enfants de les emmener au Louvre et à la Cité des Sciences pour…

— Oui, Wendy, je n'ai rien oublié de tout ça, arrête un peu de t'inquiéter. C'est ton premier voyage en Europe, et c'est normal que tu n'aies pas bien conscience des distances. Mais ici, tu verras, tout est près de tout ! La France entière est à peine grande comme une seule de nos dix provinces. On va louer une voiture, mais pour l'instant il faut démêler le fin mot de l'histoire avec cette maison.

— C'est peut-être une blague ? suggère Wendy en haussant les épaules.

— Cette maison n'a rien d'une blague ! clame Thomas avec nervosité. Et la famille de Louise non plus…

— La famille d'Octavio, tu veux dire ? le raille Wendy.

« Oh la la, qu'est-ce qu'ils sont rasoirs, ces deux-là, c'est pas possible ! Faut vraiment que je fasse quelque chose… » Thomas et Wendy ne peuvent ni la voir, ni l'entendre, mais Jacquotte est installée dans le grand miroir de leur chambre, le coude appuyé sur le cadre, sa main soutenant son visage empreint de lassitude. Elle écoute le couple se chamailler en rond avec le même ennui que s'il s'agissait de politique. Bla bla bla… Elle aime s'adresser à elle-même et faire les questions et les réponses. « En attendant, faut s'occuper de ces deux-là, sinon ils vont plier bagage avant le retour d'Hubert... »

Jacquotte est un drôle de mélange d'humeurs, capable des pires cruautés, comme des plus malicieux miracles. Ainsi, elle sait parfaitement faire monter la sève du désir dans le corps des vivants...

Wendy est nerveuse ; les hurlements du vent lui mettent les nerfs à vif, elle est décidée à parler à son mari. Thomas a énormément de respect pour elle, d'autant qu'elle a élevé ses quatre frères et sœurs alors qu'elle n'avait que 13 ans, avec un père alcoolique violent et une mère absente. Elle le regarde dans la pénombre :

— Écoute-moi, Tom. J'ai bien réfléchi... Je ne la sens pas trop, cette histoire. Il y a quelque chose de louche là-dedans, comme une présence qui rôde, crois-moi. Tu sais qu'il m'arrive parfois d'avoir du fluide...

— Oui, chérie, je sais, mais là je crois que tu as juste très envie de quitter cette vieille bicoque pour aller faire du tourisme en famille, ce que je peux tout à fait comprendre. Du coup, tu t'imagines des choses...

— Tu veux dire que j'invente ? sursaute-t-elle.

— Non, non, pas du tout ! Je suis sûr que tu y crois, réplique maladroitement Thomas.

— Donc tu insinues que je perds la boule ?

— Mais non, arrête de tout prendre de travers !

— Ce n'est pas moi, proteste Wendy, il y a autre chose ici...

Avec une violence inattendue, la fenêtre s'ouvre d'un coup. Vent et pluie s'engouffrent à l'horizontale et une vitre vole en éclats. Le vent souffle les bougies, bouscule les objets et fait claquer les tissus. En deux secondes, la situation devient chaotique. Le rire maléfique de Jacquotte résonne dans la tourmente, mais ils ne peuvent l'entendre. Thomas s'efforce de bloquer à nouveau les battants malgré l'obscurité. De son côté Wendy, qui ne se laisse jamais démonter, entreprend de déplacer l'armoire proche en la faisant glisser sur le parquet. À eux deux, ils parviennent à obstruer l'ouverture.

Le calme revient et d'un coup, la réalité bascule. Il fait noir, le vent ne pénètre plus dans la pièce, tous deux sont essoufflés, le cœur battant, collés l'un à l'autre, humides de pluie, frissonnants de cette mésaventure, et les barrières tombent, les mots volent en éclats et les corps s'appellent fiévreusement. Thomas porte sa femme jusqu'au lit. Wendy est soumise, débordante d'un désir nouveau qu'elle ne comprend pas. De son côté, Thomas se sent l'âme d'un pirate à l'abordage. Les yeux de Wendy flamboient, voilà longtemps qu'elle ne l'a vu ainsi, puissant, fulminant de désir. La tempête peut bien souffler au-dehors, tous deux enlacés sont partis dans la grande spirale de l'amour sans fin…

Bérénice a toujours rêvé de porter une chemise à jabot, aussi lorsqu'elle découvre des vêtements anciens dans une armoire, elle ne peut s'empêcher de les essayer ; curieusement, tout lui va à merveille et lui confère une certaine autorité. Elle enfile les bottes de cuir avant de passer la tunique et la cartouchière, puis pose le tricorne sur sa masse de cheveux roux, comme dans le portrait de la jeune femme pirate. Pas de doute, elle a fière allure, même si elle est nue à partir de la taille ! Une vraie femme pirate. Un double collier de perles trouvé dans un tiroir vient compléter le tableau ; inspirée par son propre reflet, elle se met à mimer un combat à l'épée.

La voilà qui sautille sur place pour esquiver, puis elle feinte et plonge en avant afin de surprendre son adversaire invisible, encore et encore. Plus elle entre en fusion avec ce personnage, plus elle sent la force de la présence qui veut s'adresser à elle. Une femme libre, flamboyante, indomptable, tout comme elle. Échauffée par l'action, en sueur et hors d'haleine, Bérénice finit par ouvrir son chemisier et s'affaler sur une chaise près de la porte-fenêtre donnant sur l'escalier extérieur. De là, elle domine le parc ; les pins ploient dans les rafales en geignant. La pluie tambourine aux carreaux, le spectacle est impressionnant. Soudain, à la lisière des arbres, elle distingue une lueur ou une silhouette. Elle sursaute, se trouvant dans cette situation affreusement gênante : offerte aux regards, débraillée, à moitié nue dans la pénombre… Aussitôt, elle souffle les bougies pour se cacher et mieux distinguer l'extérieur. Malgré la tempête, il lui semble que la silhouette reste là, guettant dans l'ombre. Quelqu'un semble l'observer, l'espionner peut-être… C'est flippant. Et dire qu'elle s'est donnée en spectacle, les seins à l'air ! Folle de rage, elle hésite à s'habiller pour sortir sous la pluie et confronter cet inconnu, mais cela pourrait s'avérer dangereux. Soudain, on frappe à sa porte…

Les deux frères ont été installés dans la même chambre, un ancien bureau bourré de livres, qui sent le cuir et le tabac, avec un lit et un canapé. Tout habillé sur le lit, Jo ronfle à plein régime, d'autant qu'il a légèrement confondu la carafe de vin blanc avec la carafe d'eau… Du coup, Zack se retrouve sur ce canapé qui n'a rien de confortable. Impossible de dormir… Ce doit être la tempête, ou bien cette maison bizarre, à moins que… À moins que ce ne soit l'image de Bérénice qui bourdonne dans sa tête. Zack n'a jamais rencontré de fille comme elle, avec un tel charisme et une beauté aussi magnétique. À force d'y penser, des vagues de chaleur l'envahissent. Le jeune homme se demande si elle aussi pense à lui. Sa chambre ne se trouve qu'à deux portes de la sienne… Or, entre deux rafales, il a cru entendre des sons aigus ressemblant à des cris de femme. Cela pourrait-il provenir de sa chambre ? Elle a peut-être un problème… Convaincu qu'elle a besoin de lui, Zack longe le couloir du palier plongé dans l'obscurité jusqu'à sa chambre. Il colle son oreille contre la porte et finit par frapper trois petits coups brefs. Il croit entendre un chuchotement. Peut-être est-elle souffrante? Appuyé au chambranle, il appelle tout bas :

— Bérénice ?

Avant même que s'élève la moindre réponse, la porte s'ouvre. La jeune femme ne l'a regardé qu'un quart de seconde avant de saisir son poignet pour le faire entrer et refermer la porte. Halluciné, Zack voit qu'elle est déguisée en pirate !

— Mais qu'est-ce que tu fais là, Zack ?

— Je… J'ai cru entendre crier, répond-il piteusement. Et toi, qu'est-ce que tu fais comme ça ?

Bérénice est agitée et paraît très grande avec son tricorne. Estomaqué, Zack se demande si elle n'est pas devenue folle, surtout lorsqu'il constate qu'elle ne porte ni pantalon, ni jupe sous sa tunique ! Elle parle tout bas et se déplace dans l'obscurité, tout en l'entraînant vers la porte-fenêtre. Ses propos sont confus, mais il comprend qu'elle croit avoir vu quelqu'un l'espionner. Ils s'approchent de l'ouverture par le côté pour ne pas être repérés :

— Là ! Là !

Le doigt tremblant, elle désigne la silhouette qui se déplace en lisière des arbres.

Pas de doute, il y a quelqu'un qui rôde, penché en avant malgré la pluie. Il se déplace vers l'autre côté de la maison et soudain disparaît au coin du mur sud. C'est peut-être un cambrioleur ? Ou pire, un assassin ? Faut-il prévenir tout le monde ?

— Non, dit Bérénice, je sais ! Il n'y a qu'un seul endroit d'où l'on pourra tout voir dehors : la pièce d'en haut.

— Tu crois ? Zack semble incertain.

— Allez ! On y va...

— Attends, j'allume une bougie...

— Non, malheureux ! clame-t-elle. Surtout pas de bougies rouges, ça porte malheur !

— Ah bon ?

— Je prends ma caméra, j'ai encore des batteries. Ça nous fera un peu de lumière. Allez, viens...

Couverts par le vacarme de la tempête, ils longent le couloir, font coulisser le panneau et grimpent l'étroit escalier obscur. L'ambiance est sinistre et les deux n'en mènent pas large. Soudain, un feulement sauvage déchire l'obscurité : Bérénice vient de marcher sur la queue d'un chat noir dans l'escalier. Elle aussi pousse un cri de terreur et se jette dans les bras de Zack qui se tient juste derrière elle. Il sent son cœur battre à tout rompre, elle a eu vraiment très peur. Zack l'étreint maladroitement, enivré par l'odeur de sa peau et la sensation de son corps collé au sien. Le moment est totalement irréel dans cet escalier sinistre, avec la plus belle fille du monde à moitié nue dans ses bras. Quelque chose se passe entre eux, car l'étreinte dure un peu plus longtemps que nécessaire. C'est tellement bon de tenir quelqu'un qu'on aime entre ses bras ! Bérénice se reprend et regarde un peu partout :

— Je n'aime pas ça, Zack, un chat noir qui traverse le chemin, ça peut porter malheur. Il faut cracher sur la gauche pour conjurer le sort.

Elle crache un petit coup sur la gauche et Zack, subjugué, l'imite.

Une fois en haut, ils traversent la pièce observatoire jusqu'à la fenêtre. Mais ils ont beau scruter les alentours depuis leur perchoir, ils ne repèrent plus aucune silhouette suspecte dehors. Ils se tournent alors vers cette mystérieuse pièce qui semble receler des secrets. La faible lumière de la caméra dévoile ici et là des détails, une carte marine usée, avec des annotations, un cendrier contenant uniquement de la cendre, un petit crucifix en bois d'olivier, des jumelles anciennes, un compas en bronze, et tous ces petits objets, semés ici et là, les mènent à un bureau de marine en bois muni de nombreux tiroirs aux poignées en laiton. Ils trouvent des dossiers, sur lesquels figurent deux lettres entrelacées : H et J. Prise d'une intuition, Bérénice ouvre le dernier tiroir en bas à droite. Une dizaine de vieux cahiers usés y sont réunis par une ficelle.

— Regarde ça, Zack !

Bérénice sent qu'elle tient quelque chose d'important et elle les pose religieusement sur le bureau pour les examiner. C'est un nœud particulier et compliqué qui ferme la pile de cahiers, sûrement un nœud de marin qu'elle ne saura pas refaire. Huit cahiers en tout, différents les uns des autres, plus ou moins épais. C'est un journal manuscrit, illustré d'encres et d'aquarelles représentant un sémaphore de la Marine nationale, des paysages marins, tempêtes, nuages, couchers de soleil, ou des bateaux, barques, voiliers, cargos… Bérénice tourne les pages, captant ici et là des bribes de textes ou d'images, observations météo, opérations de secours en mer, veilles nocturnes, pannes moteur…

— C'était un marin ? demande Zack.

— Faut croire, mais on dirait qu'il restait beaucoup à terre.

Elle feuillette délicatement les autres cahiers, un peu répétitifs, jusqu'au moment où elle tombe sur un autoportrait à la plume de l'auteur dans son miroir, façon Escher :

— Regarde ! C'est lui, le fameux Hubert ! J'ai trouvé un médaillon, je suis sûr que c'est lui aussi sur la photo, mais la femme a été effacée.

— Hubert ? demande Zack, comme dans « H et J »… Mais qui est « J » ?

— Mystère, répond Bérénice en feuilletant les cahiers et en filmant des pages au hasard.

Le huitième cahier est différent des autres, avec son format plus grand et sa reliure cartonnée. Mais surtout, un portrait de femme est peint sur la couverture, qui rappelle celui de la pirate… Elle l'ouvre et le titre, écrit à la plume, indique : *Histoire de Jacquotte, Revenue de la Mort Rouge*.

— Jacquotte ! lit Bérénice à voix haute ; le nom résonne bizarrement dans la pièce.

— Avec un « J », ajoute fièrement Zack, comme si Bérénice n'y avait pas pensé.

Ce cahier-là est différent des autres, on dirait presque une bande dessinée faite de nombreux croquis et aquarelles, entourés de textes à la main avec des écritures diverses, petites, nerveuses, maladroites, qui rendent la lecture difficile. Par moments on dirait un manuscrit du XVIIe siècle avec des bribes de cartes, mais il y a surtout une série d'illustrations de piraterie qui font froid dans le dos ; corps décapités, coupés en morceaux, assauts au sabre, flaques de sang, hommes blessés, têtes de mort, bébés embrochés… Choquée, Bérénice ferme brusquement le cahier, mais Zack demande à le voir. Au début elle ne veut pas lui donner, mais il insiste, car il a remarqué quelque chose de curieux. Une légère boursouflure…

Tous deux examinent le cahier et découvrent avec stupeur qu'une partie des derniers feuillets a été creusée de façon à former une petite niche cachée entre les pages. Il faut décoller deux feuilles et là, sous leurs yeux écarquillés, se trouve une belle petite clef dorée dont la tête représente une feuille de chêne. Impressionnée, Bérénice l'extrait de sa cachette et la soupèse :

— On dirait de l'or, souffle-t-elle en la regardant de près. C'est merveilleux, Zack ! Là, je sens que j'approche du but. Ça m'inspire !

Rayonnante, dans un état second, Bérénice se tourne vers lui :

— Je suis tellement contente, Zack ! Tu assures ! Je crois que tu me portes bonheur ! Merci merci ! Et sans réfléchir, elle le prend dans ses bras et l'embrasse sur la bouche.

Un peu avant l'aube, la tempête est partie aussi vite qu'elle est venue, laissant derrière elle des paysages saccagés, des arbres déracinés, des toitures arrachées, des voitures cabossées, des routes encombrées, inondées…

Enfin, l'électricité est rétablie. Au lever du soleil, ils ne sont que quatre dans la cuisine. Thomas s'est levé tôt et a préparé du café, ce qui a attiré Louise, puis Bérénice et Zack. Mal réveillés, ils sursautent lorsque la sonnerie de l'entrée résonne. Louise prend les choses en main et va ouvrir. Sur le seuil, elle découvre un bonhomme sombre, mince, mal rasé, coiffé d'un chapeau de feutre et habillé d'une longue redingote. On dirait un pèlerin épuisé. En le voyant, Bérénice est certaine que c'est le rôdeur qui l'observait hier au soir ! Sa seule vue la met horriblement mal à l'aise, et si elle en avait le courage elle quitterait la cuisine. Au lieu de cela, elle lui tourne le dos et feint de siroter son café.

— Bonjour messieurs dames, dit l'homme d'une voix modeste, je m'appelle Mateu Cazaubon, je suis le fils de Madame Cazaubon…

— Oh mon Dieu, je suis désolée pour votre maman ! s'exclame Louise avec emphase, comme si elle faisait partie de la famille. Comment va-t-elle ?

— Elle est en coma artificiel, la docteur dit qu'elle devrait s'en tirer, répond l'homme d'une voix fuyante.

— Venez donc boire un café chaud avec nous, l'invite Louise.

Bérénice et Zack se regardent, effarés : le loup rentre dans la bergerie. Et si cet homme était dangereux ? Thomas lui verse une tasse de café et le fils de Madame Cazaubon s'avance en les observant avec une certaine curiosité :

— Vous êtes des amis d'Hubert ? demande-t-il à la cantonade.

— Euh… en quelque sorte, répond Louise mal à l'aise.

— Mais alors, où est-il ? demande Mateu.

Louise et Thomas se regardent, perplexes :

— Eh bien nous n'en savons rien, répond Thomas. À vrai dire, nous l'attendons avec impatience.

L'homme sirote quelques gorgées de son café tout en les lorgnant sous son chapeau, qu'il n'a pas daigné retirer.

Bérénice lui tourne le dos, mortifiée par sa présence et l'idée qu'il l'a vue à moitié nue. En plus, elle a l'impression qu'il la dévisage. Il se tourne vers Thomas :

— C'est quand même bizarre. D'habitude, Hubert me tient au courant. Et maman ne m'a rien dit non plus, grogne Mateu. En fait, je suis venu chercher mon chat !

— Votre chat ?

— Oui, il vient tout le temps rendre visite à Hubert qui le gâte trop. Je le cherche depuis hier soir ; je me suis dit qu'avec la tempête, il s'était peut-être laissé enfermer dans la maison. Je crois qu'il y a de souris qui traînent dans le grenier…

Mateu semble plus préoccupé par son chat que par sa mère, ce qui donne à la scène une dimension incongrue. Un silence plane sur eux ; il reprend :

— C'est un beau chat tout noir… Vous ne l'auriez pas vu dans les parages, par hasard ?

Sentant que Zack s'apprête à dire quelque chose, Bérénice lui écrase le pied pour qu'il se taise.

— En fait, continue Mateu, pendant que ma mère est à l'hôpital, je voulais m'assurer que le chat allait bien. C'est pour ça que je suis venu…

— Non, je crois qu'il n'y a pas de chat ici, explique Louise.

À peine a-t-elle prononcé cette phrase, qu'un miaulement déchirant vient la contredire. Mateu crie de joie :

— Méphisto !

Un beau chat noir se faufile dans la cuisine jusqu'aux pieds de son maître. Mateu se penche et le félin saute dans ses bras, comme dans un ballet bien réglé. Après quelques secondes de retrouvailles, l'homme se tourne vers la porte :

— Bon, je ne vais pas vous déranger plus longtemps. Désolé. Mais quand même, je m'étonne qu'Hubert ne soit pas là. Il a bientôt un rendez-vous important avec l'agent immobilier et des investisseurs, c'est impossible qu'il n'y soit pas !

Ces mots préoccupants ont réduit les autres au silence.

— Quel agent immobilier ? demande Louise.

— Oh, Hubert vous expliquera ça lui-même. Mais les jours de cette maison sont probablement comptés… En tout cas, dès que vous le verrez, dites-lui de m'appeler. Il est très attaché à ma mère, et voilà trois jours qu'il ne répond plus au téléphone. Il ne sait même pas qu'elle est aux urgences ! Si ça continue, je vais finir par m'inquiéter… Je me demande s'il faudrait prévenir les gendarmes ?

Soudain, la présence de cet homme sombre avec son chapeau et son chat dans les bras semble comme une carte de mauvais augure dans un jeu de tarot. Une menace imminente qu'on n'avait pas vue venir. De toute évidence, si les gendarmes venaient à se mêler de l'affaire, la situation risquait fort de se compliquer. La présence des deux familles dans la maison, l'empoisonnement de Madame Cazaubon juste après leur arrivée, la disparition d'Hubert… Aussi, lorsque la porte d'entrée se referme sur ce sinistre personnage, c'est le soulagement dans la cuisine. Toujours excessive, Bérénice ne peut s'empêcher de pester contre lui :

— Je déteste ce type. Il n'est pas net du tout, et en plus il me regarde bizarrement… on dirait un pervers ! J'espère qu'il ne mettra plus les pieds ici ! Il sent mauvais et il n'a même pas retiré son chapeau…

— Mais c'est quoi, cette histoire d'agent immobilier ? demande Louise qui sent que ses rêves risquent de s'évaporer.

— Et comment se fait-il que ce fameux Hubert ait disparu ? ajoute Thomas, dépité. Mais dans quel guêpier on s'est fourrés en venant ici ?

Troublés par cette visite, les quatre convives rejoignent leurs pénates respectifs.

De retour dans sa chambre, Bérénice se trouve dans un drôle d'état, épuisée après la tempête et ce flot d'émotions. Mais puisque l'électricité est rétablie, elle décide de travailler sur son film pour se changer les idées. Les images passent sur l'écran de son ordi ; visages, paysages, situations, vent, dialogues, familles, maison, dunes, Océan, montagnes, bateaux, vagues écumantes…

Puis vient la séquence sur la terrasse qui surplombe la mer et les plages au-dessus du casino, avec ce couple étrange, la femme étincelle et le loup de mer, qui parlent des mouvements d'eaux créés par le Gouf, cet incroyable canyon sous-marin si proche du bord… À l'image, la femme aux cheveux blonds et aux yeux verts désigne l'Océan et explique à la caméra : « En fait, ce canyon est vivant, comme un gros animal endormi… Et depuis ce matin, il y a eu plusieurs avalanches sous-marines. Elles déclenchent des vortex à la surface, et c'est ça qu'on filme… » Bérénice fait défiler les images ; la mer, la houle, le second plan avec l'homme qui filme les mouvements d'eau… On dirait qu'ils sont là depuis toujours, à scruter le moindre remous en surface. Tous deux ont cette profondeur des vieilles âmes qui ont regardé la mer dans le blanc des yeux. Bérénice est contente : ces deux-là prennent bien l'image. La femme est gracieuse, avec ses gestes de danseuse et son regard magnétique, et l'homme derrière la caméra est bien campé sur ses jambes, barbe et cheveux délavés, salé par le temps et les embruns. L'Océan est son temple. Dans un flash, Bérénice repense à son prof de cinéma qui parlait de personnages « lelouchiens ». Ces deux-là, connectés l'un à l'autre par d'invisibles antennes, s'inscrivent dans la fibre romantique et romanesque de ces films de Claude Lelouch que Bérénice adore.

Pourvu que Rufus aime ses images… Tant de choses se jouent dans les jours qui viennent. La jeune femme se met à douter ; elle a le trac. Image par image, elle passe en revue ce qu'elle a filmé, mais au fur et à mesure, ses plans lui paraissent fades, mal cadrés ou techniquement imparfaits. Le comble, c'est qu'elle finit par se trouver elle-même moche et décalée à l'image. Ses rêves semblent s'évanouir en fumée. Rufus risque de lui rire au nez… Ne devrait-elle pas abandonner pour éviter un échec cuisant ? Viennent les images de l'observatoire, la pièce arrondie en haut de la maison. Tout est sombre et poussiéreux. La magie qu'elle a ressentie en pénétrant là-haut n'est pas présente dans les images. Ça n'a aucun intérêt ! Une voix proche et lointaine s'élève :

— STOP !

Bérénice ne comprend pas : elle pensait avoir filmé une pièce vide, avec l'alcôve et la machine à écrire, mais voilà qu'apparaît à l'image une silhouette nonchalamment installée au bureau : la femme pirate elle-même ! Ses yeux de braise fixent Bérénice à travers l'écran, comme si elles se trouvaient en visioconférence, tandis qu'elle continue :

— Stop, Bérénice, pas toi ! Arrête de te lamenter. Comment oserais-tu ne pas aller au bout de tes rêves ? Tant de facilités t'ont été données à la naissance, tu devrais déborder d'ambition pour te hisser à la hauteur de ton propre talent, ma petite !

Sidérée, la jeune femme s'apprête à vérifier le fonctionnement de l'ordinateur, mais dès qu'elle approche sa main du clavier, l'apparition l'en empêche d'une voix impérieuse :

— Si tu effleures une seule touche, tout s'arrête !

Bérénice se demande s'il y a quelqu'un, dans la pièce du haut, qui a piraté son ordinateur :

— Vous êtes connectée depuis là-haut ?

La question fait rire Jacquotte à gorge déployée :

— Ah, ah, ah, oui, ça, tu peux le dire : je suis « connectée depuis là-haut », mais pas comme tu le crois !

— Mais alors vous êtes… ?

— Tu le sais très bien, répond-elle calmement.

— Un euh… comme un fantôme ?

La voix la coupe sèchement :

— Ne prononce plus jamais ce mot, compris ? J'ai perdu mon âme il y a longtemps…

— Mais comment… Vous avez vraiment perdu votre âme, Madame ? ose demander Bérénice.

— Oui, petite, je l'ai perdue dans un océan rouge de sang. Je suis morte avant même d'avoir vécu. Mais c'est une longue histoire… Et puis, appelle-moi Jacquotte, s'il te plaît.

— Vous êtes la dame du tableau, avec le perroquet sur l'épaule ?

— Ce n'est pas n'importe quel perroquet, c'est un ara ! Il vient de l'île Tortuga.

— J'aime bien les longues histoires, répond la jeune femme.

— Alors ouvre tes oreilles et écoute ce que je vais te raconter. Sache qu'après, il ne restera rien de moi sur ton écran. Pas un pixel ! Nada !

— Je vous écoute… Jacquotte, dit Bérénice impressionnée.

— Je t'aime bien, tu sais. On se ressemble toi et moi. Tu comprendras ça plus tard, et ce n'est pas juste la couleur de nos cheveux… Il ne faut jamais rien lâcher, Bérénice, jamais. Je vais te raconter mon histoire et tu vas comprendre. Mais surtout, ne m'interromps pas…

Alors Jacquotte se rapproche, au point qu'on ne voit plus que son incroyable visage en plein écran. Ses yeux se plantent dans ceux de Bérénice à travers l'écran pour mieux lui faire vivre son récit, comme si elles se trouvaient réellement face à face :

— Ma chance, vois-tu, c'est d'avoir été très heureuse jusqu'à l'âge de 17 ans. L'âge que tu as…

— Oui… répond Bérénice, oubliant la consigne de ne pas l'interrompre.

Jacquotte soupire et esquisse un sourire indulgent :

— J'avais un père formidable, capitaine de frégate, qui me gâtait à chaque fois qu'il revenait d'une traversée. J'étais sa seule fille et il me chérissait plus que tout au monde, d'autant que la nature m'avait dotée d'un joli visage. J'ai reçu une éducation religieuse chez les bonnes sœurs, et je passais mes vacances dans le manoir familial, d'où l'on voyait l'Océan. Mon père était doux et cultivé, et nous passions des heures à parler, à nous promener, à nous occuper des animaux… Un jour, pour me faire plaisir, il a proposé de m'emmener à bord d'une de ses frégates pour y célébrer mon dix-septième anniversaire en pleine mer ! Rien ne pouvait me faire plus plaisir, et ce fut le plus beau jour de ma vie. À croire que les plus grands bonheurs précèdent les pires catastrophes…

Hypnotisée, Bérénice écoute chaque mot prononcé sur l'écran sans oser bouger le petit doigt. Jacquotte continue son récit tout en la regardant droit dans les yeux :

— Cet été-là, les conditions étaient parfaites sur le golfe de Gascogne : beau temps, belle mer, la frégate de mon père avançait au portant, cap sur Plymouth en Angleterre, les cales pleines de tonneaux de ces vins clairets du Bordelais dont les Anglais raffolent… Le lieutenant Percy s'occupait de moi en particulier, et se montrait tout à fait charmant avec ses grands yeux gourmands. C'était un joli cœur, rien de plus. Quant au maître-coq, il avait préparé de beaux magrets pour mon anniversaire. Je l'avais même aidé à plumer des canards la veille au soir. Mon père m'offrit une bague ravissante, et je jurai de ne jamais la retirer, quoi qu'il arrive. Mais je n'avais pas imaginé la suite…

Un instant, Jacquotte semble reprendre son souffle, elle qui ne respire pas. Plus de deux siècles se sont écoulés et elle a encore de la cendre dans la bouche. Sur l'écran de l'ordinateur, elle s'anime à nouveau et s'adresse à Bérénice :

— Quelle journée merveilleuse… J'adorais naviguer sur ces gros bateaux avec un équipage bien rodé, loin de toute terre. Cela procure un sentiment de liberté absolue. Mon père me montrait les étoiles pour m'apprendre la navigation et nous passions des heures tous les deux à contempler l'océan, le souffle des baleines, tout en guettant la présence d'autres bateaux. Ce jour-là, trois heures avant le coucher du soleil, une silhouette noire est apparue sur l'horizon, elle venait droit sur nous, toutes voiles dehors. De toute évidence, il ne s'agissait pas d'un vaisseau ami. Mon père déclara le branle-bas le combat, mais la vocation de son navire de commerce n'était pas la guerre. S'agissant de pirates, mon père avait pour consigne, si la fuite était impossible, de leur donner la cargaison sans livrer bataille, afin d'éviter les pertes humaines.

« Le navire ennemi n'avait pas de nom visible, mais de nombreux canons sortaient de ses sabords et chaque homme était lourdement armé. Ils poussaient des cris gutturaux en nous approchant, ce qui n'augurait rien de bon. Mon père tenta bien de faire tirer le canon, mais nous fûmes vite dématés, abordés, puis assaillis. À la tête de ces barbares sales et violents, se tenait un homme grand et mince à la peau blanche et vérolée, le capitaine Irwin, dont le premier geste, une fois à bord, fut de décapiter distraitement le lieutenant Percy. Il ne regarda même pas sa tête rouler sur le pont, car il n'avait d'yeux que pour moi…

— Mon Dieu, c'est horrible ! s'exclame Bérénice, oubliant qu'elle ne devait pas intervenir.

— Oui, répond Jacquotte sur l'écran, mais ce n'était que le début. Le pire restait à venir… Toute ma vie tournait autour de mon père, tu comprends ? C'était mon unique soleil et j'étais sa raison de vivre. Lorsque les pirates sont arrivés, il n'avait qu'une idée : me protéger à tout prix. Il a voulu me cacher dans le bateau et faire un rempart de son corps, mais Irwin nous a retrouvés aussi facilement qu'un furet. Père était prêt à se sacrifier pour moi, à leur donner toute sa fortune, mais le capitaine Irwin s'en moquait bien, car il venait de mettre la main sur une frégate pleine de bon vin, avec une très jolie fille à son bord… Sans doute par respect pour moi, Irwin s'est tourné vers mon père pour lui tirer une balle en pleine tête, plutôt que de le décapiter ou l'éventrer comme il le faisait aux autres…

Bérénice ne peut s'empêcher d'exprimer son empathie à cette étrange apparition qui lui parle au travers d'un écran :

— Oh, Jacquotte, comme tu as dû souffrir… Comment as-tu fait ?

— Je me suis jetée sur lui comme une furie, et avant qu'il ait pu réagir, je l'ai griffé à la joue, deux balafres parallèles qui ne partiraient jamais de son affreux visage. Une cicatrice pour mon père, et une pour moi. J'ai cru qu'il allait me tuer, et je l'espérais même, mais au lieu de cela, Irwin a ricané, il s'est essuyé le sang du bout des doigts, puis les a léchés avec gourmandise. Ensuite, sans dire un mot, il m'a jetée dans un cachot installé directement sous sa cabine, à l'arrière de son vaisseau pouilleux. L'endroit était minuscule, plongé dans l'obscurité, baignant dans des odeurs répugnantes d'urine et de rats. Et quand le bateau bougeait trop, je me cognais contre les membrures…

« Je ne sais combien de jours je suis restée prostrée dans le noir et la puanteur des excréments. Parfois, l'homme entrouvrait la trappe et me jetait de l'eau ou des restes en ricanant. De là-haut, il me reniflait tel un carnassier qui attend qu'une viande soit bien faisandée pour la dévorer. Je vivais dans un monde imaginaire, peuplé de souvenirs lumineux en compagnie de mon père. Je me repassais minutieusement les moments bienheureux passés ensemble, au manoir, dans la forêt, à bord de ses navires… Je ne laissais jamais le désespoir s'emparer de mon âme, j'avais en moi la rage de vivre et de me venger. À aucun moment il n'entendit le son de ma voix, je ne lui demandais rien et ne me plaignais pas, même dans les situations les plus humiliantes. Je ne voulais surtout pas lui donner ce plaisir. Au contraire, je guettais ses moindres faiblesses, ses râles, ses ronflements, ses incontinences, ses rots et ses flatulences, ses cris de douleur et de plaisir, pour pouvoir mieux le détruire un jour… Mais vint un moment où j'ai perdu la notion du temps et l'espoir de sortir de là vivante. Alors je me suis abandonnée à une espèce d'ivresse, de rêverie continue, où le temps n'existait plus…

« J'ai dû perdre conscience un certain temps, une journée ou plus peut-être, car je me suis réveillée dans une petite cabine qui sentait bon les fleurs, avec une jeune femme assise près de moi sur un tabouret. Mon corps et mes cheveux avaient été nettoyés et j'étais allongée dans une bannette confortable. Cette femme avait pour ordre de me guérir et de me préparer…

Comme un silence s'installe sur l'écran, Bérénice demande :

— Vous préparer à quoi ?

— On croit toujours qu'on a vu le pire, tu sais, mais il n'y a jamais de fond dans le puits de la douleur… On me préparait pour Irwin, Bérénice. Pour que je lui serve de proie, pour qu'il possède mon corps et mon âme. Et si jamais je refusais de me donner à lui, il me livrerait à tout l'équipage qui n'attendait que ça. Alors je fis semblant de me soumettre et je me laissai préparer pour la cérémonie. Lorsque vint le jour dit, Irwin fit harponner un baleineau qui passait par là, en mon honneur. Il voulait m'offrir de la viande de baleine, mais il voulait aussi me montrer un amusant phénomène qui, selon lui, prouvait la stupidité de ces animaux : lorsque l'un d'eux était blessé, les autres venaient s'agglutiner autour de lui pour le soutenir, ce qui permettait de les harponner encore plus facilement !

« Le vent se leva et le spectacle devint épouvantable : avec cinq harpons plantés dans le corps, le baleineau saignait abondamment en poussant des cris atroces. En quelques instants, les vagues sont devenues rouge sombre et une autre baleine, beaucoup plus grosse, s'est approchée pour le soutenir. La tempête menaçait, mais les hommes, avinés, riaient de plus en plus fort, brandissant leurs harpons, surexcités par la chasse et le vin.

« Alors il s'est passé une chose extraordinaire. Tu n'es pas obligée de me croire, Bérénice, mais à ce moment-là, j'ai entendu un appel en provenance des baleines. Elles s'adressaient à moi, j'en suis sûre. Ce sont elles qui m'ont donné la force et qui m'ont propulsée : lorsque j'ai commencé à courir sur le pont avant d'enjamber le bastingage, personne au monde n'aurait pu m'arrêter. Irwin ne s'attendait pas du tout à ça ! J'ai plongé de toutes mes forces dans un océan écarlate, bouillonnant, accueillie parmi les baleines ! L'eau ensanglantée était chaude, épaisse… D'autres baleines sont arrivées autour de moi et le vent s'est mis à souffler de plus en plus fort, comme s'il venait, lui aussi, à ma rescousse. Irwin a ordonné de cesser la chasse, craignant que je sois blessée ou tuée, car il me désirait plus que tout au monde.

— Et que s'est-il passé après ? demande Bérénice éberluée par ce terrible récit.

— Après, continue Jacquotte, je suis presque morte, puis née à nouveau. Je suis « Revenue de la Mort Rouge »… J'ai sauvé mon honneur, mais aussi la vie d'une baleine, c'est pourquoi j'ai un lien indéfectible avec elles. Et c'est aussi comme ça que je suis devenue éternelle, tu comprends ?

— Pas tout à fait, répond la jeune femme, mais c'est pas grave. Votre histoire est magnifique, incroyable ! Ça m'inspire énormément. J'adorerais en faire un film !

— Tu pourrais même jouer le rôle de Jacquotte, tu sais, car tu as l'âge exact que j'avais lorsque tout ceci m'est arrivé ! Et ce n'est sans doute pas un hasard…

— Ah bon ? Mais qu'est-ce que vous voulez dire ? demande Bérénice, interloquée.

À ce moment, la magie se brise, car la voix autoritaire et tonitruante de sa mère s'élève dans l'escalier :

— Bérénice ! Tu peux venir, s'il te plaît ? Bérénice ? Tu m'entends ?

— Oui ! J'arrive ! répond-elle exaspérée, soupirant à pleins poumons.

Elle se tourne vers l'écran pour s'adresser une dernière fois à Jacquotte, mais il est tout noir, avec la phrase « NO SIGNAL » qui clignote au milieu. Plus rien. Jacquotte a bel et bien disparu et pourtant, sa présence bourdonne dans l'esprit de Bérénice, encore plein d'images de haute mer, de pirates, de baleines, une mer de sang…

La réalité du rez-de-chaussée est toute autre. Entre la cuisine et le salon, les adultes ont l'air plutôt speed et énervé. Autour d'un énième café, Louise et Thomas semblent avoir à cœur de débloquer la situation aujourd'hui même, d'une façon ou d'une autre. Il est question d'aller chez Madame Cazaubon, pour parler à ses voisins ou amis, mais aussi à la mairie. De son côté, souhaitant hâter le mouvement, Wendy a commencé à faire des valises et à consulter les vols pour Madrid. Quant à Octavio, il a chaussé ses tongs pour aller checker les vagues à la plage du Prévent. Lui ne semble pas trop pressé de s'en aller ou de démêler la situation.

Bérénice ne parvient pas à se mettre à leur niveau d'effervescence. Elle est encore avec Jacquotte sur le pont du navire pirate, face à une mer de sang… Aussi, quand sa mère lui demande d'aller faire des courses à la supérette du coin, c'est un peu comme si elle lui demandait d'aller sur la planète Mars.

— Tu n'as qu'à emmener Zack avec toi, puisqu'il te suit partout ! ajoute Louise avec un brin de mépris.

— Ce n'est pas un petit chien, maman !

— Oh ça va, Béré, c'est pas le moment de faire des chichis…

— Arrête de m'appeler comme ça !

Elle déteste ce diminutif – enfin, sauf quand c'est Rufus qui l'utilise… – et sa mère en joue pernicieusement.

Pour toute réponse, sa mère lui tend une liste de courses, avec un billet de 50 euros :

— S'il te plaît, chérie. C'est un peu urgent. Sois gentille, on a déjà assez de problèmes à régler aujourd'hui !

Une fois de plus, Bérénice soupire. Sa mère ne comprend rien, de toute façon. Depuis qu'ils sont arrivés ici, elle n'est plus la même, complètement scotchée par le père de Zack, Thomas. Elle ne s'en rend même pas compte, c'est ridicule… Afin d'éviter un clash, Bérénice décide d'aller faire les courses toute seule, ça lui changera les idées. Le fait de sortir de cette maison à moitié hantée lui fait du bien. L'air est frais, chargé d'embruns, des branches cassées parsèment le chemin. Ayant mis ses bottes en caoutchouc, Bérénice prend un malin plaisir à marcher dans les flaques d'eau.

En arrivant au pied de la butte sur laquelle est construite Le Doigt Mordu, elle remarque un homme qui monte à pied vers la maison. Au premier coup d'œil, elle se dit qu'il doit s'agir d'un vieux marin, car il en a l'allure, avec une belle barbe blanche bien entretenue et des vêtements bleu marine. Il gravit le chemin d'un pas alerte, mais en voyant Bérénice, il s'immobilise, comme choqué. Elle s'approche et le salue :

— Bonjour ! Je peux vous renseigner ?

L'homme, qui tient un porte-documents en cuir, la regarde avec une certaine fascination :

— Euh… à vrai dire je… je cherche Monsieur Hubert Delage.

— Ah, vous aussi ? Décidément, tout le monde le cherche et personne ne sait où il est.

— Et vous êtes ? demande-t-il, curieux.

Bérénice ne sait trop que répondre à cet étranger qui la regarde avec insistance :

— Oh, nous sommes juste de passage.

— Votre visage m'est familier…

— Mais excusez-moi, Monsieur, demande Bérénice intriguée, c'est indiscret de vous demander pourquoi vous le cherchez ?

— Indiscret ? Oh non, pas du tout ! Au contraire, Monsieur Delage est tellement fier de son *Archimède*, il voudrait que tout le monde soit au courant !

— Archimède ? demande Bérénice surprise.

— Eh bien oui, mon voilier ! Hubert doit toucher une grosse somme d'argent, alors il a décidé d'acheter mon bateau. C'est le rêve de sa vie, vous savez ! J'ai apporté des papiers qu'il m'avait demandés, des factures de réparations, des choses comme ça… Vous le connaissez depuis longtemps ?

— Euh, bredouille Bérénice, décidant de se fier à cet homme au regard si doux, en fait, on ne le connaît pas du tout. C'est lui qui nous a fait venir ici, avec mes parents et une autre famille, et on ne sait pas vraiment pourquoi. C'est par rapport à la maison, je suppose…

— Vos parents sont là-haut ? demande l'homme.

— Oui, vous trouverez tout le monde ou presque… Sauf mon père. Comme il adore le surf, il est parti voir les vagues !

— Puis-je vous demander votre prénom, Mademoiselle ?

— Je m'appelle Bérénice.

— Eh bien, cela vous va à ravir ! Il la regarde encore avec curiosité.

— Et vous, Monsieur ?

L'homme semble pris de court, mais finit par lâcher :

— Ah oui, moi ? Appelez-moi Albert !

— Albert ? demande-t-elle amusée. Ça ressemble à Hubert !

— Oui, oui, on en rit souvent ensemble, « Hubert, Albert », ah ah ah ! Bon, allez, au revoir Mademoiselle Bérénice, et au plaisir de vous avoir rencontrée !

L'homme continue à gravir le chemin vers la maison, sa sacoche sous le bras. Bérénice serait curieuse de voir la réaction des autres lorsqu'ils découvriront ce nouveau visiteur et son histoire de voilier, mais finalement elle préfère marcher seule vers le port.

6

LA DAME ROUGE

C'est Louise qui ouvre la porte au dénommé Albert. Lorsqu'il explique qu'il est un ami du propriétaire de la maison, tous le saluent et lui proposent un café, qu'il s'empresse d'accepter. C'est ainsi que le vieux marin se retrouve assis à la table de la cuisine, entouré d'une petite troupe dévorée par la curiosité. Après qu'ils se soient présentés, Albert leur explique qu'ils se connaissent, Hubert et lui, depuis de longues années, et qu'il l'a souvent invité à naviguer sur son voilier. L'homme parle d'une voix posée et malicieuse. Autour de lui, Louise, Thomas, Wendy, Jo et Zack l'écoutent attentivement. Il ne manque qu'Octavio et Bérénice. Ils se taisent pour écouter ce qu'il raconte tout en sirotant son café auquel il a ajouté du sucre :

— Comme Hubert va bientôt toucher une grosse somme d'argent, il a décidé de réaliser le rêve de sa vie : m'acheter mon voilier ! Et moi, en fait, ça m'arrange…

Souriant, Albert pose la sacoche et montre des documents :

— Il m'a demandé de lui apporter certains papiers du bateau… C'est pour ça que je suis là, mais j'ai cru comprendre, en parlant avec, euh… Bérénice, sur le chemin, que mon cher ami n'est pas encore arrivé, et que tout le monde le cherche ?

Tous hochent la tête, et Albert reprend :

— Normalement, il est parti essayer *L'Archimède*, c'est le nom de mon voilier, en petit cabotage le long de la côte Cantabrique en Espagne, pendant que je rendais visite une amie du côté de Bayonne. Il voulait savoir comment il s'en tirerait, seul à bord. Nous avons prévu de nous retrouver ici, au Doigt Mordu, hier ou aujourd'hui… Mais vous savez, quand Hubert est en mer, il coupe son téléphone.

— Et ça ne vous inquiète pas ? demande Louise.

— Ah non, pas le moins du monde ! *L'Archimède* est un très bon bateau qui a traversé plusieurs océans, et Hubert est un homme prudent, un bon marin. Il connaît la côte et la météo mieux que personne, car il a été chef de poste dans les sémaphores, explique Albert, fier de son ami.

— Enfin quelqu'un qui connaît le fameux Hubert, s'exclame Louise en l'écoutant les yeux brillants, car elle trouve cet Albert fascinant.

— Avec un peu de chance, reprend le marin, il ne devrait plus trop tarder. En attendant, je ne voudrais pas m'imposer parmi vous, et je devrais peut-être vous laisser…

— Ta, ta, ta ! le coupe Louise en rigolant, on ne vous lâche plus, Monsieur Albert. Mais vous ne trouvez pas ça bizarre que votre ami nous ait convoqués ici avant-hier, alors que nous ne le connaissons même pas ?

Albert prend un temps pour répondre, il en profite pour la regarder intensément dans les yeux, au point que Louise en est gênée. Puis il soupire :

— Vous savez, Hubert est un drôle de loustic ! Parfois insaisissable. Il cultive un côté mystérieux, et même moi je ne connais pas tout de lui… Il y a des zones d'ombre derrière cet homme, ajoute-t-il, laissant flotter un silence.

— Mais vous croyez qu'il va vendre la maison? demande abruptement Wendy.

— Ah, le projet immobilier… Oui, c'est un choix compliqué pour lui. Le projet est très ambitieux; tout le quartier serait transformé et ça représente de grosses sommes d'argent. Je sais que ça l'a beaucoup torturé ces derniers mois. Il devait prendre une décision. Et maintenant vous êtes là! dit-il en les désignant. Une famille venue de l'Ouest canadien, et une autre de Paris. Il doit avoir de bonnes raisons de vous réunir ici.

— À moins que nous soyons des cousins éloignés, tente Thomas…

Le vieux marin finit son café et hoche la tête:

— Vous savez, Hubert a beaucoup vécu seul… Ou presque! ajoute-t-il énigmatique, laissant planer un nouveau silence. D'ailleurs, c'est pour ça que le voilier lui convient si bien.

— Et qu'est-ce que c'est comme voilier? demande Thomas qui a un peu navigué dans les superbes îles Gulf, entre l'île de Vancouver et le continent.

Le marin lui répond, fier de son bateau:

— C'est un sloop de 40 pieds construit sur des plans Colin Archer. *L'Archimède* est un beau voilier très marin, facile à manœuvrer et refait à neuf. Il a traversé quatre fois l'Atlantique.

Thomas hoche la tête en connaisseur; les voiliers dessinés par l'ingénieur norvégien Colin Archer à la fin du XIXe siècle sont à la fois esthétiques et sûrs pour la haute mer.

— Ça fait combien, 40 pieds? demande Louise.

— Un peu plus de 12 mètres, répond aussitôt Thomas, habitué à ces conversions comme tout bon Canadien.

— C'est plutôt petit, non ? demande Wendy.

— Euh, oui et non, répond Albert avec un sourire entendu en caressant sa belle barbe blanche. Quand vous êtes en mer, vous vivez dans un espace infini et le bateau est un cocon. Mais au port, il devient un petit palais flottant. Avec *L'Archimède*, j'ai dormi à New York, à Miami ou à Venise ! Le vrai luxe.

— Vous avez longtemps vécu à bord ? demande-t-elle.

— Mais oui, chère Madame, c'est même ma maison ! Enfin… c'était, maintenant que le bateau est entre les mains d'Hubert. Et croyez-moi, il y a tout le confort à bord.

— Trop cool ! lance Zack. Vous vivez vraiment dans un voilier ?

— Mais oui, jeune homme. Quand on aime la mer, c'est pour toujours, tu sais. Et je suis marin dans l'âme.

— Mais alors, vous n'avez pas de maison ? demande Jo à son tour.

Albert se tortille à table, un peu gêné :

— Euh, pour l'instant non, mais c'est une situation temporaire. Dès que tous les papiers seront signés, Hubert pourra rester à bord, et moi j'irai rejoindre une amie.

— Mais en attendant, insiste Louise, vous dormez où ?

— À vrai dire, je n'en sais rien. Je pensais trouver Hubert ici et…

— Vous savez quoi ? lance Louise avec enthousiasme, finalement vous vous trouvez un peu dans la même situation que nous : vous attendez Hubert ! Alors moi je vous propose d'occuper une des chambres vides de la maison…

— Mais…

— S'il vous plaît, insiste Thomas, cela nous fait tellement plaisir à tous, vous pourrez nous parler de lui…

— Oui, excellente idée, conclut Wendy comme si elle était la maîtresse de maison. Il y a de la literie dans la chambre jaune, à gauche.

Albert secoue la tête, encore plus gêné, ne sachant que dire. Wendy l'accompagne vers cette chambre qu'il connaît bien, d'ailleurs, pendant que les autres bruissent de commentaires dans la cuisine :

— Quel homme incroyable…

— On sent qu'il a vécu beaucoup de choses…

— Je me demande s'il a passé le cap Horn…

— Avec lui, on va peut-être finir par savoir qui est ce fameux Hubert…

— On le fera boire un petit coup, ose Thomas, ça facilite les confidences…

— N'empêche, on dirait bien que la maison va être vendue, marmonne Louise… Mais nous, qu'est-ce qu'on vient faire là-dedans ?

Dès qu'Octavio rentre de la plage dans sa combi de surf saupoudrée de sable humide, les cheveux mouillés dans tous les sens, Louise, Thomas et Wendy le mettent au courant de la présence d'Albert dans la maison. Sans attendre qu'il se change, ils lui rapportent les informations glanées concernant Hubert : le projet immobilier, l'importante somme d'argent qu'il attend, le voilier qu'il vient d'acheter, sa volonté de vivre à bord, et peut-être même de partir seul au bout du monde…

Bérénice revient des courses et ce qu'elle entend la rend perplexe. Elle est contente d'avoir eu la chance de rencontrer cet Albert avant les autres. À la façon dont il la regarde, la jeune femme sent qu'un lien s'est tissé entre eux, comme s'ils se connaissaient d'un autre temps. Aussi se garde-t-elle d'intervenir dans leur conversation, et elle sort fumer une cigarette. La tête ailleurs, elle fait quelques pas autour de la maison, lorsqu'une fenêtre du rez-de-chaussée attire son attention ; c'est la chambre jaune où se trouve Albert.

Appuyée le long d'un pilier en bois, elle s'efforce de regarder à l'intérieur le plus discrètement possible. Bizarrement, le vieux marin se tient debout, immobile au milieu de la chambre. Au début, elle ne comprend pas ce qu'il fait là. Mais à force de scruter la pièce obscure, elle finit par remarquer qu'il bouge les lèvres : Albert est en train de parler ! Mais à qui ? La pièce est vide…

Tout en tirant une bouffée de tabac, Bérénice se décale de quelques centimètres pour voir le fond de la chambre et elle sursaute : un grand miroir est accroché au mur. Soudain, elle comprend : c'est le sortilège de Jacquotte ! Le vieux marin a dû être terrorisé en la voyant apparaître dans le miroir et le fantôme prend sans doute un malin plaisir à lui faire peur ! Dévorée par la curiosité, la jeune femme s'approche en cachette, le cœur battant. Accroupie sous la fenêtre, elle écoute les voix étouffées dans la chambre jaune. Jacquotte proteste d'une voix bizarrement fluette :

— … et je n'aime pas tes insinuations, mon petit… Comment peux-tu imaginer une chose pareille ? C'est monstrueux !

— Mais… tu es monstrueuse, Jacquotte !

— Et toi, tu n'as pas le droit de me parler comme ça !

— Le droit ? demande Albert en ricanant, quel droit ? Tu ne peux pas toujours fuir tes responsabilités ! Tu dois assumer tes actes, même en étant un simple esprit ?

— Un simple esprit, moi? Tu te fous de moi? Tu oublies que je mène ta barque depuis des lustres, je t'ai fait acheter Le Doigt Mordu et je t'ai jeté dans les bras de Julie… et mille choses encore, jusqu'à ton fichu voilier… Et tu oses parler de simple esprit?

Toujours accroupie sous la fenêtre, Bérénice tremble d'émotion; elle n'en croit pas ses oreilles et essaie de comprendre. Quel est le rôle d'Albert? Qui est-il vraiment? Depuis quand connaît-il Jacquotte? Qui est cette Julie?

— Ne me la fais pas à l'envers, s'il te plaît Jacquotte, je sais que c'est ta spécialité, mais nous parlions de Maïté…

— Ah, tu ne vas pas recommencer avec la vieille Cazaubon!

— Mais elle est aux urgences, bordel!

— Eh ben moi je suis morte! Pas besoin d'en faire tout un foin…

— Arrête, Jacquotte, c'est pas drôle! Lorsque j'ai vu Madame Cazaubon la semaine dernière, elle était en pleine forme.

— Eh oui, c'est comme ça, la vie, mon p'tit gars… Un jour tu vas bien, et le lendemain: tu es kaput!

— Avoue que tu ne la supportes plus?

Dans le reflet, Jacquotte hausse les épaules:

— Faut dire qu'elle n'est pas très marrante, ta Maïté… Avec elle, c'est la soupe à la grimace…

— Mais qu'est-ce qui t'a pris? Tu aurais pu la…

Consterné, Albert ne finit même pas sa phrase. Jacquotte se retient de ne pas exploser de rage:

— Mais j'y suis pour rien, moi, nom d'un chien, si la vieille s'est embrouillée dans ses potions!

— Tu triomphes toujours, hein, Jacquotte? Tu ne peux pas t'en empêcher, il faut toujours que tu gagnes la bataille. Mais un jour, il ne restera plus personne autour de toi ! Personne. Et tu seras seule pour l'éternité…

— Laisse-moi, Hubert, tu me fatigues !

— Toi ? Fatiguée ? Tu ne sais même pas ce que c'est !

— Tu me traites comme une criminelle…

— Tu as du sang sur les mains, Jacquotte.

La voix de Jacquotte monte d'un cran, vibrante de colère :

— Et toi, tu te retrouves avec ton pactole ! Tout ce que j'ai fait, c'est pour te protéger. La mère Cazaubon va s'en tirer, ne t'inquiète pas. Mais figure-toi qu'elle s'apprêtait à commettre la plus grosse bourde de sa vie, quelque chose qui t'aurait fait beaucoup de mal…

Effarée par ce qu'elle entend, Bérénice recule et s'éloigne pour ne pas se faire repérer. A-t-elle bien entendu ? Jacquotte a-t-elle appelé Albert par le prénom Hubert ? Lorsqu'elle rentre dans la maison, le vieux marin sort de la chambre jaune. Ils se regardent d'un air de connivence, comme s'il savait qu'elle a tout entendu.

Dans la cuisine, Albert explique qu'il va aller voir ce qu'il y a comme poissons au port pour participer au déjeuner. À la surprise générale, Bérénice lui propose de l'accompagner pour qu'il lui fasse découvrir les espèces locales. D'abord surpris, Albert s'empresse d'accepter et, sans plus attendre, tous deux sortent comme de vieux amis allant faire leurs emplettes ensemble. Jo les regarde et adresse un clin d'œil à l'assemblée :

— C'est pas possible, Bérénice a un crush ! souffle le jeune homme émoustillé.

Pris de court, les autres se regardent, se demandant quelle mouche a piqué la jeune femme.

Un peu plus bas, sur le chemin pentu qui descend de la propriété, Albert ne dit rien ; tous deux marchent côte à côte dans l'ombre des pins, unis par une étrange complicité. L'homme avance d'un pas guilleret en jetant des petits coups d'œil amusés vers Bérénice. Une fois dans la rue, ils rejoignent le quai Georges-Pompidou qui longe le port avec ses centaines de bateaux amarrés aux pontons. Certains ne bougent jamais, d'autres ont souvent affronté les déferlantes de la passe, chacun ayant sa propre histoire... Alors qu'ils cheminent en silence, Bérénice décide de franchir le pas. Elle se tourne vers lui et demande :

— Hubert ?

Il éclate de rire :

— Toi, t'es fortiche ! Dès que je t'ai vue, j'ai su que tu faisais partie de l'histoire...

— Mais de quelle histoire ?

— L'histoire de Jacquotte, bien sûr ! Regarde-toi, la ressemblance est sidérante sur tous les plans.

— Jacquotte ?

— Oui, je sais que vous vous êtes parlé toutes les deux. Tu n'es pas ici par hasard, Bérénice. La preuve, tu sais déjà que je suis Hubert...

— Oui, mais je ne sais pas vraiment qui vous êtes ?

— Jacquotte ne t'a donc pas dit de mal de moi ?

Bérénice sourit, tout en regardant un cormoran plonger dans les eaux du port, avant d'en ressortir avec un petit poisson frétillant dans le bec.

— C'est elle qui mène la danse depuis le début, ajoute Hubert, énigmatique.

— Mais vous vous êtes rencontrés comment ? demande Bérénice.

— Ah, la grande question ! s'exclame Hubert. Tu es la première à me demander ça ! Et tu lui ressembles tellement… Mais au fond je la connais, si elle t'a parlé, ça veut dire qu'elle a confiance en toi.

Il s'arrête, sérieux, comme pour marquer ce qu'il va dire :

— Tu dois comprendre que Jacquotte est à la fois très forte et fragile. Bérénice, sache que si jamais tu venais à rompre le secret de son existence, cela pourrait entraîner de graves conséquences pour elle et pour nous…

Bérénice hoche la tête, consciente du privilège qui lui est octroyé. Hubert laisse flotter un silence. Près d'eux, un beau Targa 30 rouge et blanc, une vedette robuste à la mer, se dirige vers le Boucarot et la passe avec des plaisanciers et des cannes à pêche à son bord. Hubert commence à dérouler l'histoire, tout en longeant le quai qui mène au marché aux poissons :

— C'était une autre époque… Je commençais juste à travailler dans les sémaphores, je rêvais d'aventures et de traversées, j'avais l'impression d'avoir le monde à mes pieds… J'étais tellement naïf !

— Pourquoi dites-vous ça ?

— Parce que je croyais au père Noël, ma petite ! Je pensais pouvoir vivre plusieurs vies. Je voulais tout à la fois être marin au long cours, voir du pays, faire mon métier de marinier sémaphoriste, connaître l'amour, peindre des tableaux… J'étais pire que naïf : aveugle ! Pendant quelques années, j'ai mené une vie décousue au gré de mes affectations ; je tombais amoureux ici et je déménageais là, et ainsi de suite. Une vie de militaire sans attaches. Au bout du compte, on ne sait plus qui l'on est, lorsqu'on perd ses racines. Et puis un beau jour…

Il reste muet, au point que Bérénice finit par répéter :

— Et puis un beau jour ?…

— Un jour, reprend Hubert, je me suis laissé prendre dans les mailles de son filet comme un bleu ! J'aurais mieux fait d'écouter mes camarades de beuveries… Combien de fois, dans les bistrots de la côte, ai-je entendu des ivrognes évoquer La Dame Rouge, une belle créature qui sort de temps en temps des profondeurs du Gouf pour torturer les marins.

— La Dame Rouge ? demande Bérénice intriguée. Pas une Dame Blanche comme à Versailles ?

— Non, non, rouge comme toi, Bérénice. Flamboyante et brillantissime, Jacquotte est aussi virevoltante qu'une danseuse étoile et plus maline que le plus malin des renards. Rousse et redoutable.

— Ça ne me dit pas comment vous vous êtes rencontrés ? l'interrompt-elle pour le garder sur la bonne piste.

— J'aime ton impatience et ta ténacité, jeune fille ! Mais pour l'instant, allons d'abord voir si la pêche du jour a été bonne…

En effet, les voilà au marché, mais vu la faible affluence, Hubert comprend qu'avec la tempête, les bateaux n'ont pas pu sortir. Les étals sont presque vides. Dans un petit coin, bien alignés sur un lit de glace, juste quelques poissons tigrés d'une vingtaine de centimètres, que Bérénice ne reconnaît pas. Hubert sourit en les désignant :

— Tu vois, Bérénice, ça, c'est l'un de mes préférés ! Et peu de gens le mangent.

— Dommage, dit-elle en haussant les épaules à la façon d'une petite fille.

— En filets, continue Hubert, passés dans la farine et à la poêle, c'est un délice ! Sa chair goûte un peu comme la sole, et un peu comme du crabe…

— Whaou, ça fait trop envie! répond Bérénice. Et comment s'appellent-ils, ces fameux poissons?

— Mais tu vois bien que ce sont des vives!

— Oh la vache! Horrifiée, Bérénice recule d'un pas comme si elles étaient encore vivantes. Des vives! Sales bêtes!

Sa réaction excessive fait rire Hubert:

— Ce ne sont ni des vaches, ni des sales bêtes! Elles n'aiment pas trop qu'on leur marche dessus, c'est tout!

— Oui, eh ben moi, l'année dernière, je me suis fait bien piquer! proteste Bérénice.

— Mais tu faisais quoi?

— Je m'amusais à sauter dans les vagues, à la plage du Prévent, quand je suis retombée pile sur une vive, de tout mon poids…

— La pauvre! Tu l'as peut-être écrasée… Le meilleur moyen de te réconcilier avec les vives, ce serait d'en manger!

— Ah ça non! Jamais! J'ai eu trop mal, j'ai crié comme une langouste! Je l'ai senti pendant des mois…

— C'est parce que tu n'as pas plongé assez vite ton pied dans de l'eau très chaude. La chaleur neutralise le venin.

— Oui, oui, je sais, il y a bien un surfeur qui a proposé de me faire pipi sur le pied, mais j'ai préféré demander une casserole d'eau chaude au *Spot*, la sandwicherie du coin!

Tous deux se mettent à rire et Bérénice désigne l'étal:

— Je n'en mangerai pas! Pour rien au monde! Par contre, je sais où acheter de la bonne viande. Vous aimez la blonde d'Aquitaine?

— Je préfère les rousses, lâche Hubert sans réfléchir.

Bérénice lui touche le coude pour faire demi-tour :

— Venez, on va sur Hossegor, il suffit de contourner le port, ça nous fera marcher un peu.

Une légère bruine flotte dans l'air, mais ça ne les dérange pas, tant c'est un bonheur de marcher en bonne compagnie le long des quais. Près du pont Bonamour ils observent, amusés, des goélands parfaitement alignés sur une langue de sable, qui semblent attendre que leur minuscule royaume soit englouti par la marée montante. Tout en marchant sans se soucier du crachin, Hubert se tourne vers elle :

— Et toi, jeune fille, quel est ton rêve ?

— Mon rêve à moi ? Oh, c'est assez simple, je rêve de cinéma depuis que je suis toute petite. Je vois des films, j'en imagine, j'en revois, je ne me balade jamais sans ma caméra, je lis sur le cinéma et je prends des cours pour devenir réalisatrice…

— Ça, c'est génial. Je te comprends. Et en ce moment, tu travailles sur quoi ?

— Vous connaissez Rufus Andersen ?

Hubert fronce les sourcils et réfléchit :

— Ça me dit quelque chose… Hmm… Il a eu un film oscarisé je crois, *La Treizième oreille*, c'est ça ?

Trop heureuse qu'il connaisse Rufus, Bérénice lui explique ce qui s'est passé : la sélection parmi plus de 250 candidats, le stage de ses rêves, puis l'annonce que la famille devait partir d'urgence à Capbreton, ce moment horrible où elle a cru que son stage serait annulé… Et puis ce coup de vent si violent, la brouillarta, et elle qui filme des visages, des paysages, des situations, et Rufus qui l'encourage au téléphone, qui la complimente sur ses productions !

— Tu vois, répond Hubert, encore un cas où l'adversité sert de turbo ! Ce que tu vas faire maintenant est bien plus fort et créatif que si tu étais restée à Paris pour ton stage.

— Oui, oui sans doute… Mais mes parents ne comprennent pas bien, de toute façon.

— Ils comprendront, crois-moi. Le talent ne passe pas inaperçu.

Bérénice reçoit le compliment avec gratitude :

— Et vous, Hubert, c'est quoi votre rêve ?

— Tu sais, au fil du temps, nos rêves se modifient. Aujourd'hui, pour moi, c'est un bateau, l'Océan, et beaucoup d'amour…

Émue, Bérénice ne sait plus que répondre, ils regardent les voiliers, vedettes, amarrés aux pontons, puis la forêt de mâts qui se balancent. La jeune fille finit par demander :

— Bon… Alors, vous allez me dire comment vous avez rencontré Jacquotte ? Je veux connaître la suite de notre secret, Hubert !

— Oui. Tu le mérites bien. Mais, tu sais, je n'ai jamais raconté ça à personne… Alors voilà, écoute : c'était un matin de septembre, je venais d'acheter un petit canot à moteur pour aller pêcher devant Capbreton, et j'ai profité d'un temps calme pour l'essayer. Mais un épais brouillard est tombé du ciel, et je me suis retrouvé dans de la purée de pois. Je voyais à peine le bout du bateau et voilà que mon moteur flambant neuf tombe en panne… La pire situation qui soit : pas de visibilité, pas de propulsion ni de communication et j'entendais le bruit des vagues qui explosent sur une plage. Je savais que je me trouvais au-dessus de la tête du Gouf et que certaines vagues puissantes pouvaient m'écrabouiller…

Tout en devisant, ils parviennent au pont du Bouret qui relie Capbreton à Hossegor. Bérénice s'accoude à la rambarde pour filmer le flux de cette rivière qui trouve sa source dans les barthes. Sous le pont, les rochers sont tapissés d'huîtres, qui apprécient ces milieux saumâtres où les eaux douces et salées se mêlent. La jeune femme attend qu'Hubert continue de raconter son récit, mais son regard semble perdu dans le lointain, alors elle le relance :

— Et après ? Que s'est-il passé ?

Hubert reprend, comme s'il n'y avait pas eu d'interruption :

— C'est à ce moment-là qu'il s'est passé quelque chose… Quand je me suis penché sur le moteur, j'ai vu que l'hélice était engagée dans un filet ! On aurait dit un paquet de spaghettis solidifiés. Le genre de perruque très difficile à désengager. Je n'avais sur moi qu'un couteau de pêche, et je pense qu'il m'aurait fallu une bonne heure ou plus, pour couper tout ça. Le brouillard était épais et le bateau dérivait vers la côte. Je me demandais si ma dernière heure arrivait… À force de regarder l'hélice, j'ai eu une vision : ce n'étaient plus des mailles de filet qui étaient emberlificotées autour des pales, mais une longue chevelure de femme ! De magnifiques cheveux d'un roux flamboyant, une flamme sous l'eau. Et derrière ces cheveux, j'ai vu un visage inoubliable, des yeux lumineux, une femme qui dansait dans les flots… Elle dansait tant et si bien qu'en quelques ondulations et arabesques, le moteur était à nouveau libre…

— Alors c'était la Dame Rouge ? demande Bérénice.

Ils reprennent leur marche vers Hossegor, et Hubert répond :

— Oui, exactement ! La fameuse Dame Rouge dont on parlait dans les tavernes ! Elle se tenait là, telle une sirène, sa tête sortant de l'eau près du bateau, nimbée dans la brume, et elle me regardait fixement. Tu aurais vu ce regard, Bérénice… Il venait du tréfonds des mers, du fond du Gouf… Elle m'a donné envie de pleurer. Là, elle m'a dit : « Toi, mon p'tit gars, tu l'as, ce truc… Tu me plais, tu sais… T'en as pas fini avec moi, crois-en la vieille Jacquotte… » Et toute l'histoire a commencé comme ça. À partir de là, c'est vrai qu'elle ne m'a plus beaucoup lâché…

Bérénice se demande ce qu'il veut dire par là, mais ils arrivent à Hossegor devant la petite boucherie artisanale qu'elle affectionne, allée des Pins Tranquilles. Hubert discute avec le charmant jeune couple qui leur vend la viande, il apprend qu'une boucherie existait ici même dans les années 1930, tenue par un autre couple dont le nom était l'enseigne de la boucherie : *Benoît et Valentine*. Finalement ils repartent de là en ayant acheté trois kilos de joue de bœuf, que Bérénice s'est engagée à cuisiner pour le dîner. Une fois sur le chemin du retour, la jeune femme, qui ne perd pas le nord, demande à Hubert :

— À partir de là, elle ne vous a vraiment plus lâché ?

Les yeux dans le vague, il reprend le fil de son récit :

— On disait de Jacquotte qu'elle était une dévoreuse de marins rôdant autour des bateaux au mouillage. Plus d'un s'est retrouvé pris dans ses filets, sa toile d'araignée… Mais entre elle et moi, c'était différent. D'emblée, quelque chose s'est noué. Nous avons vécu les folies de l'amour et elle m'a fait comprendre que j'étais le premier à lui procurer de tels sentiments depuis des siècles… J'avais un certain succès à l'époque, et je plaisais aux femmes avec ma belle petite gueule de marin buriné. Mais au contact de Jacquotte, je suis passé dans une autre dimension. Elle m'a emmené dans des contrées inconnues, si belles et lumineuses que tout retour en arrière semble impossible. Un matin, après une nuit endiablée, je lui ai demandé ce que je pourrais lui offrir pour la rendre vraiment heureuse. Elle m'a répondu : « Une maison. »

Hubert marche quelques pas sans rien dire, laissant planer un nouveau silence. Il scrute la jeune femme avec affection et reprend :

— Tu comprends, Bérénice, Jacquotte est une âme errante... C'est compliqué d'être aussi puissante et immatérielle que le vent. Après tout ce temps, elle a ressenti le besoin de rompre sa solitude, elle a eu envie de s'ancrer pour ne plus se perdre. C'est elle qui a déniché Le Doigt Mordu, et qui a rendu son achat possible. Pour ça, je peux te garantir qu'elle sait y faire, la Jacquotte ! En deux coups de perlimpinpin, elle a réglé tous les problèmes. Et voilà comment tout a commencé. Le Doigt Mordu devait représenter une libération, mais au fil des années, c'est devenu une prison, pour elle comme pour moi...

Alors qu'ils longent le chantier naval, Bérénice demande :

— Mais nous alors, qu'est-ce qu'on vient faire là-dedans ?

— Ah ! Ça, je pense que c'est du Jacquotte tout craché ! Une de ses manigances un peu tordues. Elle aime débouler comme un chien dans un jeu de quilles. Ça l'amuse de manipuler les destinées, à la façon d'un joueur qui téléguide ses avatars. Elle a dû tout organiser derrière mon dos, elle a profité de mon absence pour créer une situation impossible qui me pousse dans mes retranchements, et maintenant je ne sais plus quoi faire. Mais il faut se méfier, Jacquotte peut aussi se révéler dangereuse...

En frissonnant, Bérénice repense à ce qu'elle croit avoir entendu alors qu'elle était accroupie sous la fenêtre de la chambre jaune. Il était question de Madame Cazaubon. Elle s'arrête tout net sur le quai pour le regarder dans les yeux :

— Hubert, et si vous me disiez tout ?

Pendant qu'Hubert et Bérénice font plus ample connaissance en marchant autour du port, Octavio, Louise et Thomas sont partis enquêter sur ce fameux Hubert Delage et cette histoire de maison. Thomas est allé au cadastre, Octavio va essayer d'en savoir plus sur Madame Cazaubon par le voisinage, tandis que Louise s'est proposée pour aller à la mairie fouiller dans les registres. En bonne Canadienne, Wendy a choisi de rester sur place pour tenir le fort, comme elle dit, et elle prépare le déjeuner avec l'aide des garçons. Un peu avant midi, tout ce beau monde se retrouve autour de la cuisine dans une effervescence inhabituelle, chacun ayant glané des informations de son côté…

Pour ce qui est d'Hubert et de Bérénice, le pacte est évident entre eux, car tout s'est déroulé sous le sceau du secret et Hubert sait qu'il peut compter sur elle ; cette jeune femme ressemble terriblement à Jacquotte. De retour à la maison, il doit redevenir Albert aux yeux de tous, le marin, le vieux copain qui vend son voilier à Hubert ; et Bérénice doit jouer le jeu. Mais tous deux sont tellement bouleversés qu'Hubert a décidé d'acheter deux bouteilles de champagne : « Ça nous servira à masquer nos émotions ! » lui a-t-il expliqué, complice.

Dans la cuisine, Thomas dépasse tout le monde d'une tête ; il semble plein d'énergie.

— Je n'ai pas pu voir le cadastre, car il faut prendre rendez-vous, mais j'ai parlé aux uns et aux autres et ça confirme qu'il y a un gros projet immobilier qui plane sur cette maison et sur le terrain... Ça représente des millions d'euros. Il semble aussi qu'il y a de fortes oppositions, mais dès qu'on parle politique, toutes les portes se ferment... Quant à la maison, elle date des années 1950 et a été conçue par un musicien connu comme excentrique ! Il semblerait qu'Hubert Delage l'ait acquise en 1978. Une date facile à retenir, c'est l'année de ma naissance !

Lorsque Thomas se tait, Hubert propose d'ouvrir le champagne, qu'il a acheté frais. Sans attendre de réponse, il fait sauter le bouchon afin de précipiter les événements et d'éviter une discussion sur le projet immobilier. Wendy s'empresse de sortir des coupes de l'armoire et bientôt la potion ambrée et pétillante coule. L'on trinque à la santé de tous, des deux familles, à la santé d'Albert, mais aussi d'Hubert, en souhaitant qu'il revienne très vite...

— Moi, je suis allé voir les voisins de Madame Cazaubon, commence Octavio qui se prend pour Columbo, eh bien laissez-moi vous dire que cette dame est proche de notre ami Hubert. Et cela depuis des années. Qu'est-ce que vous en pensez, Albert ?

Pris au dépourvu, Hubert s'éclaircit la voix, s'efforçant de redevenir Albert :

— Oui, oui, bien sûr, Madame Cazaubon s'occupait de la maison, surtout lorsque j'... lorsqu'Hubert était muté loin de chez lui. Elle s'occupait de tout ; le ménage, le courrier...

Toujours gaffeuse, Wendy pose la question bête :

— Mais, euh... Hubert n'a jamais eu de femme ?

Albert paraît très ennuyé pour répondre. Il toussote :

— Heu… Vous savez, Hubert et les femmes, c'est un peu compliqué… Et puis ce ne sont pas mes oignons…

Après un silence gêné, Octavio demande à la ronde :

— Pendant que j'étais parti surfer, je crois que vous avez eu la visite du fils Cazaubon, Matéo, qui cherchait son chat …

— Mateu, corrige Albert un peu vite.

Sans tenir compte de la remarque, Octavio se rapproche de la table comme pour livrer une confidence à voix basse.

— J'ai eu un coup de bol : devant la maison fermée de Madame Cazaubon, je suis tombé sur Lisa, une petite brune qui travaille à la Poste. Elle m'a reconnu, depuis le temps qu'on vient en vacances à Capbreton… Eh bien, elle m'a laissé entendre que Madame Cazaubon possède bien plus d'argent qu'on ne pourrait le croire.

On aurait entendu voler une mouche dans la cuisine, tant l'attention de l'assemblée est suspendue aux lèvres d'Octavio. D'ailleurs celui-ci n'a pas fini son rapport :

— Lisa m'a dit aussi qu'il y aurait des rumeurs dans la famille, et qu'ils trouvent son intoxication un peu bizarre… Apparemment, Maïté avait la tête bien posée sur les épaules et n'était pas du genre à mélanger ses prises de médicaments.

— Ah, les histoires de famille… souffle Louise, un peu agacée par l'attitude de son mari, qui se croit dans un téléfilm policier.

— Et toi, Louise, reprend aimablement Thomas, qu'est-ce que tu as appris ?

— Je suis tombée sur une secrétaire de mairie compréhensive… J'ai trouvé divers papiers concernant Hubert Delage, dit Louise en se tournant vers le vieux marin. Je suis un peu gênée de parler de cela devant vous, Albert, qui êtes si proche de lui…

Au comble de la gêne, le vieux marin bredouille :

— Ah… euh… oui. Non… mais pas du tout, c'est normal. Il vous a convoqués ici et personne ne sait où il est…

Pour lui venir en aide, Bérénice intervient et se tourne vers sa mère :

— Tu as appris quoi d'autre sur lui, maman ?

— Le maître de poste Delage a été officier dans les sémaphores sur le littoral Manche-Atlantique, et pendant une longue période, il a déménagé tous les trois ans ; Dieppe, Brest, la pointe de Grave, Messanges, Socoa…

Bérénice est sidérée par ce qui est en train de se dérouler en présence d'Hubert. Bien qu'il soit tout proche, elle ne l'entend pas respirer et il semble aussi immobile qu'une statue, tout en écoutant Louise :

— On dirait que les gens le trouvent plutôt sympa dans l'ensemble, mais ils le voient comme un loup solitaire, un nostalgique. Et puis visiblement, beaucoup d'entre eux se demandent avec quel argent il a pu acheter une maison pareille…

— Il n'y a que ça qui intéresse les gens ! lance Bérénice avec un certain mépris. Le fric ! C'est à vomir…

En réalité, elle est affreusement embarrassée pour le vieil homme qui se voit décortiqué en public. C'est à ce moment que Louise se tourne vers Albert et lui demande, tout de go :

— Et vous Albert, comment décririez-vous votre ami Hubert ?

— Moi ? Euh, vous savez, on a passé de longues périodes sans se voir…

— Mais quand vous faisiez du voilier tous les deux, reprend Louise, vous avez eu le temps de discuter ?

— Oui, oui, bien sûr. Mais nous parlions de tout et de rien… Hubert adore l'Océan, vous savez. C'était notre grand sujet de conversation…

— Vous connaissiez un peu ses amies, ou ses compagnes ? insiste Louise lourdement.

Plus que jamais mal à l'aise, Hubert se tortille sur sa chaise avant de répondre :

— Euh… Encore une fois, Hubert est plutôt secret, vous savez. Cette maison, c'est son vaisseau amiral. Je ne suis pas souvent venu ici. Il préférait passer du temps avec moi à bord de *L'Archimède*…

À ce moment, on sonne à la porte. Tous se regardent, étonnés :

— On n'attend personne… dit Louise en maîtresse de maison.

Une silhouette un peu ronde apparaît derrière une fenêtre du rez-de-chaussée. Cela crée un remue-ménage dans la cuisine. Octavio va ouvrir et l'on découvre un homme corpulent, un peu à l'étroit dans son costume, portant avec lui une mallette et un ordinateur. Le parfum de son eau de toilette le précède. Il s'exprime avec beaucoup d'allant et d'enthousiasme :

— Bonjour Messieurs-Dames… J'ai cru comprendre qu'il y avait comme une réunion de famille chez Monsieur Delage… Je me présente : je suis Gérard Bouriol, le directeur de la société immobilière qui négocie actuellement avec Monsieur Delage…

Tous se regardent, interloqués, et Bérénice remarque qu'Hubert a disparu. Voyant qu'il a capté leur attention, le promoteur s'approche de la table de la cuisine et y pose son ordinateur qu'il ouvre fièrement. Pendant que le logo de la société emplit l'écran comme dans un film d'Hollywood, Bérénice, dégoûtée, remarque ses cheveux noirs et gras, ainsi que les pellicules qui saupoudrent ses épaules. Tous les regards sont tournés vers l'écran, où apparaît une vue aérienne en 3D du pâté de maisons, incluant le terrain et la propriété de Madame Cazaubon. Trop sûr de lui, l'homme commente fièrement les images qui détaillent le projet prévu sur la butte boisée, avec des appartements, des terrasses, des piscines… Gérard Bouriol pose son gros doigt boudiné sur l'écran :

— Et là, je vous parle d'une grosse opération qui sera profitable, très profitable même, et cela pour tout le monde ! C'est du très haut standing, du high-tech dans le plus pur style basco-landais, avec du solaire et plein de gadgets écolos pour l'eau, le chauffage, etc. Le tout à quelques mètres de la plage… Les demandes se bousculent déjà ! Elle est pas belle la vie ? demande-t-il avec un sourire benêt, tel un bonimenteur qui achève son speech.

Une voix s'élève. C'est Thomas, qui connaît bien le monde de l'immobilier :

— Et Monsieur Delage, il en pense quoi, de tout ça ?

Gérard Bouriol sourit comme s'il attendait la question :

— Justement ! Monsieur Hubert Delage est très favorable au projet, il vous le dira lui-même. Je crois qu'il a envie de tourner une page et je le comprends… C'est pourquoi il a signé les premiers papiers. Et puis, c'est vrai qu'il n'est plus tout jeune, souffle-t-il d'un air entendu. Bref, c'est l'intérêt de tous de transformer ce lieu un peu laissé à l'abandon en un petit paradis digne de la Riviera landaise, n'est-ce pas ?

Il les regarde un à un avec attention :

— Vous devez tous être parents, je suppose…

— Forcément ! répond Louise pour tout le monde, sans réfléchir.

Bérénice grimace ; l'homme semble tellement imbu de sa personne que c'en est écœurant. Mais de toute évidence, les adultes boivent ses paroles et les millions d'euros se mettent à tournoyer dans leurs esprits comme autant d'étoiles.

— Demandez à Mateu Cazaubon, continue le promoteur, c'est lui qui m'a contacté l'an dernier pour la maison de sa mère et leur terrain. Nous avons passé un accord qui les satisfait pleinement tous les deux. Enfin… Madame Cazaubon est, elle aussi, tout à fait favorable au projet, en espérant qu'elle se remette bien vite… Elle a même signé tous les papiers… C'est elle qui m'a présenté à Monsieur Delage, puisque leurs terrains sont mitoyens.

Bérénice bouillonne intérieurement, car elle commence à saisir les dessous de l'histoire… Jusqu'à Madame Cazaubon allant convaincre Hubert de vendre la maison. Mais la vérité est flippante : si jamais cette maison venait à être détruite, Jacquotte disparaîtrait à tout jamais dans les décombres, elle ne serait plus rien, pas même de la poussière, alors qu'elle est une très grande dame pirate qui porte en elle des siècles d'Histoire…

Lorsque le détestable semeur de trouble repart avec son projet sous le bras, en ayant laissé sa carte aux uns et aux autres, tous se mettent à jaser en même temps. La perspective de grosses sommes d'argent les enivre. Chacun y va de son avis, mais tous ne parlent que d'argent. Évidemment, ils ne connaissent pas Jacquotte, sauf Zack qui ne dira rien. Ils ne savent pas non plus que le dénommé Albert n'est autre que le fameux

Hubert qu'ils cherchent un peu partout. Ils ne peuvent pas comprendre les véritables enjeux de ce projet calamiteux. Bérénice est soudain inquiète. Elle se demande où a bien pu passer Hubert ? Profitant de l'excitation générale, elle va jusqu'à la porte de la chambre jaune et l'entrouvre sans frapper. La pièce vide est plongée dans l'obscurité. La jeune femme songe qu'elle devrait contacter Jacquotte de toute urgence. Elle seule saura quoi faire pour éviter ce désastre annoncé.

Bérénice monte dans sa chambre et commence par allumer sa caméra au cas où Jacquotte apparaîtrait à nouveau sur l'écran de contrôle, mais rien ne se passe. Puis elle se plante devant le miroir, et prend le temps de perdre ses yeux dans son propre reflet, comme si cela suffisait à la faire apparaître, tel un phénomène de foire… Désemparée, elle finit par s'adresser au miroir :

— Jacquotte ! Jacquotte, allez, sois sympa ! Parle-moi ! Je veux t'aider ! Ils perdent la tête avec leurs millions. Et en plus, ils ne savent même pas que tu existes ! Jacquotte ? T'es où, bordel ?

Face au silence, Bérénice décide de se rendre dans la pièce du haut pour espérer la trouver. Depuis le palier, elle entend les adultes qui palabrent encore à propos des promesses du promoteur et de ce que ça pourrait signifier pour eux… Une fois de plus, la jeune femme constate avec tristesse qu'en ce bas monde, tout peut s'acheter. Elle se faufile jusqu'au panneau de bois qui coulisse, puis, le cœur battant, elle se retrouve dans l'étroit escalier. Lorsqu'elle ouvre le rideau de velours rouge, elle est essoufflée. Dès qu'elle pénètre dans la pièce, Bérénice sent que le lieu est abandonné, comme si personne n'était venu ici depuis longtemps. Par acquit de conscience, elle fouine un peu partout, jusque dans l'alcôve, mais l'endroit sent l'absence à plein nez.

Comme si la visite du promoteur leur portait malheur, le reste de la journée s'avère désastreux. Wendy a laissé brûler son crumble aux pommes, Albert leur a faussé compagnie, prétextant des affaires à régler en ville. Il s'est esquivé si vite que Bérénice n'a pas eu l'occasion de lui parler. Jo ne se sent pas bien, et Zack boude dans son coin pendant que la jeune femme s'échine à chercher Jacquotte dans la maison. Le reste de la maisonnée ronchonne et rouspète, tant la situation demeure incertaine.

Dehors, la chaleur monte et la mer est si calme qu'on n'entend plus ni les vagues ni le ressac. Dépitée, Bérénice monte s'enfermer dans sa chambre encore fraîche. Au bout d'un moment, prise d'une inspiration, elle s'installe sur le lit pour regarder de plus près le cahier d'Hubert, écrit à la main et plein de dessins, portraits, esquisses, aquarelles… On y voit Jacquotte dans sa vie d'avant, fille d'un riche capitaine de frégate, enlevée en pleine mer par un pirate aux yeux caverneux, Irwin, qui voulait en faire sa femme… Puis on la voit aussi nageant dans une mer de sang aux côtés d'une baleine… D'autres textes et illustrations évoquent les rencontres entre Hubert et Jacquotte ces dernières années dans la maison.

Telle une enfant fascinée par un livre, Bérénice suit l'écriture et les dessins d'Hubert du bout des doigts, pour mieux en apprécier la qualité. Elle perd son regard dans un portrait de Jacquotte en femme pirate, avec ses extraordinaires cheveux rouges, ses yeux verts et son chapeau tête de mort. *Quelle femme extraordinaire*, songe-t-elle. *Dire que je lui ressemble…* Sur plusieurs pages, Hubert décrit ses voyages, ses différents postes dans les sémaphores, il raconte les bons moments avec Jacquotte, lorsqu'elle l'accueillait après une longue absence et qu'ils festoyaient en amoureux. Elle était devenue l'âme de cette demeure. Quant au côté matériel, il incombait à Maïté Cazaubon, qui faisait vivre les lieux et servait parfois de confidente à Hubert. Convaincue qu'elle jouait double jeu, Jacquotte s'en méfiait comme de la peste. Et le présent semble lui donner raison…

Bérénice lit attentivement certains passages où Hubert évoque ses embrouilles avec Jacquotte, capable de colères mémorables. Il mentionne que, lorsqu'elle est vraiment fâchée, elle remonte la rivière jusque dans les barthes, du côté de Soorts, où elle trouve refuge chez sa grande amie, qu'elle nomme La Nèhe… Hubert l'a aperçue et la décrit comme une naïade aux cheveux fauves. Elle vit dans les eaux douces, au pied d'un chêne centenaire et, d'après lui, elle n'est pas très fréquentable, mais les deux femmes s'adorent… À la fois douce et impitoyable, La Nèhe aurait cependant deux visages. En pleine page de son cahier, Hubert a fidèlement reproduit une gravure ancienne nommée *La Naïade des eaux rousses*, où l'on voit La Nèhe, cette belle femme aux longs cheveux, jeter des bébés vivants dans une fontaine d'eau bouillante.

À côté de ce sinistre dessin, Hubert s'est amusé à esquisser une carte de l'endroit où elle vit : on reconnaît le port de Capbreton et le Bouret, la rivière menant aux barthes. Arrivé à un petit pont en bois dans les roseaux, il a tracé en pointillé un sentier à suivre entre marais et chenaux, pour parvenir jusqu'à un arbre soigneusement représenté, un gros chêne remarquable, enchâssé dans la végétation.

Après avoir observé la carte, Bérénice est convaincue que Jacquotte se trouve là-bas. Mais le temps presse ; les sommes en jeu sont considérables, donc tout peut basculer. Ce Monsieur Bouriol serait bien fichu de faire signer tout le monde en leur agitant de gros chèques sous le nez. Aussi Bérénice décide-t-elle de prendre les choses en main. En observant la carte dessinée par Hubert, elle vient d'avoir une idée lumineuse. Mais pour la réaliser, elle a besoin des deux frangins…

7

LA NAÏADE DES EAUX CHAUDES

Ce n'est qu'en début d'après-midi, alors que la chaleur s'intensifie, que Wendy s'inquiète de l'absence des trois jeunes. Octavio les a bien vus partir tout à l'heure vers le port, mais il n'en sait pas plus. Louise pensait que Wendy les avait à l'œil. Thomas, lui, est allé chercher une voiture de location. Au bout du compte, personne ne comprend où ils peuvent se trouver. Il n'y a sans doute pas de quoi s'affoler, mais aucun des trois ne répond au téléphone et la touffeur devient oppressante, ce qui pèse sur le moral. Très vite, Wendy se met à envisager le pire, répétant que ses garçons ne sont pas du genre à disparaître sans rien dire. Ce qui semble sous-entendre que Bérénice pourrait les avoir entraînés. Aussi Louise prend-elle la défense de sa fille. La tension monte avec l'inquiétude… Ils décident de se diviser pour les chercher. Octavio prend le secteur plage et le front de mer, tandis que Wendy va voir en ville. D'instinct, Louise choisit d'aller vers le port.

Tout en descendant la rue du Lac, elle se dit qu'ils se font sans doute du souci pour rien. Bérénice, Jo et Zack sont grands et responsables, même s'il est inhabituel qu'ils ne donnent aucune nouvelle. À l'approche du port,

Louise a fini par se rassurer, d'autant qu'avec la chaleur, tout paraît calme. Mais alors qu'elle s'approche de la capitainerie, elle aperçoit une silhouette qui trottine vers elle. C'est Albert ! D'où sort-il celui-là ? En le voyant de plus près, Louise grimace : le vieux marin a perdu sa belle assurance. Stressé, le front couvert de sueur, il semble dans tous ses états :

— Ah la la ! Je m'en veux, si vous saviez…

— Mais qu'est-ce qui se passe, enfin ?

— Ce sont les trois jeunes, vos deux fils et Bérénice…

— Quoi ? Mais enfin, parlez, Albert ! demande Louise, une boule dans la gorge.

Albert lui répond, confus, ses idées se bousculent, il désigne le ciel :

— Le ciel ! Le ciel, je le connais bien ici, vous savez, regardez un peu ce brouillard qui arrive, c'est pas bon, ça…

— Mais où sont les enfants ? demande Louise un peu fort.

— C'est de ma faute, continue le marin, j'ai montré mon bateau à Bérénice…

Louise fronce les sourcils, elle n'y comprend rien :

— Mais quel bateau ?

— *L'Archimède*, le voilier dont je vous parlais tout à l'heure…

— Excusez-moi, Albert, mais je m'y perds, je croyais qu'Hubert se trouvait à bord de votre bateau, quelque part en mer, vers l'Espagne… ?

— Ah euh, non, non, maintenant le bateau est bien ici, au fond du port. Je n'ai pas résisté au plaisir de le montrer à votre fille. Bérénice rêve de voyages en mer…

— Ah bon, ils sont au port, alors ? demande Louise pleine d'espoir.

— Euh non, justement, je viens d'aller voir. Ils n'y sont pas… Mais par contre, Bérénice m'a laissé un mot dans le cockpit.

Piteusement, Albert brandit une feuille de papier pliée, dont Louise s'empare fébrilement. Elle la déplie, puis la lit à voix haute, la gorge serrée :

— « Cher Hubert… »

Perplexe, Louise se tourne vers son interlocuteur pour lui demander une explication, mais il fronce les sourcils et lui fait signe de continuer à lire. Elle reprend la lecture des lignes écrites par sa fille :

— « Cher Hubert, Merci pour votre confiance. Il faut absolument que je retrouve Jacquotte, alors tous les trois nous avons emprunté votre petit canot pour aller la chercher là où elle se cache. J'ai vu le brouillard. Ne vous inquiétez surtout pas… » Signé : Bérénice, Zack, Jo…

Les yeux écarquillés, Louise empoigne le vieux marin :

— Mais où sont-ils, Monsieur Albert ? Et qui est cette Jacquotte ?

Désemparée, Louise regarde les centaines de bateaux dans le port, les passants qui repartent avec du poisson, espérant peut-être voir Jo ou Zack. Albert plisse les yeux pour mieux réfléchir :

— Écoutez, je ne vois qu'une solution : à l'arrivée du brouillard, Bérénice a dû repenser à l'histoire que je lui ai racontée. Une légende à propos de la belle créature qui sort du Gouf de temps en temps pour hanter les bateaux et les marins… Du coup, elle a emprunté mon annexe, c'est un canot en plastique rigide avec un petit moteur électrique.

Louise lui tient la manche, comme s'il allait s'enfuir :

— Mais, mais que vient faire ma fille dans cette histoire de légende ?

— Le canot est très marin, ne vous inquiétez pas, ils ne peuvent pas chavirer…

— Chavirer ? Quoi ? Ils sont partis en mer sur un canot ?

Albert se veut rassurant :

— Euh, oui, c'est une possibilité, mais ils doivent être là, tout près, juste à la sortie du port. La mer est aussi calme qu'un lac aujourd'hui, vous savez, il n'y a pas de vent. C'est juste le brouillard qui est embêtant…

Soudain Louise, affolée, brandit son téléphone en tremblant :

— Mon Dieu ! Vite ! J'appelle la gendarmerie et la SNSM !

Avec une autorité inattendue, Albert s'empare du téléphone :

— Écoutez-moi : vous n'appelez rien du tout ! On va régler ça nous-mêmes…

Louise est estomaquée :

— Ça va pas, non ? Rendez-moi tout de suite mon téléphone !

Pendant une seconde, on pourrait croire que leur confrontation va mal tourner, car elle essaye de lui reprendre son téléphone, mais le vieux marin s'y accroche avec un calme olympien :

— Attendez, vous allez m'écouter…

Toujours furieuse et folle d'inquiétude, Louise semble prête à interpeller des passants, mais elle se rapproche et lui dit d'une voix impérieuse :

— Non, c'est vous qui allez m'écouter ! À cause de vous, nos enfants sont en danger, alors vous allez tout de suite me rendre mon téléphone, sinon je cours voir les flics ! Vous n'êtes qu'un vieux fou sénile, voilà ce que vous êtes !

Livide, il s'adresse à elle d'un ton grave et solennel :

— Vous n'avez pas à me parler comme ça !

— Ah bon, et pourquoi donc ? Juste parce que vous êtes vieux ?

— Non !

Il se métamorphose, pâlit et bredouille, comme si un animal allait sortir de sa bouche :

— Parce que… vous êtes ma fille, Louise. Et je suis votre père !

De façon inattendue, elle se met à ricaner :

— Ah, ah, ah ! Elle est bien bonne, celle-là ! « Je suis ton père… » Non mais vous ne croyez pas qu'elle est un peu usée cette réplique, franchement ?

Avant de répondre calmement, l'homme la regarde avec une expression de douceur mêlée de chagrin :

— Tu es née le 8 avril 1978. Je suis Hubert, ton père…

— Mon Dieu ! souffle Louise qui se décompose en se prenant le visage dans les mains. Je deviens folle !

Il pose paternellement sa main sur son épaule :

— Bon, je propose qu'on parle de tout ça plus tard. Le plus urgent, ce sont les enfants. Le brouillard arrive…

En disant cela, il lui rend son téléphone :

— Mon bateau est prêt. Ils ne peuvent pas être loin. On va sortir pour voir s'ils sont dans les parages. Appelle les autres sans trop les inquiéter, et dis-leur de venir tout de suite au ponton d'accueil, le ponton B. Tout de suite ! J'y serai avec le bateau dans moins de 10 minutes…

Son téléphone à la main, Louise se demande si tout cela n'est pas une hallucination causée par la chaleur. Hubert tape dans ses mains :

— Allez, allez, Louise !

Le fait qu'il la tutoie et qu'il l'appelle par son prénom semble déclencher quelque chose en elle. Sans plus perdre de temps, elle appelle Octavio, puis Thomas, tandis qu'Hubert se hâte vers son bateau.

Le Bouret n'est qu'une rivière peu profonde qui se faufile entre de belles villas le long du golf d'Hossegor. Elle prend sa source du côté de Saint-Vincent-de-Tyrosse et traverse les barthes de Soorts. Dans le temps, on y pêchait les anguilles, alors abondantes dans ces eaux douces et saumâtres, avant que les pibales ne soient braconnées. Propulsé par un moteur électrique, un petit canot en plastique remonte péniblement le faible courant avec trois jeunes à son bord. C'est Bérénice qui tient la barre, louvoyant pour éviter les bancs de sable. Les deux frères, silencieux, sont assis de part et d'autre du canot pour l'équilibrer. Ils sont inquiets de ne pas avoir prévenu leurs parents, mais Bérénice gère la situation. Pour l'instant, ils se débrouillent plutôt bien et se trouvent déjà à mi-chemin, le long du golf d'Hossegor. Mais bientôt, le brouillard venu de l'Océan déferle sur eux telle une fumée grise qui gomme le paysage.

Étant la seule à porter des bottes en caoutchouc, Bérénice a dû pousser le bateau à plusieurs reprises pour éviter qu'il s'échoue, mais ce satané brouillard, aussi épais qu'un nuage qui occulte tout, vient troubler leur navigation. En quelques minutes, la visibilité s'est réduite au point qu'on ne distingue quasiment plus les berges. Les deux frères sont dans un état d'excitation où se mêle la peur. Bérénice a beau leur répéter qu'il n'y a aucun problème, ils ne savent pas comment vont réagir leurs parents. En même temps, rappelle-t-elle, ils ne font rien de grave; emprunter un canot pour remonter la rivière, ce n'est pas bien méchant.

Après être passés sous un pont de pierre emprunté par les voitures, ils déboulent enfin dans le paysage mystérieux et suspendu des barthes. Bordée de roseaux et de quenouilles, la rivière luisante s'enfonce dans les brumes et les broussailles, comme une image de conte de fées. D'invisibles oiseaux s'envolent bruyamment à leur approche, sans doute des hérons cendrés. Aucun des trois ne parle ; le moteur électrique est silencieux et leur progression se fait dans la brume de ce labyrinthe de canaux et de marécages. Alors qu'ils approchent d'un petit pont de bois, tous trois poussent un cri, car une apparition irréelle se dresse devant eux dans la brume : une déesse nimbée de ses longs cheveux fauves, le visage caché. Avec sa longue robe aux plis parfaits, elle semble planer sur l'eau ! De plus près, ils remarquent deux personnages qui s'agitent sur le pont. Des lutins ? Des farfadets ?

— Bonjour !

Bérénice arrête le bateau à leur hauteur. Tous deux portent un chapeau et arborent un sourire lumineux. Ils se présentent : Ben et Ro'. Ils sont en train de finir une installation artistique en pleine nature, la silhouette de cette femme au milieu des marais.

— Vous faites quoi ? demande Bérénice.

— C'est une œuvre éphémère, répond Ben.

— Biodégradable, ajoute Ro', pinceau à la main.

— Mais c'est qui ? demande Zack, en désignant l'installation.

— C'est la déesse des eaux chaudes, précise Ben… Une légende vivante…

— Venue du Nord il y a très longtemps.

— La Nèhe ? demande Bérénice.

Les deux artistes n'en reviennent pas qu'elle la connaisse. Ils expliquent leur démarche, qui consiste à faire revivre les anciennes légendes des Landes, puis leur indiquent la direction à suivre, qui correspond au plan dessiné dans le cahier d'Hubert. Illuminés par cette belle rencontre, les trois jeunes repartent dans le canot et remontent la rivière jusqu'à l'endroit mentionné par Ben, un tronc d'arbre qui sert de ponton. Il est temps de continuer à pied.

À la sortie du port de Capbreton, moteur au ralenti, *L'Archimède* sort du Boucarot vers la pleine mer pour s'enfoncer dans le brouillard. Hubert réduit la vitesse et demande à chacun de scruter la mer en guettant le moindre son. Wendy et Thomas appellent dans le vide : « Jooooo ! Zaaaaack ! » et leur voix est aussitôt absorbée. Louise, qui a pourtant souvent navigué, se sent mal ; des gouttes de sueur apparaissent sur son visage de plus en plus pâle. Ce n'est pas dans ses habitudes, mais elle est obligée de reconnaître qu'elle a le mal de mer. Octavio reste près d'elle dans le cockpit. Thomas est debout à l'avant du voilier, en guetteur, au cas où il y aurait quelque chose à voir dans cette purée de pois.

Dans son malaise, Louise jette un œil à Hubert qui la rassure et lui propose du gingembre. Depuis leur discussion, elle meurt d'envie de lui poser mille questions… Pour l'heure, il faut avant tout retrouver les enfants. Elle a un peu honte d'être malade face à cet homme à la barre du voilier, qui n'est autre qu'Hubert. Elle n'a encore rien dit à personne. La vérité est si incroyable qu'elle n'a pas eu le courage, ou le temps, de la partager. Et dire que cet homme, cheveux blancs au vent, le regard droit et la main sûre tenant la barre de *L'Archimède*, est sans doute son père…

Hubert a fière allure, la barbe couleur d'écume, le regard sûr. Le brouillard est dense, mais ça ne l'inquiète pas, car il connaît chaque banc de sable du coin. Près de lui, anxieuse, Wendy scrute la mer en le bombardant de questions auxquelles il ne répond pas, d'autant qu'il est accaparé par la navigation, l'éventuelle présence d'autres bateaux, ou l'apparition d'une série de vagues surprise. Mais elle a besoin de se libérer de ses angoisses en imaginant le pire :

— Un canot orange, ça devrait être plutôt facile à repérer, non ? Est-ce qu'ils ont des gilets de sauvetage, au moins ? On devrait quand même appeler les sauveteurs, vous ne croyez pas ? À quelle température est l'eau ? Mais qu'est-ce qu'ils sont venus faire ici ?

Le bateau continue sur son erre dans la brume ; on ne voit ni la plage, ni l'horizon, ni même l'estacade. Les yeux s'habituent à cette ouate qui fausse les distances et fait perdre le Nord. Ils appellent, encore et encore, sans résultat. À bord, l'inquiétude devient palpable. Il fait chaud et moite, comme dans les tropiques. Le fait de se trouver sur les lieux, en mer, perdus dans le brouillard, donne plus de réalité à leurs angoisses. Aussi Thomas finit-il par sortir de sa réserve, une tension extrême dans la voix :

— Non ! Écoutez, là je crois que c'est trop grave. On tourne en rond. Il faut alerter les secours !

Hubert se penche et pose une main sur son épaule :

— Je comprends ce que vous ressentez. Je vous demande juste de leur faire un peu confiance. Il doit y avoir une explication toute simple…

À ce moment, remuée par le roulis du bateau, Louise se penche par-dessus bord pour vomir. Octavio la soutient. Comprenant qu'il faut agir, Hubert remet le moteur en marche à petite vitesse et décide de ratisser la zone entre l'estacade de Capbreton et les plages d'Hossegor. Il charge Thomas de le prévenir s'il remarque quoi que ce soit et demande à Wendy d'appeler régulièrement les portables des jeunes. Du haut de ses sémaphores, Hubert a passé une bonne partie de sa vie à scruter l'Océan et à participer aux opérations de secours en mer, or son instinct lui souffle qu'il est peu probable que les trois jeunes soient en danger. Sinon il y aurait un signe, un pressentiment. Or, Hubert ne ressent rien d'alarmant dans l'air.

Pendant ce temps-là, Gérard Bouriol a déjeuné au golf avec ses associés fondateurs de la Bouriol-Immobilier, qui viennent de lui donner carte blanche pour convaincre les éventuels ayants droit. Mais Gérard a aussi mené sa petite enquête, aidé par une amie généalogiste, qui lui a permis de découvrir des informations sur le passé d'Hubert Delage susceptibles de faire basculer la transaction du bon côté.

L'homme monte le chemin qui mène au Doigt Mordu en soufflant, tout en admirant, une fois de plus, ce tuc boisé, unique dans le secteur. Ses rêves vont enfin prendre forme. Sans aucun doute, le terrain d'Hubert Delage est l'un des plus exceptionnels du front de mer de Capbreton. Sa situation, cet espace naturel si proche de l'Océan, est un atout maître pour y développer de l'immobilier très haut de gamme. D'autant plus que la région elle-même est en plein boum et que de nombreux citadins argentés fuient les grandes villes pour venir s'installer le plus près possible de l'Océan. La Bouriol-Immobilier voit dans la propriété Delage son projet phare avec, potentiellement, un gros pactole à la clef. Bouriol a beau être ralenti par le magret et le madiran du déjeuner, il n'en a pas moins décidé de revenir chez Delage pour finir de convaincre la famille avec ce qu'il vient de découvrir, mais aussi avec des arguments sonnants et trébuchants.

Lorsqu'il arrive sur place, de toute évidence il n'y a personne, ni chez Madame Cazaubon, ni chez Delage. Mais au lieu de repartir, l'homme en profite pour faire discrètement le tour du propriétaire, tout en prenant de nombreuses photos et des mesures précises, grâce au télémètre laser dont il ne se sépare jamais. Plus il arpente cette propriété, ainsi que celle de Madame Cazaubon, plus Gérard Bouriol y voit miroiter tout le luxe et l'argent dont il rêve depuis si longtemps. En outre, il compte bien se réserver l'un des plus beaux appartements du projet, tout en haut de la butte, avec vue sur mer.

Bérénice en tête, les trois jeunes suivent le sentier boueux qui longe la rivière. La brume diffuse une atmosphère troublante qui finit par brouiller les sens et faire perdre la notion des distances... Par moments, une trouée dans les nuages laisse entrevoir un pan de paysage, puis le brouillard revient tout gommer, comme une vague sur le sable...

« Fuck! Fuck! Fuck! » Jo râle en s'enfonçant dans la gadoue jusqu'aux chevilles; après ça, ses superbes Timberland risquent d'être bonnes à jeter. Zack, lui, se voit déjà en aventurier; il marche en sifflotant, l'air de rien, malgré des nuées de moustiques. De temps en temps Bérénice s'arrête, consulte la carte, puis repart. Elle semble sûre de son coup, mais les deux frères commencent à trouver la balade un peu longue et incertaine. Jo vient de se tordre la cheville et avec lui, on ne sait jamais si c'est grave ou s'il en rajoute. Alors qu'il s'apprête à faire demi-tour, Bérénice pousse un cri victorieux en désignant un point dans la forêt, qui transparaît dans une trouée de vapeur:

— Regardez, là-bas! Le chêne!

On distingue effectivement une masse d'un vert plus dense, un îlot enchâssé dans la végétation. Sans plus attendre, Bérénice reprend la marche, suivie par ses deux comparses, de moins en moins sûrs d'eux. Dans les hautes herbes, on croirait entendre des présences, ce sont peut-être les mormouks, ces créatures légendaires des barthes qui vous frôlent dans la brume. Les moustiques tournoient au-dessus de leurs têtes sans répit et des odeurs méphitiques remontent du sol. Enfin, le sentier finit par s'extraire des marais pour les mener face à un mur végétal fait de ronces et de buissons entremêlés.

En consultant la carte, Bérénice déniche un petit tunnel aménagé dans les broussailles. Il faut se courber pour y pénétrer, mais le passage est bien entretenu. Le mystère s'épaissit et les trois jeunes s'y faufilent, s'imaginant propulsés dans une légende, style *Le Seigneur des Anneaux*… Ils débouchent dans ce qui ressemble à une clairière et il leur faut un petit moment pour comprendre qu'ils sont à l'abri sous un chêne énorme plusieurs fois centenaire, dont le tronc massif occupe la partie centrale. Ses branches et ses feuilles sont si denses qu'on ne distingue pas le ciel ; seule une lumière diffuse éclaire les lieux. L'ensemble forme une grande salle circulaire parfaitement abritée au sein de la végétation. Il y fait chaud et humide, donc le sol est couvert de mousses, avec de beaux rochers, des fougères et des tapis de fleurs colorées. Sans attendre, Jo s'y allonge de tout son long, s'étirant et grognant de plaisir comme sur un lit de luxe bien élastique :

— Whaouh, ça, c'est du feel good, moi je vous le dis ! Ça fait vachement du bien, je commençais à avoir mal au dos…

Non loin, Bérénice s'est accroupie à côté d'un filet d'eau qui serpente entre les rochers :

— Venez voir, c'est bizarre ! L'eau est carrément chaude !

Les garçons la rejoignent et trempent leurs mains dans l'eau :

— Dingue ! crie Zack, une source chaude !

— Il y en a plein les Landes, surtout à Dax, la ville des eaux, explique Bérénice.

Prise d'une inspiration, elle se relève et suit le cours de l'eau qui contourne les racines du chêne ; les garçons lui emboîtent le pas. De l'autre côté de l'arbre, tous trois découvrent, stupéfaits, un petit édifice en pierre couvert de mousse et de lichens, en forme de dôme, ouvert comme un igloo et surmonté d'une croix. C'est une ancienne fontaine « houn », d'où s'élèvent des nuées de vapeur. Le plus étrange, c'est que l'entrée de cette fontaine-source est fermée par une grille en fer forgé.

Bérénice pousse alors un cri de terreur : à l'intérieur de la fontaine, elle distingue une forme humaine ! À sa vue, les trois s'immobilisent, comme dans un jeu de « Un, deux, trois, soleil ». Derrière la grille, une femme assise leur tourne le dos. Elle ne bouge pas, ses cheveux fauves cascadent sur sa nuque élancée et son dos harmonieux. Sans même se retourner, elle se met à parler. Sa voix résonne sur les parois arrondies de la fontaine :

— Petite ! Tu viens de la part de Jacquotte ?

Bérénice n'en croit pas ses oreilles :

— Euh, non… Je m'appelle Bérénice et je cherche Jacquotte, justement…

— Ah oui ? Tu la cherches et tu débarques ici ? Quelle drôle d'idée… Alors c'est Hubert qui t'envoie ? demande la femme sans tourner la tête.

— Non, non, pas du tout. Mais il a dessiné une carte des barthes, et c'est comme ça qu'on est arrivés jusqu'ici…

— Tu as du cran, toi, comme Jacquotte ! Et là, qu'est-ce que tu m'as amené ? Un peu de chair fraîche ?

Toujours de dos, la femme fait mine de renifler en direction des garçons :

— Hmm... Pas si fraîche que ça, on dirait. Ça pue déjà l'homme à plein nez... Je les préfère nettement plus jeunes et plus tendres, Jacquotte ne t'a donc rien expliqué ?

— Jacquotte... Il faut absolument que je la retrouve, sinon quelque chose de terrible va se passer...

— Encore ? demande ironiquement la femme enfermée dans sa fontaine.

— Dans le cahier d'Hubert, j'ai lu qu'elle venait vous retrouver ici quand elle était en colère...

— Oui c'est vrai, répond-elle en haussant les épaules, je l'ai souvent consolée car nous nous aimions beaucoup, elle et moi. À l'époque, nous avons fait les quatre cents coups ensemble, si tu savais ! À nous deux, nous pouvions accomplir des miracles... Mais un jour, Jacquotte s'est fâchée contre moi. Et maintenant, voilà le résultat ! Je croupis enfermée ici depuis des années... Tout ça, parce que Madame est fâchée !

— Vous êtes La Nèhe ? ose demander Bérénice.

— Oui, petite, je suis La Nèhe, la naïade des eaux chaudes, comme ils disent. Je jaillis un peu plus haut, là-bas, dans la Fontaine Chaude... On dit de mes eaux qu'elles sont guérisseuses, pourtant les animaux y crèvent et on ne peut même pas les boire... Tu m'excuseras de rester comme ça, continue la femme au dos tourné, mais je n'ai pas le droit de te regarder. C'est trop dangereux pour toi et pour tes deux amis aussi. Je ne suis pas spécialement gentille, en fait... Normalement, personne ne vient ici. Mais crois-moi, je n'éprouve aucun plaisir à inspirer la terreur.

La vérité, c'est que j'exauce les vœux, mais seulement les vœux de malheur, les mauvais sorts. Les paysans jetaient leurs messages dans ma fontaine. Ils me demandent de faire mourir les bœufs du voisin et d'autres joyeusetés. Du coup, j'ai acquis une mauvaise réputation. C'est comme avec les enfants… J'aime bien les enfants, mais il est vrai qu'il m'arrive aussi de les jeter dans l'eau bouillante.

— Mais alors, pourquoi êtes-vous enfermée ici ?

— Ahh, tu es bien curieuse, ma petite Bérénice… Sache avant tout que Jacquotte est quelqu'un de très compliqué. Il est vrai que nous avons passé des moments merveilleux, Hubert, Jacquotte et moi. On s'amusait comme des petits fous et on s'aimait sans se poser trop de questions. Hubert avait deux femmes pour le prix d'une ; il en riait souvent. Il était le seul à pouvoir nous voir, et nous en avons profité pour prendre du bon temps tous les trois, parfois pendant des nuits entières ! Mais un jour, Hubert a trop bu, et les choses sont allées trop loin. Je n'arrivais plus à l'arrêter et Jacquotte devenait complètement folle. Alors je lui ai jeté de l'eau bouillante sur la main. Hubert a été brûlé au troisième degré…

Bérénice comprend alors d'où viennent ces cicatrices sur la main droite d'Hubert. La Nèhe reprend son récit :

— Tu sais, Jacquotte est aussi jalouse que rancunière. Pour me punir, elle m'a enfermée ici… Elle vient parfois me rendre visite et me torturer un peu. Je l'ai suppliée de me libérer, mais elle est impitoyable. Si ça continue, je vais me dissoudre complètement…

Bérénice s'approche de la fontaine, elle meurt d'envie de voir le visage de La Nèhe, mais celle-ci la gronde :

— Ne t'approche pas trop, car je ne me contrôle pas toujours… Moi aussi, j'ai très envie de te voir, tu sais.

Mais je suis seule depuis si longtemps… Il paraît que ça rend méchant. Tu n'as qu'à demander à Jacquotte…

— Mais où peut-elle se cacher ? Vous avez une idée ?

— Oui, je l'imagine bien planquée dans la chapelle de la plage, à Capbreton. Elle y passe souvent du temps à s'entretenir avec Sainte Rita.

— Merci. Et qu'est-ce qu'on peut faire pour vous ?

— Pas grand-chose. Seule Jacquotte détient la clef…

— Quelle clef ? demande Bérénice intriguée.

— La clef d'or. Celle qui ouvre la grille.

Bérénice saute sur ses pieds, comme frappée par la foudre : elle vient de comprendre qu'elle porte cette clef sur elle, cachée à l'intérieur du cahier d'Hubert…

À bord de *L'Archimède*, l'ambiance se détériore malgré la bonne humeur d'Hubert qui se veut rassurant. Entre deux nausées, Louise essaye de faire bonne figure, consciente que le moment est mal choisi pour avoir le mal de mer. Octavio reste tout près d'elle :

— D'habitude tu n'es jamais malade. Ça doit être l'inquiétude qui fait ça.

Wendy continue à appeler les portables sans relâche, marmonnant des lambeaux de phrases d'un pessimisme effrayant, imaginant les pires situations, ses deux garçons noyés… Thomas essaie de la rassurer, mais rien n'y fait. Hubert navigue à petite vitesse non loin du bord, mais avec ce brouillard ils ne voient rien, ni bateau ni embarcation, et leurs appels restent vains.

De plus en plus nerveuse, Wendy redemande à Hubert s'ils ne devraient pas appeler les secours. Celui-ci demeure imperturbable à la barre, convaincu qu'ils perdent leur temps.

La délivrance de cette insupportable situation se produit 20 minutes plus tard avec un simple SMS de Bérénice sur le téléphone de sa mère :

Dsl, ça captait pas. Tout va bien pour nous trois,
on s'est un peu perdus dans les barthes et on est
couverts de boue ! On se retrouve à la maison
d'ici une heure. Bisous maman, je t'm

Louise le relit plusieurs fois à haute voix et ses yeux s'agrandissent de joie. Elle s'empresse de lui répondre.

— Dans les barthes ! répète Hubert, perplexe.

Il n'en revient pas et se demande bien pourquoi Bérénice est allée là-bas… Pourrait-il y avoir un lien avec Jacquotte, voire La Nèhe ?

— C'est quoi, les barthes ? demande Wendy encore inquiète.

Hubert lui parle des zones humides et lui explique de quoi il s'agit tout en manœuvrant le bateau pour mettre le cap sur le port. Heureusement qu'il a pratiqué cette passe des dizaines de fois, car on n'y voit presque rien. Les yeux sur le sondeur, Hubert mène *L'Archimède* parfaitement dans l'axe de la passe ; bientôt, la silhouette du feu de l'estacade apparaît sur tribord nimbée de brume, tel un géant surveillant l'entrée du port. Lorsque le voilier entre fièrement dans le chenal du Boucarot, Wendy ne peut s'empêcher d'applaudir la maîtrise du capitaine, et les trois autres font de même, soulagés, comme après un atterrissage difficile.

Lorsque Bérénice a brandi la clef d'or, La Nèhe l'a prévenue : une fois qu'elle aurait ouvert la serrure, tous les trois devaient quitter les lieux au plus vite, et surtout sans se retourner. La belle clef d'or est entrée toute seule dans la serrure, comme aimantée. Malgré les années et l'humidité, le mécanisme semble parfaitement huilé ; après un déclic, la grille s'entrouvre toute seule…

Après cela, leurs souvenirs restent confus. Dans leur précipitation, les trois jeunes n'ont pensé qu'à fuir par le tunnel végétal, puis dans la boue des barthes. Lorsqu'ils ont retrouvé le canot orange qui les attendait près du tronc d'arbre, ils en pleuraient presque de joie et Bérénice s'est dépêchée d'envoyer un message rassurant à sa mère. Tous les trois viennent de vivre une expérience impossible à raconter, aussi font-ils le serment de ne pas en parler.

La descente du Bouret est, bien sûr, beaucoup plus facile et rapide que la remontée. Poussés par le courant, ils ne tardent pas à retrouver le port et ses pontons. Lorsqu'ils foulent à nouveau le plancher des vaches, le brouillard se lève sur les quais du port, mais ils se sentent décalés après leur voyage initiatique dans les barthes. Ils en viennent même à se demander s'ils n'ont pas tout halluciné, mais la boue sur leurs chaussures, bottes et pantalons, témoigne de leurs péripéties.

Bérénice meurt d'envie de faire un détour par la chapelle de la plage pour voir si Jacquotte s'y trouve, mais lorsqu'elle évoque cette possibilité, les deux garçons protestent fermement. Pas question pour eux de ne pas rentrer directement à la maison. D'une part ils redoutent la réaction de leurs parents et d'autre part, ils meurent d'envie de prendre une douche. Bérénice hésite, mais renonce à y aller seule.

Elle ne peut savoir que La Nèhe s'y trouve déjà. Pour cette dernière, comme pour Jacquotte, le temps et la distance ne fonctionnent pas de la même façon que pour le commun des mortels. À l'instant où Bérénice a entrouvert la grille de la fontaine, La Nèhe s'est retrouvée à la chapelle de la plage, face à sa geôlière. On aurait pu s'attendre à une confrontation violente, des cris et des reproches, un règlement de compte, mais c'eût été méconnaître ces deux femmes-esprits. Leur réaction a été la même: elles ont éclaté de rire puis se sont mises à danser ensemble une folle sarabande dans la fraîcheur de cette jolie chapelle, sous le regard noir et bienveillant de Sainte Rita de Cascia, la sainte des cas désespérés, des prostituées et des voleurs, celle aussi qu'on invoque pour les marins perdus en mer.

Fatigués et boueux, les trois jeunes remontent du port vers la maison sans parler. Alors qu'ils s'approchent du Doigt Mordu, une grosse 4x4 blanche arrive sans bruit à leur hauteur, avant de se garer à l'entrée du chemin. Ils reconnaissent aussitôt le gros homme qui en sort avec sa mallette et qui s'efforce de prendre un air jovial en les voyant. Gérard Bouriol a plus d'un tour dans son sac, du moins le croit-il. En tout cas, il sait exactement qui sont ces trois jeunes et quels sont leurs liens de parenté avec Hubert Delage. C'est lui, Gérard, et lui seul, qui détient la vérité, et cette vérité va lui permettre de convaincre tout le monde. Après les avoir salués, il remarque la boue sur leurs chaussures, et glisse, inquisiteur:

— Alors, les jeunes, on est allés en forêt? Vous cherchez des champignons? Je connais des coins pour les cèpes, vous savez…

— Non merci, réplique Bérénice avec une froideur excessive, je n'aime pas les champignons, ça me donne mal au ventre…

— Ah, mais ça dépend lesquels, continue l'homme, il faut savoir les choisir. En fait, je suis venu voir vos parents… Je suppose qu'ils sont là-haut?

— Je sais pas, souffle Bérénice, hostile.

Les trois jeunes commencent à monter le chemin, et le promoteur leur emboîte le pas en soufflant. Leur arrivée est très attendue, mais les parents sont surpris de les voir en compagnie de Gérard Bouriol. Dès qu'il l'aperçoit, Hubert se faufile à l'intérieur de la maison. Quant à Wendy, folle de joie, elle prend les deux garçons dans ses bras et Louise serre Bérénice contre elle, sous le regard perplexe du visiteur qui ne comprend pas bien la raison de telles embrassades. Octavio se plante devant lui :

— Excusez-moi, Monsieur Bouriol, mais nous avions rendez-vous ?

L'air gêné, mais toujours souriant, l'homme se veut conciliant :

— Euh, non, non, pas vraiment, mais il se trouve que j'ai ici des papiers qui risquent de vous intéresser…

— Oui, oui, c'est possible, répond Octavio avec son calme de surfeur, mais là nous avons une petite réunion familiale et le mieux serait peut-être de prendre rendez-vous, vous ne croyez pas ?

Bouriol se tortille, tandis que le rose envahit ses joues et son front :

— Oui, oui, bien sûr, je comprends, néanmoins je me permets d'insister un peu, parce qu'il y a des options qui courent et des dates qui vont venir à échéance, mais aussi parce qu'il y a du nouveau concernant vos liens familiaux avec Monsieur Delage, et c'est pourquoi je…

— Vous avez dit : « du nouveau » ? le coupe Octavio.

— Nos quoi ? Nos liens familiaux ? reprend à son tour Thomas, lui aussi déstabilisé.

Quelques instants plus tard, tout le monde se retrouve dans le salon avec autant de solennité que s'ils se tenaient devant un notaire pour la lecture d'un testament. Après avoir étalé ses papiers sur la table basse, Bouriol est devenu le centre de l'attention. Personne, hormis Louise, ne semble avoir remarqué la disparition d'Hubert. Tous sont installés autour de la table basse, attentifs aux mots que va prononcer cet homme, avec son sourire de bateleur :

— Je voulais d'abord vous dire à quel point ce projet me tient à cœur. Depuis que je suis gamin, je passe devant cette propriété, avec ce tuc qui domine le quartier et cette maison tout en haut… L'endroit m'a toujours fait rêver ! C'est pourquoi mon but est de mettre en valeur ce patrimoine, mais avec les normes les plus modernes et les plus écologiques du moment, pour faire de ce lieu un véritable modèle…

Tandis qu'il s'écoute parler, Bouriol est entouré de Jacquotte à sa droite, et de La Nèhe à sa gauche. Mais personne ne peut ni les voir, ni les entendre, tandis qu'elles commentent le discours du bonhomme :

— Bla bla bla… souffle La Nèhe. Il jacasse, il est en train de les enfumer bien comme y faut…

— Oui, eh bien méfie-toi de lui, rétorque Jacquotte. C'est bizarre, j'ai l'impression de l'avoir déjà vu… Ce gars-là a bien mijoté son coup. Je crois qu'on devrait le dégager rapidement, avant qu'il ne fasse trop de dégâts.

— Moi je dis qu'on pourrait très bien le noyer, je te parie qu'il ne sait même pas nager, propose La Nèhe d'un ton enjoué.

Pendant ce temps, Bouriol continue de dérouler ses perspectives mirifiques devant les deux familles qui l'écoutent bouche bée :

— … en réalité, une fois les papiers signés, les choses peuvent aller assez vite. Et vous, vous n'aurez rien à faire… excepté toucher de gros chèques, bien sûr ! lance-t-il en riant, tel un magicien de cirque.

Bouriol sent qu'il a capté l'attention des deux familles. Ils doivent être en train de fantasmer sur les montants, aussi continue-t-il sa sérénade :

— Comme je vous l'ai dit précédemment, nous avons convenu d'un accord préalable avec Monsieur Delage. Pour ce qui est de Madame Cazaubon, elle a signé tous les papiers le mois dernier…

— Mais nous, qu'est-ce qu'on vient faire là-dedans ? demande Wendy, encore à fleur de peau.

— Justement, j'allais y venir, poursuit Bouriol imperturbable. Mais avant tout, je voulais que vous mesuriez les enjeux qui se présentent à nous…

Bérénice fait la moue : elle déteste entendre « nous » dans la bouche de cet homme. Jacquotte aussi :

— Dis donc, il se prend pour qui, l'autre parasite, là ? Il ne fait pas partie de la famille, que je sache !

— Ah non, pas lui, il est trop moche !

Toutes deux éclatent de rire tandis que Bouriol poursuit son speech :

— Enfin, comme vous le voyez, tout est en place pour lancer rapidement ce beau projet. Tout, ou presque… car il y a quelques documents que nous devons voir ensemble…

Pendant que l'homme fouille dans sa mallette, La Nèhe, inquiète, demande à sa comparse :

— Et dis-moi, il est où Hubert ? Ce serait peut-être le moment qu'il montre le bout de son nez, non ?

— C'est encore un peu tôt. Mais je ne serais pas étonnée qu'il soit planqué au premier, dans le cagibi de la buanderie, lui répond Jacquotte avec un demi-sourire.

— Quoi ? Mais qu'est-ce que tu racontes ?

— Il y a, dans le plafond du salon, un conduit d'aération qui traverse la maison jusqu'au grenier. Ce conduit passe justement par le cagibi du premier, d'où l'on peut entendre tout ce qui se dit en bas…

Bouriol toussote et regarde autour de lui ; il voit deux familles terriblement impatientes de savoir ce qu'il va leur annoncer. Par contre, il ne voit pas les deux foldingues assises de part et d'autre de son auguste personne, qui écoutent sa déclaration en grimaçant.

— Avec l'aide d'une associée généalogiste, nous avons entrepris quelques recherches sur les liens de filiation de Monsieur Delage, et ce afin d'éviter tout litige futur… Lorsqu'on se lance dans un projet aussi ambitieux, vous imaginez bien qu'on ne peut rien laisser au hasard…

Jacquotte se penche vers sa comparse :

— T'as vu comme il est fourbe ? Il souffle le chaud et le froid, il les manipule…

Sûr de lui, l'homme continue en les regardant posément :

— Alors voilà, j'ai décidé de jouer cartes sur table. Dans un premier temps, je vous ai apporté les plans des architectes. Normalement, je n'ai pas le droit de vous les montrer. Mais j'en suis très fier et je suis sûr que vous saurez respecter la confidentialité…

Pendant que l'homme étale les papiers sur la table basse, La Nèhe se penche par-dessus son dos :

— Tu sais quoi ? Il me dégoûte, ton Bouriol…

— Hé, oh ! Je te signale que ce n'est pas mon Bouriol !

— Il est visqueux et il ment comme il respire, reprend La Nèhe en le lorgnant avec mépris.

— Il a le teint cireux et l'œil jaune, ça sent l'ictère à plein nez, diagnostique Jacquotte d'un air de sorcière.

— Oui, t'as raison, je ne serais pas étonnée qu'il soit malade. Il a trop bouffé à midi, il est en surcharge, il sue et il rote…

— « Un p'tit staphylo doré, voilà ce qu'il lui faut ! Un p'tit staphylo… » chantonne Jacquotte sur l'air de « Gentil coquelicot », ce qui fait beaucoup rire sa comparse.

Bouriol explique son projet sur les plans tout en énonçant des chiffres pharamineux :

— Ce n'est qu'une fourchette, bien sûr, et les versements s'étaleront sur plusieurs années, mais nous parlons là de sommes qui vous mettront tous à l'abri jusqu'à la fin de vos jours. En un mot, c'est le jackpot ! lance-t-il avec une certaine vulgarité.

Personne ne pipe mot ; tout le monde retient son souffle.

— Regarde-les ! dit La Nèhe. Ils en bavent d'envie, la bouche ouverte.

— Oui, eh bien attends un peu, ils ne vont pas tarder à refermer leur clapet, ajoute Jacquotte, devinant ce qui se prépare.

De sa mallette, Bouriol extrait le dossier sur lequel est simplement inscrit DELAGE. Il l'ouvre d'un geste théâtral. À l'intérieur, divers documents, extraits de naissance, actes notariés, généalogie… Le silence est si dense qu'il en devient gênant. Une fois de plus, Bouriol s'éclaircit la gorge avant de lire ses notes avec une froideur de magistrat :

— Au cours de l'été 1977, Monsieur Delage a entretenu une liaison de quelques mois avec une certaine Madame Julie Miremont, native de Bordeaux, épouse Delgado, résidente d'Hossegor. Hubert et Julie se sont séparés sans qu'il sache qu'elle était enceinte de lui. Or, Madame Miremont était mariée, mais son mari, José Delgado, ne pouvait pas avoir d'enfants…

L'homme s'interrompt, ménageant ses effet pour donner plus de poids à ce qu'il va leur asséner :

— Julie et son mari rêvaient d'être parents. Cette grossesse leur est apparue comme une chance inespérée et Monsieur Delgado à fini par verser une somme d'argent considérable à Monsieur Delage pour qu'il sorte définitivement de leur vie, ce qu'il a accepté d'autant plus facilement qu'il ignorait la grossesse de Julie. C'est cet argent qui lui a permis d'acheter la maison dite du Doigt Mordu. Ainsi, Monsieur Hubert Delage n'a jamais su qu'il était le père de jumeaux garçon et fille, nés le 8 octobre 1978…

— Le 8 octobre 1978 ?

C'est Thomas qui vient de répéter cette date, la bouche ouverte et les yeux écarquillés.

— Oh, my God ! lance-t-il avant de se mettre face à Bouriol, une tension extrême sur le visage. Vous… vous voulez dire que… que Louise et moi serions…

— Oui Monsieur, vous êtes frère et sœur jumeaux ! leur annonce Bouriol, ému malgré lui.

— Mais c'est complètement insensé ! crie Wendy, un peu perdue.

— Ça c'est dingue, lâche Octavio. En fait, c'est plutôt cool…

Thomas et Louise se dévisagent avec des larmes dans les yeux, tandis que Zack, contrarié, demande à Bérénice :

— Mais alors, ça veut dire que nous, on est cousin-cousine ?

Bérénice éclate de rire, la nouvelle est tellement incroyable qu'elle en a le tournis et lui répond :

— Oui, zincou !

8

HUBERT, ENFIN

Immobile dans l'obscurité du cagibi, Hubert est chamboulé à force de les écouter via le conduit d'aération du salon. Sa vie entière défile dans sa tête ; il sait que plus rien ne sera comme avant ; une nouvelle phase de son existence commence. Après des années de solitude, là-haut dans les sémaphores, après des amours étranges et immatérielles avec une femme fantôme, Hubert se découvre une autre vie, avec un fils et une fille, eux-mêmes parents !

Depuis qu'il a appris l'existence de Louise et Thomas, quelques jours plus tôt, lorsque Jacquotte est venue lui rendre visite sur le voilier, Hubert ne cesse de repenser à Julie. Il se remémore leur rencontre impromptue, quarante ans plus tôt, sous la pluie, au Sporting Casino d'Hossegor, alors qu'ils allaient à un vernissage. Leur liaison n'avait été qu'une passade de quelques mois. Faute d'avoir un enfant, Julie était assoiffée de sexe, d'autant que son riche mari la délaissait. Aussi tous deux passaient-ils beaucoup de temps sur les plages désertes, faisant l'amour à toute heure du jour et de la nuit, s'amusant comme des petits fous jusqu'au jour où, sans la moindre explication, Julie s'était détournée de lui. Ignorant qu'elle était enceinte, Hubert n'avait pas compris pourquoi elle refusait désormais de le voir. Quelques jours plus tard, le mari l'avait appelé. C'était un Espagnol puissant et froid, entouré d'hommes de main, et habitué à commander. Il était au courant de leur liaison ; quant à Julie, elle ne voulait plus jamais le voir. Moyennant un chèque plus que généreux, Hubert avait accepté de signer une lettre de confidentialité où il s'engageait à ne jamais parler d'elle, ou chercher à la contacter.

Avec le recul, il se dit qu'il avait été utilisé comme un vulgaire inséminateur. L'idée que Julie l'aurait séduit pour lui soutirer son sperme lui donnait envie de vomir. Certes, Julie et son mari sont morts depuis longtemps, mais leur forfaiture n'en demeure pas moins impardonnable. Hubert se trouve dans une situation aberrante, face à un fils et une fille dont il ne connaissait pas l'existence le mois dernier. Soudain, l'idée de les affronter lui fait peur. Aura-t-il la force de les regarder dans les yeux ? Saura-t-il les considérer comme ses enfants ? Comment le jugeront-ils ?

Et dire qu'ils sont réunis là, au rez-de-chaussée, entourés de leurs familles respectives. Non, il n'y arrivera pas. Il ne se sent pas prêt à endosser de nouvelles responsabilités ou des obligations familiales, lui qui rêve depuis si longtemps de prendre le large… Un tourbillon noir l'aspire de l'intérieur. Hubert ne veut plus se battre ; il n'a qu'une envie, disparaître, fuir ce casse-tête qu'on lui impose, il voudrait qu'on l'oublie et surtout qu'on lui foute la paix dans son cagibi…

À ce moment précis, un petit bruit se fait entendre contre la porte. Rien qu'un grattement discret : « gratt gratt gratt ! » Hubert retient son souffle. Il ne veut voir personne. Il a l'impression d'être un petit garçon puni dans le placard. Il a honte, même s'il ne sait pas de quoi. *Qu'on me laisse dans ma solitude*, songe-t-il en se demandant comment il pourrait quitter la maison sans que personne ne le voie… « Gratt gratt gratt ! » le grattement recommence et insiste.

— C'est moi, chuchote une voix féminine.

Hubert ne répond pas, mais tend l'oreille. Il redoute un sale coup de Jacquotte ; elle est capable de tout. « Gratt gratt gratt ! » Le bruit reprend, on dirait une souris qui grignote une planche.

— C'est moi ! chuchote la souris. Bérénice !

Il respire : ouf, c'est bien la seule avec qui Hubert se sent en confiance dans ce moment si particulier.

— Ouvrez la porte, murmure-t-elle.

Comme il ne répond pas, elle insiste :

— Allez, venez, Hubert. Ne restez pas là ! On va parler tous les deux…

La porte du cagibi finit par s'ouvrir et Hubert en sort, gêné :

— Bérénice ! Mais comment m'as-tu trouvé ? Je parie que c'est Jacquotte.

— Écoutez, vous ne pouvez pas rester caché dans votre cagibi, Hubert, lui répond Bérénice. Vous ne croyez pas que le moment est venu de faire votre coming out ?

— Mon quoi ?

— Votre grande révélation, quoi ! Ce serait le moment de dire à tous qui vous êtes vraiment ! De sortir du silence, pour qu'Albert devienne enfin Hubert, mon grand-père !

Bérénice sent une larme couler malgré elle sur sa joue. Hubert voit cette perle qui scintille ; il est aussi ému qu'elle et, sans un mot, tous deux se prennent dans les bras. Non seulement ils se sont retrouvés, mais ils se sont aussi trouvés.

— Tu as raison, dit-il à voix basse. Je ne peux pas rester comme ça, mais je n'aime pas les grandes scènes de famille ou les retrouvailles comme dans les films. C'est cul-cul…

L'expression fait rire Bérénice :

— Cul-cul !

— Oui. Je ne me vois pas descendre l'escalier en faisant une grande déclaration du style : « Je ne suis pas Albert, mais je suis Hubert, votre père et grand-père… » Franchement, il ne manquerait plus que les violons !

— J'ai une idée, souffle Bérénice… Mais on va attendre que notre agent immobilier soit reparti. Ce type m'insupporte…

Elle entraîne Hubert sur le palier, d'où ils entendent les discussions enjouées venant d'en bas. Bérénice ouvre la porte de sa chambre et ils y entrent discrètement. Elle verrouille la porte de l'intérieur.

Hubert aime beaucoup cette chambre, souvent occupée par Jacquotte. Il a souvent conversé avec elle par l'intermédiaire du grand miroir. Mais d'autres choses attirent son regard, sur le lit et sur le bureau : le travail de Bérénice, des notes, des story-boards dessinés, des photos noir et blanc, deux carnets griffonnés, l'ordinateur, la tablette, la caméra… Il y a là comme un foisonnement qui séduit Hubert d'emblée. Il s'approche des carnets et en désigne un :

— Je peux ?

Bérénice est prise de court :

— Euh, ce ne sont que des notes pour moi, c'est du brouillon plein de fautes et de taches…

Hubert lui sourit :

— Justement, c'est ça qui est intéressant !

— Eh bien allez-y, je vous en prie…

Il se tourne vers elle, comme saisi par une idée :

— Dis-moi, tu ne crois pas qu'on pourrait se tutoyer tous les deux ? Après tout, je suis ton vieux grand-père…

— Pas si vieux !

— Ta ta ta ta… Ne fais pas la flatteuse et dis-moi « tu ».

— OK. « Tu » ! Et Bérénice rit de toutes ses dents blanches.

La complicité entre eux est évidente, presque troublante. Hubert prend le carnet et le feuillette, émerveillé. Bérénice écrit en tout petit, ce qui lui permet de caser des morceaux de phrases, textes, idées, ici et là comme dans un calligramme. Soudain il tombe sur un dessin représentant un portrait dans le miroir, mélange de Jacquotte et de Bérénice. Troublé, il lit le sous-titre : *Revenue de la Mort Rouge* et la regarde dans les yeux.

— Comment connais-tu ça ? Tu… tu as parlé à Jacquotte ?

— Euh, oui, elle m'a un peu expliqué d'où elle venait… Ou plutôt de quand elle venait, avec son père capitaine de frégate, puis son enlèvement par ce pirate, Irwin, jusqu'au moment où elle disparaît dans un océan ensanglanté pour sauver une baleine…

Hubert secoue la tête :

— Ce n'est pas possible ! J'y crois pas… Je la connais depuis longtemps et elle a mis des années avant de me raconter le secret de ses origines… Et toi, tu arrives ici et elle te raconte tout ! Faut dire que vous vous ressemblez terriblement, toutes les deux. Ça ne peut pas être un hasard…

— C'est peut-être qu'il y a urgence, dit la jeune femme.

— Urgence de quoi ? demande Hubert un peu bêtement.

Bérénice s'anime, elle craint la destruction de cet endroit :

— Urgence de tout ! Il y a ce type, ce Bouriol, il veut tout casser ici, il veut surtout gagner beaucoup de fric…

Hubert se veut conciliant :

— Non, mais il faut comprendre, Bérénice, c'est l'évolution du monde. Tout change sans arrêt. On ne peut pas tout refuser. Ce Monsieur Bouriol n'est pas si antipathique, et d'ailleurs il a promis de conserver la maison intacte. Et puis si cet endroit doit être construit, autant le faire avec lui…

Bérénice est choquée :

— Ah bon ? Et pourquoi ça ? Vous êtes d'accord avec lui ? D'accord pour raser tous ces arbres et transformer cet endroit magique en une vulgaire résidence immobilière ? Dites-moi que ce n'est pas vrai ?

Assis sur le bord du lit, Hubert lève ses yeux fatigués vers cette jeune femme pleine de fougue :

— Tu sais, Bérénice, je vis ici depuis très longtemps, trop longtemps sans doute. Certes, l'endroit est enchanteur, mais au bout du compte, j'en suis devenu prisonnier. Du coup, j'ai l'impression qu'en restant ici, je n'aurai plus aucune perspective, aucun avenir.

— Oui, mais quand même… de là à tout casser…

— Ah, tu es jeune, tu ne sais pas encore que pour construire ou cultiver, il faut d'abord détruire. C'est vrai pour une maison, un arbre, une fleur, un jardin… On rase pour que ça repousse encore mieux. Je crois que Gérard a compris mon état d'esprit, et il a su me convaincre. Quand la transaction sera finie, j'aurai mon propre bateau et suffisamment d'argent pour me balader sur les mers. Je serai enfin libre… Ce Gérard est un brave garçon, tu sais, il m'a promis qu'il s'occuperait de tout… Et je crois bien qu'il est en train de convaincre les autres, en bas. On va pouvoir célébrer…

— Célébrer quoi ?

Une voix nasillarde, mécanique, les interrompt. C'est Jacquotte ! Sur le lit, le voyant de la caméra de Bérénice clignote. L'écran reste noir, mais le son de la voix résonne :

— Célébrer la destruction ? La mort ? La fin de nos souvenirs ? C'est donc ça que tu veux, Hubert ? Un destin sans racines ? L'anéantissement ? Tu vas te perdre, tout seul au milieu de l'Océan, et tu vas y laisser ton âme…

Un silence tendu flotte dans la chambre tandis que la diode continue de clignoter ; Jacquotte est toujours là. Hubert regarde Bérénice ; ses yeux sont écarquillés de surprise, mais elle garde son sang-froid et reste attentive.

— Que veux-tu dire ? ose finalement Hubert, s'adressant au voyant de la caméra.

— Je ne devrais pas avoir à t'expliquer ça. Demande à la petite. Je suis sûre qu'elle a très bien compris de quoi je parle, elle… Pas vrai, Bérénice ?

Le cœur battant, Bérénice se lance :

— Vous voulez dire que si le terrain et la maison sont rasés, plus rien n'existera. Pas même vous !

— Qu'est-ce que je te disais ? Elle a tout pigé ta petite-fille. Prends-en de la graine, Hubert.

— Mais normalement, la maison ne sera pas détruite, commence Hubert…

— Normalement… glousse Jacquotte. C'est un mot qui n'existe pas chez les financiers. Ne sois donc pas si naïf, mon petit Hubert, ou tu pourrais perdre bien plus que tu ne le crois… Bien plus !

— Ça ne doit pas se produire! clame Bérénice avec conviction.

— Heureusement que tu es là, petite. Mais, d'un autre côté, va savoir... Après toutes ces centaines d'années à errer comme une âme en peine, je me dis parfois que je devrais peut-être déposer les armes...

— Mais non! lance la jeune femme.

— Peut-être est-il temps pour moi de m'effacer, de me dissoudre dans le vide et la poussière...

— Non, non, je ne laisserai pas faire ça! reprend Bérénice.

— Tu es une adorable tigresse, répond la voix de Jacquotte, et c'est vrai qu'on se ressemble. Mais on ne peut pas tout le temps lutter, tu sais... Moi qui croyais avoir trouvé un port d'attache, un ancrage solide avec cette maison, et avec toi, Hubert... Il faut croire que je me suis trompée...

— Mais non, proteste mollement Hubert, tu ne t'es pas trompée, mais d'un autre côté, avec le temps il faut savoir évoluer...

— Quel temps?

Lorsqu'une voix monte de l'escalier, le voyant de la caméra s'éteint:

— Bé-ré-nice! C'est Louise qui cherche sa fille. Tu es où?

Bérénice et Hubert échangent des regards indécis, comme deux adolescents coupables. On frappe délicatement:

— Chérie? Tu es là? Ouvre-moi s'il te plaît... Tout va bien?

Mais quand la porte de la chambre s'ouvre, c'est Hubert qui se présente:

— Nous parlions, Bérénice et moi.

Louise est sidérée:

— Ah ben ça... Hubert ? Vous êtes donc là ? Je me demandais où vous étiez passé ?

Elle regarde par-dessus son épaule : Bérénice est en train de ranger sa caméra et ses cahiers, et elle lui fait coucou de la main.

— Mais qu'est-ce que vous manigancez, tous les deux ? demande Louise, soupçonneuse.

— Rien, rien ! répond Hubert. Elle me montrait son travail. Elle est très douée...

— Oui, oui, il paraît, répond Louise d'une voix blanche. Monsieur Bouriol a dû partir. Vous devriez descendre tous les deux, on est en train de regarder les plans qu'il nous a laissés. On pleure et on rit en même temps... On est tellement bousculés par tout ce qui vient de se passer. Ce n'est pas facile à vivre, ni pour vous, ni pour nous... Mais il serait peut-être temps qu'Albert tombe le masque et nous présente son cher ami Hubert... vous ne croyez pas ?

*

Denise Salaver habite un grand appartement en pierre, au rez-de-chaussée d'une rue sombre et discrète de Saint-Jean-de-Luz. C'est l'ancienne boutique d'un fabricant de dentelle, parfaitement adaptée au fauteuil roulant. La vieille dame n'en sort presque jamais et déteste la foule. Ses crises se font de plus en plus fréquentes au fur et à mesure qu'elle s'enfonce dans sa folie. Par moments elle est apathique, abrutie devant la télé, mais à d'autres elle fulmine ou mijote une sombre vengeance, et tous ces brouets amers lui redonnent vie. Une clef tourne dans la serrure de la porte d'entrée, ce doit être Richard :

— Richaaaard ? Elle l'appelle avec impatience, comme s'il était en retard.

— J'arrive, j'arrive ! lance Richard d'une voix plutôt enjouée, tout en allumant les lumières, car Denise, par économie, laisse l'appartement dans la pénombre.

— Regarde ce que j'apporte !

Tout joyeux, Richard exhibe une bouteille de champagne Cristal Roederer, celui qu'elle préfère.

— Du champagne ? Tu enterres quelqu'un ? lui demande, cynique, la vieille dame depuis son fauteuil roulant.

— Non, mieux que ça !

Tout en parlant, Richard va chercher un petit plateau d'argent et des flûtes dans la cuisine.

— Cette fois-ci, on les tient, je te le garantis ! dit-il en disposant les flûtes sur une petite table.

Denise le regarde avec méfiance :

— Tu m'as l'air bien sûr de toi, mon fils…

— Ils ont tous signé l'accord ! Et avec le contrat que j'ai fait signer à Hubert le mois dernier, ils sont coincés quoi qu'il arrive… On va pouvoir respirer, je te le promets. On la tient, notre revanche !

Comme pour ponctuer ses derniers mots, Richard débouche la bouteille de champagne avec son « pop ! » caractéristique. Tandis qu'il commence à verser le liquide ambré et pétillant dans les flûtes, Denise demande d'une voix reptilienne :

— Et la p'tite rouquine, elle en pense quoi ?

— La Bérénice ? Je ne sais pas, je crois qu'elle fait la gueule, elle s'enferme dans sa chambre. Ça doit être les hormones !

— Mouais… Prends garde à elle quand même, ajoute Denise qui suit à distance les moindres faits et gestes de son fils. Et Louise, elle ne se méfie pas ?

— Mais non, même la méfiance a un prix, tu sais. Les conditions qu'on leur propose sont impossibles à refuser. Et puis ils sont convaincus que la maison sera sanctuarisée ! Ah ah ah, la bonne blague ! ricane Richard en se resservant du champagne. Quant au mari de Louise, Octavio, il plane carrément, il est « cool » et ne pense qu'au surf. À vrai dire je ne serais pas étonné qu'il fume des joints…

— Une famille de bons à rien… maugrée Denise.

— Je me suis rapproché de la Canadienne, Wendy, je crois qu'elle m'apprécie et qu'elle me fait confiance. Elle a beaucoup d'influence sur Thomas, son mari. Et dès qu'elle boit deux gorgées de vin, elle devient bavarde. De toute façon elle est intéressée par l'argent, et en plus elle déteste la maison…

— Elle a bien raison. Cette foutue baraque est maudite ! éructe Denise.

Richard lui tend une flûte et lance joyeusement :

— En attendant, on trinque !

— Toi tu vends un peu vite la peau de l'ours… commence la vieille dame dans son fauteuil.

— Mais non, maman, lance Richard en buvant sa flûte d'une traite, puisque je te dis qu'Hubert a tout signé de A à Z, et que le délai légal est passé. Maintenant, j'ai tous les papiers nécessaires pour Thomas et Louise. J'ai vu ça avec mes deux avocates, elles sont sûres de leur coup, c'est bétonné. Ils ne peuvent plus faire machine arrière. Ils ont touché des chèques, bim, la machinerie est enclenchée. Tu vas pouvoir dormir tranquille…

— Je dormirai quand cette baraque ne sera plus qu'un tas de décombres ! lance Denise avec un sourire sardonique.

— Alors écoute bien : la cerise sur le gâteau, c'est que j'ai demandé à des professionnels de venir filmer lorsqu'on coupera les arbres, mais surtout le moment où la maison sera démolie. On va tourner de belles images, avec des ralentis et des vues aériennes depuis un drone, pour filmer la destruction et la poussière. Et cette vidéo, maman, on va l'envoyer à Hubert. Comme ça, il pourra se la passer et se la repasser, cet enfoiré ! lance Richard qui s'emporte, les joues rouges.

— Mon fils, clame Denise, tu es presque aussi vicelard que ta mère !

— C'est pour toi que je fais ça…

— Je sais, répond-elle, impériale.

Elle tend sa flûte vide et Richard la remplit, ainsi que la sienne. Denise aspire deux ou trois gorgées puis la repose avant de lâcher :

— Enfin, c'est bien beau tout ça, mais moi, je ne le croirai que lorsque je le verrai de mes yeux. J'ai tellement souffert là-dedans… J'attends ce moment depuis si longtemps. Je ne voudrais pas mourir avant d'avoir vu Hubert mordre la poussière…

— Mais tu ne vas pas mourir ! lâche Richard un peu fort.

— Non, mon petit, pas tout de suite, pas tout de suite…

— Tu verras, quand ça sera fini, tout ira mieux. Hubert ne sera plus rien. C'est quand même de sa faute si tu es en fauteuil aujourd'hui…

— Il faut qu'il paye, répond Denise avec une grimace qui la fait ressembler à un lézard.

— Il va payer cher…

*

Seules Louise et Bérénice savaient que le fameux Albert n'était autre qu'Hubert, leur père et grand-père. Aussi, avec sa maturité et son talent de la mise en scène, Bérénice a suggéré à son grand-père de trouver le lieu idéal pour annoncer la vérité aux autres :

— C'est un moment tellement spécial, lui a-t-elle dit, il faut l'orchestrer et trouver un endroit lui aussi spécial… Grand-père, toi qui connais tout ici, tu pourrais nous trouver un endroit un peu magique pour se réunir à déjeuner ?

Sans hésiter, Hubert a répondu :

— Ah oui ! Excellente idée ! Je vais vous emmener chez Ramon. Là-haut…

En quelques coups de fil, Hubert a tout organisé : Ramon possède un morceau de forêt qui surplombe le lac d'Hossegor. Ce grand gaillard à la barbe rase est un Basque espagnol qui a été un chef étoilé et qui s'est retiré ici avec sa famille. Pour ses très bons amis, il accepte parfois d'organiser des déjeuners dans un lieu extraordinaire : la palombière située sur le point culminant de son terrain. À l'origine, les palombières sont des cabanes construites par les chasseurs, suspendues dans la cime des arbres, pour guetter les migrations de ces magnifiques pigeons ramiers. Celle de Ramon n'a plus vu de fusil depuis des décennies, car il l'a transformée en mini-restaurant réservé aux intimes. Un rare privilège. Mais une longue amitié lie ces deux hommes depuis la nuit où Hubert, alors maître de poste au sémaphore de Socoa, avait dirigé les opérations de secours ayant permis de sauver la vie de Ramon, blessé à bord d'un bateau en perdition dans la tempête au large d'Hendaye. Hubert a expliqué la situation à son vieil ami et, passée la surprise initiale d'apprendre qu'il avait deux enfants, Ramon n'a pas hésité à préparer un repas de dernière minute pour les recevoir.

Il a fallu convaincre tout le monde d'aller là-bas, mais « Albert » a su se montrer persuasif avec l'appui de Bérénice, qui donne des ordres à tout le monde, animée d'une autorité nouvelle. Invisible dans ce tohu-bohu, Jacquotte jubile en observant la jeune femme et en lui insufflant l'inspiration. Deux heures plus tard, tout le monde se trouve au pied du grand pin maritime, face à une longue et solide échelle inclinée menant à la palombière, une vingtaine de mètres plus haut.

Heureusement, personne ne rechigne à y grimper, tant l'endroit est bluffant. Là-haut, ils arrivent dans une salle en bois rustique et chaleureuse. La vue est incroyable, surplombant un océan de verdure constitué par la cime des pins. L'œil suit tout naturellement un couloir entre les arbres, celui par lequel migrent les palombes, et au bout, l'Océan apparaît en pointillé parmi les résineux. La brise se fond dans le grondement des vagues et l'on sent parfois que l'arbre danse légèrement.

C'est là, dans ce décor de légende, qu'Hubert a tombé le masque. Cet endroit si extraordinaire marquerait à tout jamais pour eux ce moment charnière de leur existence. Bérénice avait mille fois raison, la magie du lieu a fait son effet. Dès lors, les choses se sont déroulées avec une simplicité désarmante, surtout lorsque Ramon leur a servi sa fricassée d'étrilles du lac marin, ses huîtres de Galice gratinées, son jambon basque kintoa, ses boulettes de chinchard façon Nazaré, et ses anchois de Laredo… Le tout arrosé d'un vin basque naturel, légèrement pétillant, le fameux txakoli, et le flot d'émotions a vite cédé la place à une faim d'ogre.

C'est Albert qui est monté à la palombière, et c'est Hubert qui en est redescendu, accompagné de ses deux enfants, Louise et Thomas, de leurs conjoints, Octavio et Wendy, suivis de Jo, Zack et Bérénice. C'est une famille apparemment unie qui sort de ce merveilleux déjeuner suspendu. Seule Bérénice semble inquiète. En effet, elle sent parmi eux un fort consensus pour vendre la maison et le terrain à ce promoteur bizarre, Gérard Bouriol. S'ils sont tous d'accord, il sera difficile de les convaincre d'y renoncer. Une bonne partie du repas a été consacrée aux rêves de chacun avec l'argent qu'ils vont toucher… Maisons, piscines, voitures, voyages, tout cela lui semble d'une banalité atterrante. Bérénice déteste l'argent, qu'elle perçoit comme l'ultime poison de la société. Combien d'héritages déchirent les familles les plus unies ?

Alors même qu'ils viennent de se rencontrer, la jeune femme ne supporte pas l'idée de vendre Le Doigt Mordu, l'endroit qui symbolise leurs retrouvailles, cette maison fantastique… Il faut absolument qu'elle parle avec Jacquotte et La Nèhe. Elles seules pourraient empêcher la catastrophe de se produire…

9

LE VRAI VISAGE DE LA CREVETTE

Face au grand miroir de sa chambre dans la lumière du matin, Bérénice se sent un peu ridicule. Elle vient de poser deux questions à son reflet en espérant réveiller Jacquotte, mais voilà qu'elle se retrouve bêtement face à elle-même :

— Miroir, mon bon miroir, dis-moi qui est la plus belle ?… Si ça continue, je vais me prendre pour Blanche-Neige !

Elle se met à rire, tout en espérant que Jacquotte se manifeste. Rien ne se produit. Le sang lui monte aux joues et elle commence à s'énerver :

— Mais alors comment je fais, moi, si je veux vous contacter, Madame Jacquotte ? Je vous assure que la situation est grave. Je vous demande juste un petit coup de pouce, je ne peux pas sauver la maison toute seule quand même !

Elle souffle de dépit face à la pénombre silencieuse et se passe la main dans les cheveux en se regardant :

— Ma pauvre fille, tu as l'air d'une folle à parler toute seule avec tes cheveux en pétard… Va plutôt prendre une douche !

Bérénice se dirige vers la petite salle de bains et s'y enferme pour se doucher. L'eau chaude est une bénédiction qui la nettoie de ses angoisses ; les yeux fermés, elle oublie tout, sous le flux de l'eau fumante. Tant pis si Jacquotte ne veut pas l'aider, elle fera ce qu'elle peut malgré tout. Régénérée, elle sort de la cabine de douche dans la vapeur en suspension, bien décidée à prendre le taureau par les cornes. Mais lorsqu'elle s'approche du lavabo, elle a un choc ; quelqu'un a écrit avec le doigt sur le miroir couvert de buée :

RENDEZ-VOUS À 10 h 10 À L'ACAPULCO

Effrayée, Bérénice vérifie qu'il n'y a personne dans la salle de bains, puis elle s'assure que la porte est bien restée verrouillée de l'intérieur. Alors elle n'a plus de doute : c'est Jacquotte et ses miroirs… Puis elle regarde l'heure : il est 9 h 15. *L'Acapulco* est un bistrot-tapas d'habitués, niché au fond du port, dans le quartier Mille Sabords. Elle y sera.

Équipée en mode commando, avec son ordi et sa caméra en bandoulière, Bérénice arrive devant le bistrot à 10 h 05, le cœur battant, en se demandant si elle n'est pas ridicule. Elle est étonnée de trouver Hubert installé en terrasse à une table, avec le journal ouvert et un café. Il se redresse en la voyant :

— Ah, Bérénice, te voilà ! Mais quelle drôle d'idée, quand même !

— Comment ça ? s'étonne-t-elle en s'asseyant à son tour.

— Eh bien pourquoi me donnes-tu rendez-vous ici, plutôt qu'à la maison ?

— Moi ? Mais je ne t'ai jamais donné rendez-vous, grand-père !

Pour toute réponse, Hubert lui tend son téléphone et lui fait lire le SMS :

RDV à 10 h 10 à l'Acapulco

Il provient en effet du téléphone de Bérénice !

— C'est insensé, proteste-t-elle, je n'ai jamais envoyé ce message !

— Mais alors qu'est-ce que tu fais ici ? lui demande Hubert.

— Je... euh, eh ben moi aussi j'ai reçu un message qui disait la même chose...

— Mais de qui tu l'as reçu ? demande Hubert en finissant son expresso.

— Mais de kii tu l'as reçuuuu ? singe une petite voix derrière eux...

Hubert sursaute tellement qu'il en fait tomber sa tasse de café :

— Purée, Jacquotte ! Tu m'as foutu la trouille !

— Hi, hi, hi ! ricane Jacquotte, pendant que Bérénice ramasse la soucoupe et la cuillère.

— C'est toi qui es derrière tout ça ? demande Hubert sans se retourner, sachant qu'il ne la verra pas.

— Bon, on ne va pas papoter des heures comme ça. Installez-vous, buvez un café, et parlons peu, mais bien !

Pendant qu'ils commandent leur café, Jacquotte en profite pour expliquer qu'elle a un doute sur ce Gérard Bouriol. Et il semble que La Nèhe elle-même ne soit pas convaincue de son honnêteté... comme le dit Jacquotte :

— On se creuse les méninges, La Nèhe et moi, pour savoir si on l'a déjà vu ou pas...

Bérénice ouvre son ordinateur en disant fièrement :

— J'ai réussi à le prendre en photo sans qu'il s'en aperçoive.

Elle fait défiler des clichés sur l'écran et l'on voit nettement Gérard Bouriol dessus. Comme personne ne réagit, elle fait glisser l'image dans un moteur de recherche, qui ne trouve rien de correspondant. Il y a bien la société immobilière Bouriol avec son siège social à Ciboure, celle qui leur a adressé les courriers et les chèques, mais rien de plus. L'homme semble introuvable sur internet. Son visage joufflu s'affiche sur l'écran. Une autre voix s'élève derrière Hubert et Bérénice, c'est La Nèhe :

— Il ressemble un peu à un gaillard aux cheveux gras avec qui j'ai couché à Dax. C'était sa première fois !

Les deux femmes pouffent à cette évocation. Et Jacquotte ajoute :

— Mais non, tu confonds avec un valet de l'impératrice Eugénie que tu avais dépucelé aux thermes…

C'est le moment que choisit un quinquagénaire costaud, mal coiffé, en imper, pour entrer sur la terrasse de *L'Acapulco*. Dès qu'il voit Hubert, il se dirige vers lui, jovial :

— Té ! Hubert, comment va ? Ça fait un moment qu'on ne t'a pas vu ! Tu travailles ? dit-il en désignant l'ordinateur ouvert.

— Bonjour Benoît. Non, je ne travaille pas. Je te présente Bérénice. C'est ma…

Il n'arrive pas au bout de sa phrase et reprend son souffle avant de continuer :

— … ma petite fille !

— Ta quoi… ?

Benoît en est baba.

— Écoute, Benoît, on ne va pas se lancer dans de grandes explications, mais il y a eu des retrouvailles familiales…

— Bonjour Monsieur, dit poliment Bérénice.

— Bonjour Mademoiselle. Heureux de vous connaître.

Puis, instinctivement, Benoît regarde la photo sur l'écran de l'ordinateur. Hubert explique à Bérénice :

— Benoît est flic.

— Flic ? Bérénice sourit. Ça tombe bien !

Arrive William, le patron à la mèche rebelle, qui tape sur l'épaule de Benoît :

— Alors, Maigret, ça boume ? T'es tout blanc…

— En parlant de blanc, répond Benoît, sers-moi donc un p'tit jurançon.

— OK, chef, lance William en repartant vers le comptoir.

— Alors vous êtes de la police ? demande Bérénice.

— Ben oui, répond Benoît. Depuis 1990…

— Vous avez dû en vivre, des choses ? demande-t-elle en le regardant avec admiration.

— Ouaip mam'selle, on peut dire ça comme ça, surtout après dix ans passés à la Crim', dans les locaux du Quai…

— Quel quai ? demande Bérénice en fronçant les sourcils.

— Mais… Le quai des Orfèvres !

— Mythique ! lance Hubert.

Ils rient, puis le policier se tourne vers la jeune femme et lui demande :

— Au fait, pourquoi vous avez dit « ça tombe bien », tout à l'heure ?

— Ah, oui, répond-elle, c'est parce que nous cherchons à en savoir plus sur cet homme, là, à l'écran, qui n'apparaît nulle part sur internet…

— Mais qu'est-ce qu'il a fait, le bougre ? demande Benoît.

Un peu gêné, Hubert intervient à son tour :

— En fait, c'est parce qu'il est question de s'associer pour un projet immobilier, et Bérénice voudrait s'assurer qu'il n'y a pas anguille sous roche…

Entre-temps, William a servi son ballon de blanc à Benoît, accompagné d'une coupelle d'olives. Le flic bavarde quelques instants, confirme qu'il vaut mieux être sûr de ses associés, et propose même de jeter un œil dans les fichiers de la police, bien que cela lui soit formellement interdit pour une affaire non instruite. Tout en finissant son verre, Benoît s'intéresse à Bérénice :

— Quand je pense que tout ce temps-là, Hubert avait une petite-fille sans le savoir… J'en reviens pas !

— Et quelle petite-fille ! clame fièrement Hubert.

— Et vous faites quoi, comme études ? lui demande Benoît.

— Moi, répond Bérénice, du cinéma. J'ai toujours voulu faire ça. Cet été, je travaille avec le réalisateur Rufus Andersen !

— Andersen ? Whaouh ! J'adore, dit William qui arrive vers eux avec la bouteille de blanc. J'ai vu tous ses films, mais j'ai adoré son adaptation de *La Bête humaine*.

Benoît désigne discrètement son verre pour qu'il le resserve et lui demande :

— Tu savais, toi, William, que Hubert est père de famille ?

— C'est une blague ?

— Mais non, pas du tout, rétorque Benoît, et tu as sa petite-fille ici même.

— C'est pas vrai ?

— Si, si, dit Hubert. Bérénice est la fille de Louise, ma propre fille.

— T'aurais quand même pu nous envoyer des faire-part, ricane Benoît. Je vais demander à Mireille de te tricoter un petit truc, ah, ah ah !

Et le flic s'esclaffe, échauffé par le jurançon.

— Arrête tes conneries, Benoît. Tu crois que tu pourrais nous aider à en savoir plus sur notre Gérard Bouriol ?

— Hmm… je vais voir. Et ta nouvelle famille, tu vas nous la présenter quand ? Pourquoi t'organiserais pas une petite garden-party au Doigt Mordu ?

Benoît se remet à rire ; à croire que le jurançon contient du gaz hilarant ! William lui-même s'y met :

— Hubert qu'est devenu papa et grand-père d'un coup. Ça c'est la meilleure ! Y'a que lui pour faire ça !

— Allez, c'est ma tournée, à la santé de l'heureux grand-père ! clame Benoît fièrement.

Les clients du bar applaudissent et l'ambiance s'échauffe. Hubert n'aime pas trop être mis en lumière, mais il est fier de se montrer aux côtés de Bérénice. Il se demande aussi ce que manigancent Jacquotte et La Nèhe, qui flottent toujours dans les parages. Arrivent un homme et une femme en veste de daim, chemise blanche et jeans, la démarche souple, les cheveux délavés par l'Océan. Elle aussi porte une petite caméra à la main et lui un sac sur l'épaule. Bérénice les reconnaît tout de suite et leur fait signe, trop contente de les retrouver.

C'est le couple qu'elle a vu et filmé sur la terrasse du casino. Ils se présentent et la discussion s'engage avec Hubert, qui les trouve d'emblée sympathiques. Tous deux expliquent qu'ils reviennent de l'inauguration de La Maison du Gouf et de l'Océan, de l'autre côté du port, où il y avait un monde fou. Hubert les invite à s'asseoir avec eux. William, qui les connaît bien, leur sert un expresso sans qu'ils l'aient commandé. Bérénice leur demande de parler encore du Gouf de Capbreton et elle en profite pour allumer sa caméra. Alors que l'homme au visage buriné évoque les glissements de terrain dans la tête du Gouf, la femme aux yeux verts remarque la photo de Gérard Bouriol sur l'ordinateur de Bérénice, et elle se tourne vers l'homme :

— Dis donc, demande-t-elle, ce ne serait pas lui qu'on a vu tout à l'heure à l'inauguration avec les politiques ?

— Si, si, je crois bien qu'il est dans l'immobilier… J'ai même entendu un vieux du coin l'appeler Richard.

Hubert sursaute :

— Richard ? Non. Plutôt Gérard ? Vous avez pu mal entendre ?

— Ah ça non, proteste l'homme, parce que j'ai justement un oncle Richard à Messanges, et comme c'est un prénom pas courant, ça m'a fait penser à lui…

— Morbleu ! Ça y est ! C'est lui, c'est Richard ! Je savais que je l'avais déjà vu quelque part… chuchote La Nèhe.

— Nooon ? Ce serait le p'tit gars que tu voulais faire bouillir ? demande Jacquotte.

— Oui, c'est ça ! Hubert l'appelait La Crevette tellement il était maigrichon. Et moi, j'avais très envie de voir de quelle couleur tournerait sa peau dans l'eau bouillante…

Livide, Hubert se lève :

— Richard ! Mon Dieu… C'est pas possible… Non ! Pas Richard !

*

Des images fusent dans la tête d'Hubert, au point de lui donner le tournis. Richard ! Le fils de Denise, un garçon timide et chétif dont il s'était occupé pendant les onze mois où ils étaient restés chez lui... Hubert n'avait pas d'enfant (du moins le croyait-il) et Richard venait de perdre son père. Aussi l'avait-il pris sous son aile, l'emmenant à la pêche ou lui apprenant à attraper des crabes à marée basse. Hubert l'appelait effectivement La Crevette. Mais Richard, enfant timide et chétif, se mettait de lui-même à l'écart.

C'était une époque étrange... Avant l'arrivée de Denise et Richard pour près d'un an, Hubert était envoyé sur des affectations courtes dans des bases navales ou des sémaphores, et il revenait au Doigt Mordu tous les quinze jours pour une semaine de repos. Hubert était jeune, fringant et débordant de vie, aussi éprouvait-il le besoin de se défouler lorsqu'il rentrait à Capbreton. Parfois c'étaient des parties de pêche en mer sur le Gouf, des beuveries dans les bistrots du port, ou des rencontres fugaces avec des jeunes femmes du coin ; mais la plupart du temps, la semaine de « repos » se passait en compagnie de Jacquotte.

C'était une époque d'amours fougueuses, délurées, fantasques, et Jacquotte s'y entendait à merveille pour faire s'emballer la machine à fantasmes. Avec elle, Hubert était servi. Bien des gens seraient étonnés d'apprendre tout ce qu'on peut faire en amour, même lorsqu'on est une créature immatérielle ! Avec sa voix sensuelle, ses images réalistes, sa danse ondulante, ses regards ravageurs et ses mots crus ou poétiques, avec tout cela, Jacquotte pouvait aisément envoyer Hubert au septième ciel. Une fois de temps en temps, elle le laissait ramener une amie à la maison, ou une catin de passage, mais elle ne manquait pas de s'immiscer, d'observer, de commenter, d'interagir, de conseiller même son poulain pour mieux faire jouir sa partenaire, ce qui apportait également de grands plaisirs à Jacquotte. Chaque fois qu'Hubert rentrait de ses affectations, Jacquotte lui concoctait des plans amoureux, et la semaine se déroulait parfois dans une délicieuse ambiance de débauche.

Vint un moment où Jacquotte redouta qu'il se lasse de recommencer tous les quinze jours le même rituel. C'est là qu'elle eut l'idée de rendre visite à La Nèhe dans les barthes. Elles avaient vécu tant d'aventures et de mésaventures ensemble qu'au fil des années, leur soif de renouveau était devenue insatiable. Dès lors, la naïade des eaux chaudes se mêla à leurs bacchanales et la complicité des deux vieilles âmes fit des étincelles. À eux trois, Hubert, Jacquotte et La Nèhe formèrent un trio amoureux d'une inventivité inouïe…

Puis, un beau matin, arriva une femme en chair et en os dans la maison d'Hubert : la Denise, accompagnée de son rejeton maigrichon, Richard. Au début, leur séjour ne devait durer que quelques semaines. Hubert ne pouvait pas lui refuser l'asile, car il avait bien connu Hippolyte, son mari qui venait de se suicider quelques jours plus tôt. Le docteur Salaver était un homme instable, médecin de la Marine soignant les marins à terre. Ils s'étaient croisés à plusieurs reprises dans des sémaphores et avaient fini par sympathiser et se rendre mutuellement visite. Issu d'une famille landaise de propriétaires terriens, Hippolyte Salaver possédait une maison à Dax avec Denise, épousée enceinte, huit ans plus tôt. C'était une femme élégante et raffinée, mais un peu fade. Elle lui donna un gringalet de fils, Richard, et s'efforça de devenir l'épouse domestique parfaite dans sa belle maison dacquoise d'où l'on pouvait voir couler l'Adour.

Mais rien de tout cela ne suffisait à apaiser le désespoir d'Hippolyte, devenu dépendant aux opiacés. Il avait mis fin à ses jours avec une surdose de morphine, laissant une lettre pathétique à sa femme pour lui avouer qu'il ne s'assumait plus en tant qu'individu. « Je ne suis plus qu'une chiffe molle », écrivait-il. Par ailleurs, il venait de commettre deux erreurs médicales qui risquaient de lui coûter très cher, voire la radiation par le Conseil de l'Ordre, si son addiction était découverte. Plus que tout, il redoutait le déshonneur et ne voulait en aucun cas devenir une honte ou un poids pour Denise et le petit. Voilà pourquoi Hippolyte Salaver préféra s'effacer du monde des vivants…

Ainsi Denise se retrouva-t-elle veuve et désemparée. Ne pouvant supporter de rester un jour de plus dans la maison où son mari s'était tué, elle avait loué un petit meublé près de la Fontaine Chaude, mais elle cherchait un endroit transitoire pour elle et son fils avant d'acquérir un nouveau logement. Or, Hubert était présent aux obsèques d'Hippolyte, doux et charmant, avec son élégance naturelle. Elle fut heureuse de le voir, comme un rayon de soleil dans son chagrin brumeux. Ils eurent un échange en aparté, à la fin duquel Hubert lui lança une phrase banale : « Et si jamais je peux faire quoi que ce soit pour vous, n'hésitez pas… » Denise avait alors eu une lueur dans le regard, comme si une idée lui traversait l'esprit, et elle lui expliqua la situation. Grand seigneur, Hubert n'hésita pas à lui offrir l'asile pour quelque temps. L'école n'était pas loin et il serait facile d'y inscrire Richard. C'est ainsi que Denise et Richard s'installèrent au Doigt Mordu quinze jours plus tard.

Leur arrivée sema le trouble dans les petites habitudes du trio Hubert, Jacquotte et La Nèhe. La présence d'une femelle en chair et en os dans la maison dérangeait beaucoup Jacquotte, qui vit en elle une dangereuse rivale. Denise jouait parfaitement le rôle de maîtresse de maison et tout était tenu au cordeau, le linge bien propre et repassé. Hubert étant absent une partie du temps, elle aimait l'honorer lorsqu'il rentrait, en préparant de bons repas.

Tout cela exaspérait Jacquotte et La Nèhe, qui voyaient de moins en moins Hubert. Elles étaient jalouses et pourtant, Hubert n'était aucunement attiré par Denise ; il avait son plein de sensations avec Jacquotte et La Nèhe. En outre, Denise venait de vivre une épreuve terrible et se retrouvait seule avec son bambin. En mémoire de son ami défunt, Hubert s'occupait de Richard quand il revenait sur Capbreton. Il lui apprenait des nœuds marins, l'emmenait au port, lui donnait les noms des poissons sur les étals, puis, à marée basse, ils allaient chasser les crabes dans les rochers du canal d'Hossegor. D'autres fois, ils marchaient sur l'estran des plages sauvages, au nord, à la recherche de coquillages et de bois flottés. Avec ce père de substitution, Richard s'épanouissait.

Le temps passait, et Denise ne trouvait toujours pas de maison qui lui convienne. Elle n'était pas vraiment amoureuse d'Hubert, mais le trouvait gentil et bel homme ; il s'occupait bien de Richard qui s'attachait à lui, et la maison était agréable. Elle finit par éprouver du désir pour lui et se dire qu'après tout, il ferait un bon mari. Aussi se fit-elle plus séduisante lorsque le maître de maison rentrait et son fils l'encourageait à se faire belle, car son rêve secret était que sa mère épouse Hubert et qu'ils puissent rester pour toujours dans la maison.

Évidemment, tout cela déplaisait fort aux deux commères qui voyaient Denise échancrer son chemisier, mettre sa poitrine en valeur et se maquiller pour mieux l'aguicher. La situation devenait intenable. Il fallait agir. Jacquotte n'arrêtait pas de dire à La Nèhe que la chair est faible et qu'à force de l'allumer comme ça, Denise risquait de parvenir à ses fins avec Hubert… Elles tenaient de véritables conseils de défense à elles deux, discutant pendant des heures de la meilleure façon de se débarrasser de Denise et de son rejeton. Elles ne pouvaient pas user de leurs facilités de fantômes pour la chasser : cela serait contre-productif et Hubert pourrait très mal réagir. Il fallait la jouer fine…

Le hasard leur servit la solution sur un plateau. En effet, Jacquotte avait surpris une conversation téléphonique entre Hubert et Gaël, l'un de ses bons amis de la Marine nationale qui se trouvait de passage dans la région. Jacquotte se souvenait parfaitement de cet homme, un officier avec beaucoup de prestance, fortuné mais rigide. En compagnie de La Nèhe, elle entreprit d'ourdir un piège… Il leur fut facile de convaincre Hubert d'inviter son ami pour un bon dîner au Doigt Mordu. Le reste fut simple à mettre en œuvre. Jacquotte s'occupa de rendre Denise plus belle que jamais, tandis que La Nèhe lui avait concocté un mélange aphrodisiaque qu'elle but en croyant que c'était du thé. « Avec ça, avait-elle précisé à Jacquotte, la Denise va être aussi torride qu'un volcan ! » Pendant qu'elle finissait de se préparer, Hubert et Gaël eurent le temps d'échanger quelques propos et souvenirs dans le fumoir.

Mais il se trouve que le petit Richard s'était faufilé dans la pièce quelques minutes plus tôt, espérant y dérober un cigare. À l'arrivée des deux hommes, le gamin fut obligé de se terrer derrière une commode. Mais les oreilles n'ayant pas de paupières, Richard, pétrifié, surprit leur conversation, avec des mots terribles qui allaient à jamais empoisonner son esprit…

Hubert tendit un cigare à son ami, qui l'accepta. Ils soufflèrent l'odorante fumée vers le plafond lambrissé en grognant de plaisir. Après quelques banalités d'usage, Gaël finit par demander :

— Alors, Hubert, dis-m'en donc un peu plus sur cette personne que tu veux me présenter ?

— Ah, Denise ! C'est une femme bien, tu verras, une femme libre…

— Libre… euh, dans quel sens ? demanda Gaël légèrement émoustillé.

— Dans les deux sens, répondit Hubert. Elle a besoin d'un homme… et toi d'une femme…

— Mais toi, au fait ? Tu n'as pas besoin d'une femme ? C'est la présence du gamin qui te décourage ?

— Non, non, ce n'est pas ça du tout. Je n'ai pas besoin d'une femme, j'ai tout ce qu'il me faut ici, et justement ça ne m'arrange pas d'avoir Denise et son fils à demeure. Ma vie est déjà assez pleine comme ça. Et puis voilà des mois qu'ils sont là. Mais Denise tient très bien la maison, elle s'occupe de tout. C'est une jeune veuve très comme il faut, et d'un autre côté elle ne demande qu'à…

Il n'acheva pas sa phrase.

— Tu as l'air bien sûr de toi ? dit Gaël en le narguant. Tu as essayé ?

— Euh, non, pas du tout, et pourtant j'aurais eu l'occasion plus d'une fois…

— Ah bon ? Raconte ! demanda Gaël les yeux luisants.

— Enfin, c'est une belle femme, tu sais. Bien galbée…

— Galbée comment ? insista l'autre avec des gestes obscènes.

— Gironde, répondit Hubert les joues rouges, avec de beaux seins fermes… Depuis le temps qu'ils vivent ici, forcément je l'ai vue une ou deux fois un peu déshabillée, eh bien je peux te dire qu'elle a un sacré beau cul, avec deux fesses bien rondes comme des pêches.

— Ouh ! Ça donne envie de mordre dedans ! Et sa bouche ? ricana Gaël, soudain excité.

— Du corail…

— Là, tu m'as bien allumé, Hubert. Mais dis-moi : le gamin, c'est quand même un boulet, non ?

— Bof, Richard est plutôt gentil. Il faut apprendre à le connaître, il est un peu simplet et renfermé. Mais toi, de toute façon, je te connais, tu ne tarderas pas à le mettre en pension…

Gaël soupira :

— Ça dépend de la dame. Si elle est aussi chaude que tu le dis, c'est sûr que je préférerais ne pas avoir le gamin dans les pattes, si tu vois ce que je veux dire…

Tous deux éclatèrent de rire, mais s'arrêtèrent tout net en entendant Denise descendre l'escalier. Ils ne se doutaient pas qu'ils venaient de massacrer l'existence de l'enfant caché derrière la commode…

Dès les présentations, Gaël plut à Denise, bizarrement excitée ce soir-là. Pendant que les deux tourtereaux faisaient connaissance, Hubert joua au maître de maison, aidé de Richard. Le gamin, plus renfrogné que d'habitude, n'ouvrit pas la bouche de toute la soirée. Hubert s'étonna de l'attitude de Denise, plus entreprenante que jamais. Par moments elle en faisait un peu trop, mais cela ne semblait pas déranger Gaël, bien au contraire. Hubert fit durer les préparatifs en cuisine pour leur laisser plus de temps ensemble, car il les entendait rire de bon cœur.

À la fin de la soirée, Denise semblait conquise. Légèrement décoiffée, un peu pompette, elle dévoilait un merveilleux sillon de chair dans son décolleté, qui paraissait hypnotiser l'officier de Marine. Jacquotte et La Nèhe étaient ravies, l'aphrodisiaque faisait merveille. Mais après le départ de Gaël, elles se rendirent compte que l'élixir était à double tranchant. Après son baisemain, l'élégant officier avait promis à sa nouvelle conquête de la revoir très vite, puis il avait disparu. Or, Denise était encore sous l'emprise de l'aphrodisiaque, sérieusement allumée et débordante d'amour… Dans un élan désespéré, comme une ultime tentative, Denise se jeta sur Hubert pour lui faire une grande déclaration. Ne résistant plus aux montées de désir qui l'envahissaient, elle se mit à la caresser sans retenue.

Affolée à l'idée que tout pourrait basculer, Jacquotte se colla contre Hubert, faisant souffler sur lui et en lui, un vent aussi glacial que celui de la taïga. Ayant un peu bu, il se montrait plus impulsif que d'ordinaire, aussi lorsque Denise lui tripota langoureusement l'entrejambe, il la rejeta sans ménagement, et elle alla valdinguer sur le canapé, toute chiffonnée et meurtrie dans son amour-propre. Dépitée, vexée comme un pou, Denise décida de quitter la maison dès le lendemain.

Quelques jours plus tard, elle avait déjà déménagé avec son fils dans le petit manoir de Fécamp où vivait Gaël… La suite de l'histoire est aussi triste que prévisible. Au fil du temps, le rôle de Denise se limita à celui d'une maîtresse de maison et d'un objet sexuel que Gaël pouvait utiliser à sa guise, à toute heure du jour et de la nuit. Quant à Richard, ainsi que l'avait prédit Hubert, il se retrouva en internat à l'École Navale du Havre, où il connut les brimades et la brutalité. Pour la mère comme pour le fils, le règne de Gaël signifia une prison d'où il semblait impossible de s'échapper, d'autant qu'il s'adonnait à la boisson, rudoyait Richard et maltraitait Denise. Jusqu'au jour où, voulant échapper à sa violence, elle perdit l'équilibre dans l'escalier et fit une chute dont elle ne se releva jamais...

*

Richard... Denise...

Ces deux noms tournoient dans la mémoire d'Hubert, qui reprend ses esprits. Pendant un court instant, il ne sait plus où il se trouve, comme s'il revenait d'un saut spatio-temporel au cours duquel il a revécu sa rencontre avec Denise et Richard, des années auparavant. La réalité lui saute aux yeux : il est debout sur la terrasse de *L'Acapulco*, au port de Capbreton, avec les bateaux, le piaillement des mouettes, les tables, et cette jeune femme rousse qui le regarde, inquiète, brandissant sa caméra qui clignote.

— Grand-père ? Ça va ?

— Hein ? Oui...

L'atterrissage est brutal. William est là, qui ressert un troisième verre de blanc à Maigret. Le flic lui approche la chaise :

— Tiens, assieds-toi, vieux...

Hubert s'assied, tout raide. À ce moment, une pétarade envahit la rue, attirant tous les regards. Avec stupéfaction,

Bérénice reconnaît les deux frangins, Zack et Jo, juchés sur une vieille mobylette jaune appartenant à Hubert. Une Motobécane que lui avait fourguée l'un de ses amis après une partie de poker désastreuse, et qui s'était avérée avoir été volée à la Poste.

— Zack ? Jo ? Mais qu'est-ce que vous faites là ?

Bérénice n'en revient pas de les voir.

— Manquait plus que ça ! souffle Hubert.

Après avoir béquillé la vieille mob, ils viennent à eux, surexcités :

— Bérénice ! Grand-père ! Faut... Faut que vous veniez...

— Il y a... Venez voir... C'est pas une blague, là !

Tous deux parlent en même temps et on n'y comprend rien. Bérénice les regarde et leur fait signe de ralentir :

— Oh ! Jo, Zack, asseyez-vous. On se calme... Expliquez-nous tranquillement ce qui se passe. Tout va bien à la maison ?

Une fois assis, les deux frères reprennent leur souffle :

— Oui, oui, mais c'est un truc de dingue, dit Zack à l'intention de Bérénice.

— Y'a un rocher avec une drôle de forme, en haut du jardin, reprend Jo, l'œil brillant. Une forme pas naturelle...

— Bon, et alors ? demande Hubert qui ne comprend plus rien.

Bérénice le rassure et lui pose la main sur le bras :

— Tu sais, grand-père, Jo et Zack sont passionnés de fouilles, ils adorent se prendre pour des archéologues partout où ils vont.

— On a déjà trouvé une pièce d'argent au Canada ! clame Zack.

— Mais là, c'est trop bizarre ce qui s'est passé dans le jardin, précise Jo, j'ai eu les jetons.

— Mais de quoi parlez-vous au juste, Messieurs? intervient alors Benoît, comme s'il se trouvait dans son commissariat.

Les deux frères se regardent, indécis.

— Vous pouvez parler, leur lance fièrement Bérénice, Monsieur Benoît est de la police!

— La police? demande Jo. J'adore! Écoutez, voilà ce qui s'est passé: on grattouillait la terre au pied de ce rocher en forme de dolmen, pas loin de la maison…

— Près du grand chêne? demande Hubert.

— Oui, répond Jo, c'est ça. J'aurais bien aimé avoir mon détecteur de métaux… On grattait, on soulevait des cailloux, en espérant dégotter quelque chose, et d'un coup, de l'eau a commencé à sortir au pied du rocher, comme si un robinet s'était ouvert. L'eau était brune et coulait de plus en plus fort. Mais le plus dingue, c'est qu'elle était chaude!

— Chaude? demande Bérénice.

— Oui, vraiment chaude, répond Zack. Puis il ajoute, à l'intention de Bérénice: comme dans les barthes, tu sais…

— En haut d'un tuc, ça n'a pas de sens, dit Hubert. Et ça ne peut pas non plus être une canalisation à cet endroit, car il n'y en a pas…

— Elle sentait un peu le soufre, continue Zack, alors on est restés à la regarder couler et former un petit ruisseau. On ne pouvait pas détacher notre regard de cette eau. C'était impossible. Jo a mis sa main dedans, près du rocher, et à un moment il a sorti quelque chose…

Zack se tait et tout le monde attend la suite. À nouveau, les deux frères se concertent du regard et Jo ouvre sa besace pour en sortir un tissu. Avec des regards de conspirateurs, ils le déplient pour montrer un petit objet sculpté jauni, dépoli, usé, qui pourrait être en ivoire.

— Au début on a cru que c'était un os sculpté, a dit Zack.

— Mais du coup, c'est quoi ? demande Bérénice en filmant.

— C'est une statuette, répond Zack. On dirait un roi barbu assis sur son trône.

Il la pose sur la table du bistro, elle se tient droite. En zoomant dessus, Bérénice remarque que ce roi barbu tient une épée sur ses genoux. C'est beau et ça pourrait être ancien. Excité, Jo prend la parole :

— Ouais, n'empêche on l'a photographiée, et on a mis la photo dans des moteurs de recherche…

Comme il hésite à continuer, Hubert insiste :

— Et ?

— Eh ben ça pourrait être une… Jo fronce les sourcils, il a oublié le nom. Une figurine d'échecs, je crois, ancienne…

— Lewis ! clame Zack qui se souvient du nom.

— Oui, continue Jo, une « figurine de Lewis ». Elle pourrait être faite dans une dent de morse !

— Dites donc mes jeunes amis, on dirait plutôt un jouet, votre truc ! Vous n'auriez pas fumé un petit joint, par hasard ? demande le policier, lui-même éméché.

— Ah non, proteste Jo, pas du tout !

— Et vous roulez à deux sur une mobylette sans casque ? continue Benoît sans qu'on sache s'il plaisante ou pas.

— C'est pas une mobylette, Benoît, c'est une Motobécane, corrige Hubert un peu agacé.

— Je vois, répond le flic un brin soupçonneux. Un véhicule de la Poste, on dirait. T'as acheté ça où ?

— Bon, là on mélange tout, reprend Hubert, gêné par l'attitude fouineuse de son ami. En attendant, j'aimerais bien aller jeter un coup d'œil sur cette fameuse eau chaude, quand même…

— Ah oui, dit Zack en se dandinant d'un pied sur l'autre, sauf que dès qu'on a trouvé la figurine, eh ben… l'eau s'est arrêtée.

— C'est bizarre, ajoute Jo, mais c'est pourtant vrai ! L'eau s'est arrêtée d'un coup. Et depuis, ça n'a plus recommencé.

La force de La Nèhe, c'est qu'elle peut ne faire qu'une avec l'eau vive. Elle devient alors un simple filet, une rigole, un ru, un ruisseau, elle glougloute ou gronde, chante ou bruisse et s'immisce au plus profond du sol. Elle sait que le seul moyen de s'approcher des forces telluriques, c'est de se fluidifier, car l'eau trouve toujours son chemin, quelles que soient les formes qu'elle doit prendre : goutte, glace, vapeur, tout est bon pour pénétrer la matière la plus dure et insuffler la vie partout où elle coule. Depuis longtemps déjà, La Nèhe entendait des chants lointains, des voix qui semblaient l'appeler sous le sable de ce tuc. Et c'est ainsi, en suivant la piste de l'eau, qu'elle s'est connectée à des forces très anciennes, l'esprit des navigateurs venus de loin, des mers froides, ces contrées de neige et de glace d'où elle-même était issue. Tout comme elle, leurs cheveux étaient couleur feu et ils venaient du Nord. À bord de leurs bateaux de bois aux coques effilées, avec des dragons en figures de proue, ces valeureux navigateurs avaient bravé les eaux boréales en implorant Njörd, le dieu des mers et des vents.

C'est en se connectant aux plus petits courants de ces lieux que La Nèhe a finalement découvert le secret de la butte sur laquelle est construite la maison d'Hubert. Pour cela, la déesse des eaux chaudes a dû remonter le cours du temps, s'infiltrer dans la roche, imbiber les sols, tendre ses radicelles aquatiques à travers le sable et se fondre aux courants qui circulent ici ou là, pour dénicher l'entrée de la voûte.

Lorsque Jacquotte retrouve La Nèhe au pied du rocher en forme de dolmen, la naïade des eaux rousses semble alanguie :

— Je les attends ! annonce-t-elle à sa comparse.

— Ils vont venir, sois-en sûre.

— Le temps presse, tu sais. Je suis allée voir Denise, et c'est la catastrophe. Elle est en train de pousser Richard à commettre le pire…

Un écureuil passe à travers elles sans les percevoir, sautant de pierre en pierre. Elles sourient en le voyant bondir sur le tronc d'un pin.

— C'est quoi le pire ? demande La Nèhe.

— Denise le harcèle, elle l'insulte, elle le roule dans la boue, et l'oblige à faire tout ce qu'elle veut, répond Jacquotte.

— Mais c'est un vrai mollusque, ce Richard ?

— Oui, face à sa mère il perd tous ses moyens, souffle Jacquotte. Quand il est seul, il se repasse en boucle la conversation qu'il a surprise des années auparavant dans le fumoir, entre Hubert et Gaël, l'homme qui a transformé sa vie en cauchemar et qui a fait de Denise un monstre. Tout à l'heure, la vieille mégère l'a obligé à accélérer le programme de construction…

— Mais lui, n'a rien dit ? demande La Nèhe.

— Si, si, pour une fois il a osé critiquer sa mère, en lui disant qu'elle passait tout son temps à commander. Et tu sais ce que Denise lui a répondu ?

— Non ?

— Elle lui a répondu : « Je ne commande pas, Richard, j'ordonne ! »

Les deux commères éclatent de rire en évoquant tant d'aplomb et d'autoritarisme.

— N'empêche, continue Jacquotte, cette andouille de Richard s'est déjà mis à téléphoner aux entreprises qu'il connaît pour commencer les travaux.

— Quoi ? Quelles entreprises ?

— Bûcheronnage, bétonnage, démolition, géomètres, répond Jacquotte. C'est la guerre, ma chérie. Je risque d'être réduite en poussière !

— Tu oublies que c'est déjà fait ? ironise La Nèhe.

— Mais non, bécasse, pas comme ça ! Le néant, le vrai.

— Ah, bah celui-là, il est toujours là…

— Oui, eh bien en attendant, reprend Jacquotte, nous devons agir, ma Nèhe chérie, sinon on va faire pschitt, toi et moi !

10

LA CRYPTE

Dans la cuisine de la maison, Thomas est attablé devant une carte géographique de l'Ouest canadien. Face à lui, Octavio l'écoute attentivement, Louise à ses côtés. Depuis qu'ils se sont retrouvés, Thomas et Louise font des plans pour réunir les deux familles. Maintenant qu'ils vont avoir de l'argent, ils vont pouvoir voyager à leur guise, ce dont les uns et les autres rêvaient depuis longtemps. Aussi s'amusent-ils à imaginer ce qui les attire le plus. Octavio rêve d'aller surfer en Polynésie, Louise irait bien faire une retraite au Bhoutan, et Thomas voudrait faire le tour du monde. On dirait qu'ils viennent de gagner au loto.

Thomas aimerait aussi beaucoup que Louise, Octavio et Bérénice viennent leur rendre visite en Colombie-Britannique. L'Ouest canadien est un eldorado pour les amoureux de la nature et des animaux. Thomas explique à Octavio qu'il y a tout là-bas : la mer, la forêt, la montagne, et des coins sublimes pour le surf, la voile, la plongée, la pêche ou le ski. Il désigne une côte morcelée sur le Pacifique Nord :

— Sur la côte ouest de l'île de Vancouver, tu peux trouver des plages sauvages avec des vagues désertes et même des sources chaudes. J'ai campé là-bas et c'est incroyable : dans la même journée, on peut voir des ours, des aigles et des orques !

— Des orques ? Alors là, tu me fais vraiment rêver, Thomas ! répond Octavio, songeur…

— Appelle-moi Tom, cher beau-frère !

Wendy les écoute et les regarde avec affection évoquer son beau pays. Bien sûr Wendy, elle aussi, est heureuse de cette rentrée d'argent inattendue, mais elle rêve beaucoup plus d'une grande maison que d'un voyage au bout du monde…

En quittant la terrasse du bistrot sous le soleil matinal, Hubert est encore abasourdi par la révélation qui lui a explosé au visage : toute cette histoire aurait été combinée par La Crevette ! Ainsi, le petit Richard tout timide serait devenu l'affreux Gérard bouffé par la rancœur.

— Je n'en reviens pas ! remâche Hubert en s'éloignant de *L'Acapulco* le long du quai.

Il est accompagné de Bérénice, caméra au poing, et de Benoît, qui a décidé d'aller avec eux voir cette mystérieuse eau chaude. Les deux frangins suivent en poussant péniblement la mobylette jaune à tour de rôle, car le policier leur a formellement interdit de remonter dessus. Avec lui, on se sait jamais s'il s'agit d'humour au troisième degré ou de son côté psychorigide. Lorsqu'ils arrivent sur le petit pont Bonamour qui enjambe le Boudigau, Bérénice en profite pour filmer l'eau qui cascade sur les rochers, puis une grande aigrette blanche qui pêche en attendant patiemment le passage d'un poisson entre deux rochers, les pattes dans le courant.

— La marée descend, souffle Hubert.

Jo passe près d'eux en poussant la mobylette et en soufflant, comme pour montrer au flic que c'est pénible. Du coup, Benoît en rajoute une couche auprès d'Hubert :

— Au fait, ta Motobécane de la Poste, elle ressemble plutôt à un véhicule volé qu'à un véhicule d'occase, non ?

— Tu plaisantes ou quoi ? demande Hubert, soudain très fatigué.

Benoît bombe le torse et lui pose l'index sur la poitrine, façon Gabin :

— Écoute-moi bien, ma caille, si tu veux qu'on oublie une future inculpation pour recel d'un véhicule appartenant aux services de l'État, eh bien il va falloir que tu commettes un autre délit, mon cher Hubert…

— Un autre délit ?

Hubert se dit que son ami policier doit être un peu ivre.

— Oui, répond Benoît. Corruption de fonctionnaire dans l'exercice de ses fonctions, tu connais ?

— C'est-à-dire ?

— C'est-à-dire, mon cher ami, que je vais te faire découvrir un p'tit resto gastronomique qui vient d'ouvrir du côté de Saubion, et c'est toi qui vas payer l'addition. Capisce ?

— Euh…

Hubert reste perplexe.

— T'inquiète pas, grand-père, j'ai tout filmé ! lance Bérénice en riant et en brandissant sa caméra allumée.

Benoît joue le jeu :

— Oh mon Dieu, je suis foutu ! Je sens que cette vidéo va partir direct chez les bœuf-carottes ! lance le flic en faisant mine d'être effrayé.

Tous trois se mettent à rire de bon cœur et repartent vers Le Doigt Mordu. Mais dès qu'ils arrivent sur le terrain, leur bonne humeur s'envole. En effet, ils remarquent plusieurs arbres de la propriété tagués à la peinture orange fluo. Certains portent un chiffre, d'autres un cercle.

— Non, mais qu'est-ce que c'est que ça? demande Hubert sidéré, d'une voix tendue.

— On dirait des marquages d'arbres pour les bûcherons, comme en forêt, observe Benoît, le sourcil froncé...

Tout ce temps-là, Bérénice filme ce long plan séquence déambulatoire, jusqu'au moment où ils découvrent les arbres. Les deux frères suent à pousser la mobylette sur le chemin qui monte à la maison. Zack lève la tête, car il a entendu le vrombissement caractéristique d'un drone. Il y en a un, effectivement, qui les survole en se rapprochant de la maison.

— C'est interdit de survoler une propriété privée, relève Benoît.

— Ça sent le roussi, ajoute Hubert. Je n'aime pas ça du tout...

Wendy, Octavio, Louise et Thomas les attendent devant la maison.

— La mob est en panne? demande Thomas aux garçons.

— Euh, non, répond piteusement Jo en jetant un regard vers le policier.

— C'est moi qui leur ai demandé de ne pas monter dessus, lance Benoît.

— Ah bon, et pourquoi ça? Vous êtes qui, vous, Monsieur? demande Thomas avec un certain aplomb.

— Désolé, intervient Hubert. Je n'ai même pas fait les présentations! Thomas, je te présente Benoît, commissaire de police. Il est un peu tatillon sur le règlement, mais c'est un bon ami!

Les deux hommes se saluent en hochant la tête.

— Vous avez vu qu'il y a des arbres marqués à la peinture sur le terrain ? demande Hubert à ceux qui sont restés là.

Tous font non de la tête et Hubert leur explique la situation :

— Tout ça, c'est de ma faute, avoue-t-il. Lorsque Gérard Bouriol est venu me trouver en avril dernier, j'aurais dû me méfier... Et puis surtout, j'aurais dû le reconnaître... Au lieu de cela, je lui ai fait confiance. Avec lui, tout paraissait si simple, les papiers, les signatures, les versements, j'ai tout signé, j'ai touché de l'argent et je n'y ai vu que du feu.

— Pourquoi dis-tu que tu aurais dû le reconnaître, grand-père ? demande Bérénice, caméra au poing.

— Pourquoi ? demande Hubert en haussant les épaules devant sa petite assemblée. Eh bien parce qu'en réalité, ce garçon ne s'appelle pas Gérard Bouriol...

Un silence estomaqué flotte dans l'assistance, alors qu'Hubert continue son récit :

— Figurez-vous que j'ai hébergé sa mère ici, au Doigt Mordu, pendant quelque temps. Elle venait de perdre son mari que je connaissais, et qui s'était suicidé dans leur maison de Dax. Leur fils Richard avait alors 8 ans et je m'en suis occupé du mieux que j'ai pu. Ils sont partis au bout de quelques mois, et je n'en ai plus jamais entendu parler, mais voilà que le petit Richard Salaver a ressurgi aujourd'hui sous une autre identité : Gérard Bouriol, promoteur...

Louise pousse un petit cri, cette histoire lui donne le tournis :

— Quoi ? Alors Albert devient Hubert, et maintenant c'est Gérard qui devient Richard ? J'y comprends plus rien !

La voyant très pâle, Wendy comprend qu'elle va avoir un malaise et l'accompagne à la salle de bains.

Sur ce, arrivent trois ouvriers en vêtements de travail, avec des instruments de géomètres, qui montent le chemin et les saluent poliment au passage. Hubert va vers eux pour savoir ce qu'ils font là. Ils expliquent être mandatés par Bouriol Immobilier et ne faire que leur travail. Toutes les autorisations ont été dûment signées. En bas du chemin, Hubert distingue des véhicules de chantier. Son cœur s'accélère, cette fois le compte à rebours est lancé. Il s'en veut tellement d'avoir signé tous ces papiers aveuglément, et maintenant la machine infernale est en marche. Richard veut aller vite… Comment faire ? Benoît s'approche de lui et pose sa main sur son épaule avant de parler à voix basse :

— Mais qu'est-ce qui se passe ici, Hubert ? C'est quoi, ce bordel ? Me dis pas que tu as vendu la propriété ?

— Oui… enfin, non… pas tout à fait… Je ne savais pas que j'avais des enfants !

— Bon, alors tu peux sûrement casser la vente, réplique le policier.

— Oui… mais non, car Richard… enfin, Bouriol, m'a pris de vitesse et il a fait signer des papiers à Thomas et Louise, mes enfants, et en plus j'ai déjà touché de l'argent…

— Oh la la, mais quelle salade ! réplique Benoît. Faudrait peut-être trouver un conseil pour se tourner vers le juge des référés, parce que ton promoteur, lui, ne perd pas trop de temps…

— Mais ils ont promis de ne pas toucher à la maison…

Derrière eux, les deux familles discutent vivement. L'inquiétude gagne les rangs. Soudain, face aux ouvriers et aux engins de chantier, les beaux rêves s'écroulent. Benoît regarde son ami en faisant la moue :

— Et tu y crois, toi, à la parole d'un promoteur ?

— Mais ils ne peuvent pas faire ça, quand même ?

— Ils peuvent tout, Hubert, et tu le sais. Alors, soit tu te bats comme un lion, vous prenez des avocats, et vous vous mobilisez à plein temps pour essayer de sauver les meubles…

— Soit… ? demande Hubert.

Benoît soupire sa réponse :

— Soit tu prends l'oseille, tes petites affaires, et tu refais ta vie ailleurs, où tu veux, avec ton voilier…

Hubert est ébranlé. La vue des ouvriers et des machines le pétrifie. Le tuc risque d'être massacré, avec ses souvenirs, ses pins et ses chênes-lièges, ses coins ombragés… et la maison sera peut-être rasée, elle aussi ? Avec son âme, et surtout… avec Jacquotte. En pensant à elle, son cœur s'accélère et il est pris d'une suée. Mon Dieu ! Qu'adviendra-t-il d'elle, si jamais…

Elle doit être en train de contempler tout cela, cette agitation… Comment va-t-elle réagir ? Avec elle, tout est possible, le pire comme le meilleur. Il essaie bien d'appeler Bouriol, mais personne ne répond. Un début de panique s'empare de lui, la situation est en train de lui échapper. Vertige…

À ce moment, Louise et Wendy ressortent de la maison. Elles sont curieusement pâles et décoiffées, comme si quelque chose s'était passé.

— Ça va ? demande Octavio en se dirigeant vers sa femme. Tu as été malade ?

Louise s'apprête à lui répondre, mais aucun son ne sort de sa bouche. Wendy la regarde avec insistance, comme pour lui dire de parler, mais Louise se bloque :

— Vas-y toi, dis-leur…

Wendy est gênée, car tout le monde la regarde avec des interrogations dans les yeux ; elle finit par lâcher :

— Eh ben… Louise est enceinte !

Un ange passe pendant que tous absorbent l'information. Curieusement, Jo et Zack ne sont plus dans les parages et Bérénice semble avoir disparu avec eux. Électrisé, Octavio s'approche de sa femme :

— Enceinte ? Tu es sûre ?

Louise hoche la tête.

— Elle a fait un test, précise Wendy.

Octavio secoue la tête, l'air bouleversé ; on ne sait trop comment il va réagir. Alors il prend tendrement Louise dans ses bras en répétant :

— Mais c'est merveilleux, chérie ! C'est merveilleux !

Malicieux, Thomas se tourne vers Hubert en lui adressant un clin d'œil :

— On dirait que tu vas avoir un nouveau petit-fils, papa !

Hubert est à la fois ému par cette nouvelle et catastrophé par la tournure que prennent les événements…

Un bon coup de pied dans la fourmilière… Voilà ce qu'a fait Richard. Il a investi tous ses moyens dans cette opération qui doit à la fois le venger et l'enrichir. Par les images de drone, il les a regardés s'agiter comme des insectes autour de la maison, pendant que ses ouvriers et géomètres commencent à baliser le terrain. *Hubert et les siens doivent trembler de tous leurs membres*, ricane-t-il. *Je suis en train de gagner la partie. Ces gogos ont tout signé et tout gobé…* Dans la pénombre de l'appartement en pierre de Saint-Jean-de-Luz, le promoteur se tourne vers sa mère avachie, la bouche de travers dans son fauteuil roulant :

— Tu seras vengée, maman, je te le promets ! On va les mettre à genoux et Le Doigt Mordu va devenir Le Doigt Coupé ! Ahahahah !

Depuis tant d'années, une rage froide bouillonne en lui ; Richard n'en finit pas de remâcher ce moment atroce où, caché derrière la commode du fumoir alors qu'il n'était qu'un enfant, il a entendu ces deux hommes parler de sa mère comme d'une vache qu'on va vendre sur le marché aux bestiaux. C'est à cause d'Hubert, ce lâche, que sa mère a épousé ce salopard de Gaël qui a fait leur malheur. L'enfance de Richard a été un calvaire et la violence de cet homme a eu raison de Denise, aujourd'hui infirme. Pendant ce temps-là, Hubert se pavane dans sa grande maison où il vit seul comme un pacha…

Le tuc boisé du Doigt Mordu est un terrain exceptionnel dans Capbreton, de par sa proximité avec l'Océan. C'est comme une petite île privée qui surplombe le quartier du front de mer et offre même une vue sur l'Océan et les Pyrénées. Richard a réussi à entraîner avec lui de gros investisseurs et quelques politiques pour ce projet immobilier, et les enjeux sont devenus énormes ; il n'a pas droit à l'erreur. Soudain, reprenant vie, Denise se redresse sur son fauteuil, puis lance d'une voix fielleuse :

— Je suis sûre qu'il y a une autre femme derrière tout ça… grince-t-elle entre ses dents.

— Mais non, maman, rien que des passades, et encore… Hubert est seul. Il n'a pas tellement d'amis. Il ne pense qu'à naviguer en solitaire sur son foutu voilier…

— Je veux voir sa maison tomber avant de mourir, mon fils. Fais ça pour moi.

— C'est prévu, maman, c'est prévu. Mais ne meurs pas pour ça, je t'en supplie !

— Mais quand ? Quando, Ricardo mio ?

Lorsque Denise utilise des mots italiens, ce n'est jamais bon signe. Richard la sent atteinte d'une profonde lassitude. Elle se laisse aller et sa fin semble s'approcher insidieusement. Le fils se penche vers sa mère en lui caressant le dessus de la main. Il lui parle doucement :

— Ça va aller vite, tu vas voir. J'ai tout arrangé... Les premiers arbres seront abattus après-demain pour permettre le passage des gros engins. Après ça, son charmant paradis va se transformer en chantier : un bourbier grouillant d'ouvriers et de machines. Du jour au lendemain, Hubert va voir sa vie exploser...

Sur le tuc du Doigt Mordu, Jo et Zack ont entraîné Bérénice vers le dolmen au pied duquel ils ont découvert la figurine dans le filet d'eau chaude... C'est un endroit particulier, une clairière lumineuse avec une terrasse abritée du vent, surmontée de ce gros rocher remarquable dont on pourrait croire qu'il a été apporté là de main d'homme.

Ce roc semble fiché sur une butte de terre, au pied de laquelle Zack désigne le point d'où est sortie l'eau chaude. Bérénice s'agenouille et trouve l'endroit encore humide dans l'herbe. Le nez sur le sol elle renifle l'eau, puis la goûte sur son doigt. Jo pousse un cri dégoûté :

— Hé ! Arrête Bérénice, non mais t'es folle, ou quoi ? L'eau est peut-être polluée !

— C'est là ? demande Bérénice en tâtonnant sur le sol.

— Oui, répond Zack.

— Ça sent un peu le soufre, répond-elle en levant les yeux vers le ciel.

— C'est vrai, je me souviens de ça, acquiesce Zack.

— Montre-moi où tu as trouvé la figurine, demande Bérénice en gratouillant au pied de la butte.

Zack s'accroupit pour farfouiller à son tour entre les herbes :

— Elle était là, dans l'eau, près de l'endroit où elle sort de terre.

Concentrée, Bérénice écarte les plantes à l'endroit où le filet d'eau a coulé. Jo les observe, en retrait, il n'a aucune envie de se salir une fois de plus et de mettre les mains dans la gadoue. Au bout d'un moment, Bérénice trouve quelque chose. C'est peut-être un caillou arrondi ou bien une grosse bille. Avec un brin d'excitation, elle dégage l'objet rouillé de la boue. Pas de doute, il s'agit bien d'une sphère métallique. Zack n'en revient pas et l'aide à retirer les herbes et la terre.

— Faites attention, dit Jo qui reste debout en arrière, c'est peut-être dangereux !

Mais les deux autres ne l'écoutent pas, car ils viennent de dégager ce qui ressemble à une poignée enfouie au pied de la butte. Bérénice se penche dessus et en filme leur découverte. On distingue des motifs derrière la rouille du pommeau.

— Qu'est-ce que c'est que ce truc ? demande Bérénice.

— Faut le sortir de là, propose Zack.

— Oui, mais faut faire ça en douceur, répond-elle, c'est peut-être fragile et précieux ?

— Je sens qu'on va encore se faire engueuler par le commissaire, grogne Jo en se grattant la tête. Vous croyez pas qu'on devrait appeler les gendarmes ?

Bérénice le fusille du regard :

— Pour l'instant, on n'appelle personne !

Pendant quelques instants, les deux jeunes grattent la terre autour de la poignée qui dépasse suffisamment pour que Bérénice puisse l'attraper. Au moment où elle l'empoigne, une force étrange s'empare d'elle. Alors, d'un geste royal, elle tire une vieille épée de la terre comme si elle la sortait de son fourreau pour combattre. Dans un mouvement théâtral, un genou à terre, Bérénice brandit l'épée rouillée vers le ciel. Les deux frangins en sont estomaqués. Et alors se produit une chose extraordinaire, comme si l'épée à elle seule retenait la butte de terre depuis plus de douze siècles…

Tandis que Bérénice brandit l'objet vers le ciel, telle une descendante du roi Arthur brandissant Excalibur, des pans de terre s'écroulent, au point qu'ils doivent reculer précipitamment pour ne pas être heurtés par le petit éboulement. Ce qu'ils voient les laisse pantois : une ouverture, grande comme un terrier, est apparue au pied de la butte. Miraculeusement, le rocher qui la surplombe n'a pas bougé.

— Oh la vache ! lance Bérénice.

Pendant quelques secondes, aucun des trois ne dit plus rien. Ils s'accroupissent pour essayer de voir à l'intérieur et attendent, silencieux, devant l'ouverture, comme si quelque chose allait se produire : peut-être une bête sauvage va-t-elle sortir de là ? À moins que ce ne soient des zombies ou bien des squelettes ?

Tapies dans l'ombre au fond de la crypte, Jacquotte et La Nèhe observent les trois jeunes accroupis devant l'entrée.

— Ils vont rester plantés là comme des poireaux, tes trois minots ? demande La Nèhe.

— Patience, ma chère ! réplique Jacquotte. C'est quand même fou, ça : t'es deux ou trois fois plus vieille que moi, et j'ai jamais vu quelqu'un d'aussi impatient que toi ! T'as vu défiler des siècles, ma chérie, alors franchement, tu peux bien « poireauter » quelques secondes de plus, non ?

La Nèhe soupire, car elle n'est pas toujours sensible à l'humour de sa comparse.

Bérénice s'agenouille pour jeter un œil à l'intérieur et brandit sa caméra en mode lumière. Le faisceau lumineux balaie l'obscurité, dévoilant des roches, de la terre, des racines. Sous son genou, elle sent une humidité tiède et elle se demande si elle s'est blessée. Mais non, c'est le filet d'eau chaude qui coule sur le sol vers la sortie. Une légère vapeur s'en élève, chaude et soufrée. C'est l'eau de La Nèhe, guérisseuse ou empoisonneuse. Zack pousse un cri de joie :

— Regarde, Jo ! L'eau est là ! L'eau est revenue !

Bérénice se faufile à genoux dans la petite ouverture, malgré les mises en garde des deux frères qui restent prudemment dehors :

— Déconne pas, Bérénice, c'est hyper dangereux ! insiste Jo derrière elle.

— Si tout s'effondre, ajoute Zack, tu peux mourir ensevelie !

— Taisez-vous ! leur dit-elle comme si elle craignait que leurs avertissements réveillent des esprits endormis.

Hypnotisée, elle s'avance, sa caméra trouant l'obscurité, telle une guerrière pénétrant dans l'antre du dragon… Passé l'étroit passage, elle se trouve à l'intérieur d'une grande salle arrondie. Bérénice a l'impression qu'elle approche d'une chose sacrée, dans un lieu où aucun humain n'a pénétré depuis bien longtemps… Elle en a la chair de poule. Pour un peu, elle pourrait imaginer qu'un guerrier venu du passé l'attend dans l'ombre, sa hache à la main… *Après tout*, songe-t-elle, *ces lieux sont sans doute scellés depuis des siècles ; il n'y a pas de raison qu'ils s'effondrent maintenant.*

À petit pas, Bérénice suit la piste de l'eau qui ruisselle et étincelle, s'efforçant de repousser sa peur. Elle se concentre sur son travail de cinéaste ; le faisceau lumineux de la caméra dévoile des détails, comme le halo du projecteur sur une scène. Elle fait un pas de plus ; une structure en bois émerge de l'obscurité, on dirait une grande carcasse. Un court instant, elle songe à un squelette de baleine avec ses côtes arrondies… Elle croit même sentir une légère odeur d'ambre dans l'air.

— Ça va ? crie Zack, agenouillé à l'entrée de ce mystérieux terrier.

— Oui, Zack. Ça va, ça va, répond-elle un peu agacée. Arrêtez de m'appeler, je travaille…

— Tu.. quoi… ? Zack se tait, sans comprendre ce qu'elle a voulu dire.

Bérénice prend du recul pour éclairer ces morceaux de bois arrondis et soudain, elle comprend ce qu'elle a sous les yeux : une charpente délabrée, du bois vermoulu… On dirait des membrures, la coque désossée d'un navire, une épave engloutie dans les profondeurs du temps…

Au loin, assourdie, la mer gronde et le vent se lève. Une senteur d'iode envahit la crypte. Des hommes, des femmes et des enfants ont voyagé sur les mers froides et dangereuses à bord de bateaux semblables à celui-ci. Bérénice s'étonne que de telles pensées l'assaillent. Son cœur bat à tout rompre et elle sent qu'elle se trouve au bord de quelque chose d'immense…

Sous le faisceau de sa caméra, une épave émerge ; Bérénice a presque l'impression de marcher sur le fond de la mer. Mais lorsqu'elle pointe la lumière à l'intérieur, elle croit à une hallucination : une forme est allongée sur le fond du bateau. Une silhouette humaine se dessine sous un linceul recouvert de poussière ! La jeune femme pousse un cri, comme si le gisant allait se relever, dans le plus pur style des films d'horreur. Autour de lui sont disposés des objets qu'elle filme d'une main tremblante, tant elle est émue de découvrir cette sépulture oubliée. Des bijoux, un casque pointu, une dague, un petit échiquier, un bouclier circulaire orné en son centre. *C'était sûrement un personnage important pour être enterré ici, dans un bateau…* Le sol se met à tanguer. Soudain, Bérénice ne se trouve plus dans une crypte souterraine qui sent la terre, le moisi et le champignon, mais à bord d'un drakkar qui fonce fièrement dans la houle, sa voile rouge et blanche bien gonflée par le vent de noroît… Partie dans ses rêveries, Bérénice ne remarque pas les deux commères qui chuchotent, planquées au fond de la crypte :

— Je te l'avais dit, Jacquotte, cette petite a du sang viking dans les veines, tout comme moi !

— Ah bon ? Je croyais que tu étais simplement dacquoise ? se moque Jacquotte.

La Nèhe ne se laisse pas démonter :

— Mais non ! Pas dacquoise, daNoise ! Mes ancêtres traversaient les mers boréales quand les paysans commençaient à peine à cultiver leur lopin de terre… Je viens d'une longue lignée du Nord, de marins aux cheveux roux comme les tiens, Jacquotte, et comme ceux de ta petite protégée. C'est parce que je viens de là-bas que je peux influer sur les eaux ici…

— Surtout les eaux chaudes ! La Danoise a toujours besoin de se réchauffer ! Ahahaha !

Jacquotte et La Nèhe n'arrêtaient jamais de se houspiller.

— N'empêche, ajoute La Nèhe, je crois bien que ta Bérénice a trouvé Asgeir, le roi des mers !

En effet, bouche bée, tremblante d'émotion, Bérénice filme en détail tout ce qu'elle voit au fond de l'épave. Elle ne s'y connaît pas beaucoup en histoire ou en archéologie, mais ce qu'elle a sous les yeux est, de toute évidence, une sépulture viking !

En sortant de la crypte, Bérénice est aveuglée par la lumière. Son cœur bat encore à tout rompre et ses idées se bousculent furieusement dans sa tête. Les deux frangins la regardent, impatients, sans oser l'interroger, tant elle semble changée et bouleversée.

— C'est énorme… Énorme ! marmonne-t-elle, les yeux au ciel.

— On peut aller voir ? demande Zack.

En entendant la question, Bérénice semble sortir de sa transe et le regarde, sévère :

— Non ! Vous n'entrez pas ! Et vous ne dites rien du tout pour l'instant. Venez, il faut que je parle à Hubert…

Puis elle leur indique avec autorité le sentier qui mène au Doigt Mordu. Les deux frères filent doux, impressionnés, mais dévorés par la curiosité de savoir ce qu'elle a vu. Lorsqu'ils arrivent devant la maison, ils trouvent leurs parents installés dehors, autour de la grande table en bois abritée par un parasol. Tous semblent accablés et discutent autour d'une montagne de papiers.

— Je suis sûr qu'il y a un recours, dit Louise pour consoler Hubert, qui se tient la tête dans les mains.

— Ils ne peuvent pas débarquer comme ça, il faudrait vérifier les documents, se lamente Thomas, mais je ne connais pas bien les législations françaises, qui sont tellement compliquées…

— Ce que je sais, dit Hubert pessimiste, c'est qu'une fois que la machine est lancée, elle est difficile à arrêter.

— Et là, visiblement, elle est bien lancée… ajoute Octavio en désignant les géomètres.

Bérénice s'approche avec les deux frères, mais personne ne leur prête attention ; les adultes baignent dans une morosité poisseuse.

— Chéri, on devrait rentrer au Canada, dit Wendy à Thomas, nous ne sommes pas à notre place ici…

Thomas s'apprête à répondre, un peu choqué par la brusquerie de sa femme, mais Bérénice prend la parole :

— Vous avez l'air complètement abattus, tous ! C'est juste la vue de quelques ouvriers qui vous fait cet effet ?

— Tu es marrante, toi ! clame Octavio. Tu ne te rends sans doute pas compte de la gravité des choses…

Piquée au vif par la réplique de son père, Bérénice se met à parler avec une assurance bluffante :

— Ah bon, je suis trop jeune, c'est ça ? Ou bien c'est vous qui êtes trop vieux et pessimistes pour vous rendre compte que rien n'est jamais perdu ? Si seulement vous ouvriez un peu vos esprits, au lieu de les refermer…

Hubert la regarde avec un brin d'admiration, mais Thomas se moque un peu d'elle :

— Ah, parce que tu crois dans la pensée magique, toi ? Les prophéties autoréalisatrices ? La méthode Coué ? Si on y croit assez fort, ça finit par se produire, c'est bien ça ?

Bérénice le regarde sans rien dire, avant de répondre :

— Et pourquoi pas ? Vous voulez prendre le pari ?

Thomas est plutôt surpris d'être ainsi défié par cette gamine :

— Parier quoi, ma nièce ? Qu'on peut arrêter le promoteur d'un simple claquement de doigts ?

Bérénice reprend son souffle et lui adresse un sourire malicieux :

— Eh bien oui, Monsieur mon oncle !

— Appelle-moi Thomas, répond-il en fronçant les sourcils, néanmoins intrigué…

— Ok, oncle Thomas, répond-elle, toujours aussi fière. Qu'est-ce qu'on parie ? Une bouteille de champagne ?

— Euh, tu n'es pas encore majeure et je…

Agacée, Bérénice propose :

— Bon, alors 100 euros…

Voyant l'expression de plus en plus gênée des uns et des autres, elle leur lance :

— Regardez-vous un peu ! Oh la la ! Bienvenue chez les losers ! Alors qu'ici on devrait être chez les warriors !

— Mais enfin, Bérénice, nous ne sommes pas en guerre, quand même ! clame Wendy.

— Eh bien si, Wendy, justement ! Jusqu'où sommes-nous prêts à aller pour sauver cette maison et ce terrain uniques ?

Hubert se dresse en se demandant ce qui s'est passé pour que Bérénice réagisse ainsi. Il suppose que Jacquotte y est pour quelque chose. Louise se tourne vers elle :

— Mais qu'est-ce qui te prend, ma fille ? Tu as mangé du lion ?

Bérénice respire un bon coup, car elle s'apprête à leur révéler son incroyable découverte :

— Il me prend que…

Mais à peine commence-t-elle à parler que trois silhouettes montent le chemin dans leur direction. Un homme en costume, suivi de deux femmes très business, parfaitement habillées, chacune munie d'une mallette. Dès qu'ils sortent de l'ombre des pins, on reconnaît Gérard Bouriol accompagné de deux femmes d'affaires qui font tache dans le décor. La surprise est totale autour de la table, car cette visite n'était pas prévue. Le petit groupe regarde les visiteurs sans rien dire ; Bouriol lui-même paraît gêné et sa peau luit de sueur. Hubert se lève et vient au-devant d'eux :

— Que nous vaut cette visite, Monsieur… Rappelez-moi votre nom ?

Bouriol le regarde avec sidération :

— Mais enfin, Hubert, c'est moi, Gérard Bouriol !

Pour toute réponse, Hubert regarde les deux femmes. Bouriol les présente :

— Je suis venu avec Madame Kayola et Maître Saran, du barreau de Mont-de-Marsan. Nous avons deux ou trois petits détails à régler, et nous voulions profiter de votre présence à tous en cet instant pour préciser certains points dans vos relations familiales. Maître Saran est assermentée et nous pourrons ainsi boucler la procédure…

— Ça veut dire qu'elle n'est pas encore tout à fait bouclée ? demande Hubert, incisif, en dressant l'oreille.

Là, c'est Madame Kayola, une femme très brune aux yeux et au nez trop grands, qui répond, assez vivement :

— Non, non, ça ne signifie aucunement cela ! Tout est déjà bien bouclé et verrouillé sans l'ombre d'un problème. En réalité, c'est aussi pour vous permettre de toucher l'argent plus facilement…

— D'autant, reprend Maître Saran, une femme corpulente au regard inquisiteur, que certains d'entre vous résident à l'étranger, me semble-t-il. N'est-ce pas ?

Thomas et Wendy hochent la tête, mal à l'aise devant ce trio. Voyant leur désarroi, Hubert s'avance vers Bouriol :

— Mais pourquoi venez-vous ainsi sans préavis ? Et comment pouviez-vous savoir que nous étions là ? Ce sont vos ouvriers qui vous ont prévenus ?

— Non, ce sont les images du drone des géomètres… répond Bouriol un peu vite, sous le regard furax de l'avocate qui lui signifie qu'il a gaffé.

Hubert saisit la balle au bond :

— Comment ? Vous nous espionnez avec un drone ? Vous savez que c'est illégal ? Et c'est moche, Monsieur… comment déjà ?

Bouriol se dresse comme un coq, le rouge aux joues :

— Mais enfin… On se connaît très bien, voyons ! Je crois bien que vous perdez la tête, Monsieur Delage…

Hubert le regarde droit dans les yeux avant de lui décocher sa réponse :

— Nullement, mon petit Richard, nullement !

Cette simple réplique agit comme si Bouriol avait pris un coup violent en plein plexus. Il est blanc, décomposé, la respiration bloquée, incapable de répondre. Les autres le regardent avec stupéfaction, s'attendant à ce qu'il réplique. On pourrait se demander s'il va s'étouffer. En réalité, il est en train de comprendre que ses beaux rêves risquent de se transformer en cauchemar…

Comme Bouriol ne dit rien, la femme qui l'accompagne, Madame Kayola, représentante des investisseurs dans ce projet, se tourne vers lui, perplexe :

— Monsieur Bouriol ?

Hubert s'adresse à elle d'un ton froid :

— Il ne vous répond pas, car Bouriol n'est pas son vrai nom. En réalité, Monsieur s'appelle Richard Salaver.

Les deux femmes regardent Bouriol, livide, les lèvres tremblantes, et l'avocate s'adresse à lui :

— Expliquez-vous, Monsieur… Répondez !

Bouriol sort de son hébétude et bredouille :

— Monsieur Delage mélange tout ! Ce n'est pas compliqué, voyons ! C'est juste ma société qui s'appelle Bouriol.

Hubert reprend calmement la parole :

— Lorsque j'ai connu ce Monsieur, il était âgé de huit ans. Il a passé onze mois ici avec sa mère, Denise Salaver, qui venait de perdre tragiquement son mari. Je les ai hébergés par charité…

Bouriol semble révulsé par ces mots :

— Charité ? éructe-t-il. Vous avez surtout vendu ma mère à un ivrogne qui a démoli notre vie ! À cause de vous, ma mère est en fauteuil…

— Je ne comprends rien à ce que vous dites ! proteste Hubert.

L'assemblée, médusée, reste muette tandis que Bouriol vomit sa haine :

— Le jour où vous avez fourgué ma mère à cet ignoble personnage de vos amis, Gaël, j'étais caché dans le fumoir. J'ai tout entendu ! On aurait dit deux maquignons en train de négocier du bétail ! C'était à vomir…

Hubert ne se laisse pas démonter :

— Tu déformes tout, mon petit Richard…

— Arrêtez de m'appeler comme ça !

— Oui, c'est vrai, continue Hubert moqueur, à l'époque on t'appelait plutôt La Crevette…

Hubert le regarde de pied en cap et conclut, avec un brin de mépris :

— Quand on le regarde aujourd'hui, on a l'impression que la crevette s'est bien engraissée, au point de devenir un bœuf…

Bouriol bouillonne de colère :

— Ça suffit ! Je ne vous permets pas !

L'avocate s'interpose :

— Monsieur Bouriol, je crois que nous allons devoir faire le point avec nos investisseurs.

— Mais enfin, tout ça n'est qu'un détail ! lance le promoteur décomposé. Nos accords restent valables…

La femme aux grands yeux, Madame Kayola, prend alors la parole :

— C'est à nous d'en juger… Lorsque de telles sommes sont en jeu, vous savez bien que nous ne pouvons rien laisser au hasard. Même un simple détail…

Très contrariée, l'avocate regarde l'assemblée abasourdie qui écoute l'affrontement ; elle se tourne vers ses deux associés :

— Nous ne devrions pas avoir cette conversation ici…

Un instant de grande gêne flotte dans l'air. C'est Madame Kayola qui conclut :

— Eh bien, au revoir, Messieurs-Dames, nous sommes appelés à nous revoir très prochainement, croyez-le bien. Mais surtout ne vous inquiétez pas, le chantier va suivre son cours. Ce léger contretemps ne doit aucunement compromettre le projet lui-même…

Elle se tourne vers l'avocate et continue :

— Maître Saran va vous laisser sa carte, au cas où vous auriez la moindre question.

Sur ce, le petit groupe tourne les talons. Mais avant de partir, Bouriol, haineux, défie Hubert du regard, comme pour lui dire : « Toi… Tu ne perds rien pour attendre ! »

À peine sont-ils partis que les discussions vont bon train. Hubert est assailli de questions venant de Louise et Thomas, mais il est à bout. La visite de Bouriol et ses deux bonnes femmes l'a épuisé, et il ressent le besoin de s'isoler pour voir Jacquotte. Prétextant l'envie de se rafraîchir, Hubert disparaît dans l'escalier et grimpe sans attendre vers l'observatoire, leur pièce secrète, en haut de la maison.

Hubert pousse un profond soupir en arrivant dans leur studio arrondi, avec sa vue sur les pins et l'Océan… Que de bons souvenirs ici avec Jacquotte, les dîners en amoureux, l'odeur iodée de l'encre de seiche dont elle raffole, les frasques auxquelles ils se livraient, repoussant les limites de l'imagination et de la sensualité… Rien n'a bougé depuis la dernière fois ; le chandelier, les bougies qui ont coulé, l'alcôve, le sofa et le miroir…

— Hello ! Tu es là, mon ange ?

Hubert est tellement chamboulé qu'il appelle Jacquotte, alors que d'ordinaire leurs rencontres se font tout naturellement.

— Ton ange ? Ton ange exterminateur, tu veux dire ?

Jacquotte est là, toujours aussi glamour, à demi allongée sur le sofa.

— Ah, te voilà ! Je suis heureux de te voir…

— Ah bon ?

— Ne sois pas cynique…

— Cynique, moi ? Du grec qui signifie « chien »… Ah, ben merci ! Mais pour moi ce serait plutôt « chienne » !

— Mais qu'est-ce qui te prend, Jacquotte ?

Elle se redresse sur le sofa et se tourne vers lui en croisant les jambes, découvrant ses cuisses magnifiques. Un instant, Hubert se demande si elle a des intentions coquines ; avec elle, on ne sait jamais. Mais il déchante vite lorsqu'elle le scrute avec ses yeux furax :

— Il me prend que j'en ai marre, Hubert, mais alors plus que marre… Tu ne vois donc pas que tout se barre en quenouille ?

— Mais rien n'est perdu, enfin… On va se battre et…

— Et blablabla ! Tu es quand même gonflé ! C'est bien toi qui as signé les papiers à ton satané Bouriol, non ?

— Oui, mais à ce moment-là, je ne savais pas que…

— Pauvre chou ! Et maintenant tu pleurniches sur ton sort et sur la maison ! As-tu seulement pensé à moi quand tu as signé tes foutus papiers ?

— Bien sûr que oui, Jacquotte, j'ai même…

— Et quand la maison sera rasée, je serai où moi, d'après toi ?

— Mais… la maison ne doit pas être rasée, en principe…

— En principe, en principe ! Ah, mon pauvre Hubert, ce que tu peux être naïf parfois… Finalement tu es comme les autres mortels, tu ne penses qu'au fric !

— Mais non, Jacquotte, pas du tout ! Tu sais bien que je ne suis pas comme ça…

— Tu as changé, Hubert, c'est peut-être l'âge… Tu as signé un pacte avec le diable et maintenant, grâce à toi, le béton va recouvrir Le Doigt Mordu. C'est un choix que tu dois assumer.

— Mais pas du tout ! proteste-t-il mollement.

Jacquotte se lève et se met à danser comme au ralenti, elle tourne dans la pièce autour d'Hubert qui ne sait plus quoi dire. Elle s'arrête un instant face à lui, fait mine de l'embrasser sur les lèvres, puis virevolte en continuant à lui parler :

— Et puis tu as une famille, maintenant, et une jolie petite-fille aux cheveux roux qui me ressemble comme deux gouttes de sang. Du coup, moi je ne sers plus à rien… Alors, tu sais quoi, Hubert ? Fais ta vie de ton côté et restons-en là…

— Mais enfin, pourquoi tu dis ça, Jacquotte ?

— Parce que tu m'as trahi, voilà pourquoi, Hubert. Va au diable !

— Mais… mais je ne t'ai jamais trahi !

— Tu as vendu la maison ! Et tu m'as vendue avec ! crie Jacquotte, les yeux exorbités.

— Mais attends…

— Et en plus tu oses m'accuser d'avoir empoisonné ta petite vieille, là… ta Maïté…

— Madame Cazaubon ? Mais non, pas du tout ! clame Hubert mal à l'aise, ayant oublié un peu vite que Jacquotte pouvait tout voir et tout savoir.

— STOP Hubert ! Les jeux sont faits et je me casse, tu entends ? Voilà. Comme ça, tu n'auras plus un vieux spectre lubrique dans les pattes ! Je vais aller me dissoudre quelque part où personne ne me trouvera… Je ne veux pas voir les bulldozers raser des siècles de bonheur pour quelques misérables eurodollars… Alors je me casse loin d'ici. Réjouis-toi, Robinson, tu vas pouvoir te prélasser sur ton yacht et séduire des donzelles…

— N'importe quoi ! se lamente Hubert.

— Tu me déçois beaucoup, continue-t-elle…

— Toi aussi, tu me déçois, Jacquotte, comment peux-tu croire à ce que tu racontes ?

— Tu oublies sans doute que je vois tout ! Et, franchement, je m'en passerais bien, d'ailleurs. Faut dire que tes petites romances sexuelles ne sont pas toujours à classer au rang des prouesses. J'ai vu mieux… Mais là, j'en ai marre de jouer les voyeuses, mon p'tit Bébert… Ah, si seulement j'avais des paupières…

— Tu me soûles, Jacquotte…

— Je te quitte, mon petit !

Et sur ce, Jacquotte lui adresse une révérence parfaitement accomplie.

— Eh bien va ! Va hanter d'autres maisons et d'autres vies ! râle Hubert, dépité.

Jacquotte lui tourne ostensiblement le dos et s'éloigne vers le rideau en dandinant des fesses pour le provoquer. Au moment où elle passe le seuil, elle referme le rideau derrière elle, et d'un seul coup le lustre en cristal se décroche du plafond, explosant au beau milieu de la table en bois…

Après le départ de Bouriol et des deux femmes, Bérénice est chamboulée, encore pleine de ce moment irréel dans la crypte. L'émotion est si forte qu'elle préfère ne parler à personne ; en revanche, elle meurt d'envie de visionner ce qu'elle vient de filmer.

Une fois dans sa chambre au premier étage, la jeune femme accroche le signe « Ne pas déranger » à la poignée extérieure de sa porte avant de s'installer sur le lit à baldaquin avec sa caméra et son ordinateur. En les passant sur l'ordi, elle peut zoomer ou éclaircir chaque image. L'écran s'allume et le film se déroule : à l'entrée, le faisceau de la caméra ne balaie que des ombres, des roches, des racines, de la terre. Bérénice suit la lumière des yeux, guettant le moindre indice. Très vite, la coque désossée émerge des ténèbres. Un fier navire effilé, portant une tête de dragon en figure de proue… Ou bien tout cela n'est-il qu'une illusion pixélisée ? La caméra subjective s'approche de l'embarcation, le faisceau éclaire le fond. Bérénice appuie sur pause. Sortis de la nuit des temps, des objets apparaissent. Parmi eux, le bouclier circulaire orné d'une spirale en son milieu. Quelque chose la fait tiquer, mais elle ne sait quoi. Elle reprend son visionnage image par image, scrutant le moindre contour. Ici la dague roussie, là le petit échiquier en bois ou en os, puis quelques bijoux enfouis dans la poussière du temps…

Apparaît maintenant, sur le fond du bateau, le linceul sous lequel on devine la silhouette allongée. Pour se trouver ainsi dans un bateau-tombe, il devait sûrement s'agir d'un chef important. Près de sa tête, un casque pointu en fer rouillé, avec une protection faciale en forme de lunettes. À lui seul, le casque fait peur. Bérénice se penche sur l'écran, essayant d'imaginer à quoi ressemblaient ces guerriers. À force d'y plonger son regard, elle croit voir luire deux yeux brillants derrière ce casque, deux yeux qui la fixent et qui veulent lui dire quelque chose…

… Le lit à baldaquin se met à tanguer comme s'il naviguait sur une mer houleuse. La vision de ce casque l'emmène loin, très loin… C'est le tangage du grand large, le cri des oiseaux de mer, le souffle salin du vent, le grondement lointain des déferlantes… Bérénice se laisse emporter dans l'ivresse de la haute mer à bord d'un solide navire qui fend les flots. Elle entend les gémissements de la coque bousculée par les vagues, la plainte des cordages qui ripent sur les taquets, les claquements sourds de la voile entre deux collines de houle… Ils viennent de loin, la mer est leur jardin. Autour d'eux, d'autres bateaux sont fièrement lancés sur les eaux du golfe de Gascogne, arborant les mêmes voiles rayées de rouge et de blanc. L'image est époustouflante; Bérénice sent toute la puissance de cette flottille, ces marins, ces guerriers. Un sentiment d'infinie gratitude monte en elle face à l'Océan et à tout ce qu'il donne à l'humanité…

Un souffle vaporeux s'élève de la surface. Un dos noir et luisant émerge et roule majestueusement. Les baleines sont là ! Lente et puissante, la plus grande fait route vers le sud, comme eux, suivie de deux congénères plus petits. C'est la baleine franche, elle aussi venue des mers froides, celle qui est si facile à chasser car, contrairement aux autres espèces, elle flotte à la surface une fois harponnée, au lieu de couler à pic… Bérénice frémit ; l'homme aux longs cheveux qui dirige le navire, Asgeir le valeureux, empoigne un harpon bien aiguisé. Les marins, de plus en plus excités, se préparent à la chasse. Une proie facile s'offre à eux ; l'huile de baleine se négocie très cher pour procurer de la lumière aux monastères. Et par ailleurs, les gens d'Église sont très friands du morceau le plus rare et coûteux, qui leur est intégralement réservé : la délicieuse langue de baleine, considérée comme l'une des meilleures viandes au monde.

Le sang va couler… L'histoire se répète. Tout comme Jacquotte s'était sacrifiée pour sauver une baleine, le rêve de Bérénice la ramène quelques siècles en arrière, auprès d'un chef viking prêt à harponner une baleine dans le golfe de Gascogne. Cheveux au vent, elle se rapproche et pose sa main sur le bras qui tient le harpon. Penché vers la mer comme un lion prêt à bondir, l'homme se détourne du cétacé pour ne plus regarder qu'elle. Ses yeux de braise percent son âme, mais elle soutient son regard. Asgeir a beau être un grand chef, un redoutable guerrier n'ayant peur de rien et un marin hors pair, il fond d'admiration devant cette petite femme rousse qui l'accompagne. Le chef viking fait alors un signe à ses hommes. D'un coup, la fièvre de la chasse retombe, tandis que les baleines s'éloignent vers l'ouest…

… Bérénice se retrouve sur le lit à baldaquin, dans sa chambre. La vision de ces bateaux, de ces hommes qui ont sillonné l'Océan, l'imprègne, mais il faut revenir à la réalité. Elle se frotte les yeux et continue son visionnage. Les images défilent en désordre sur l'écran, car elle n'avait pas éteint la caméra en sortant de la crypte. Ses mouvements sont désordonnés, elle s'adresse aux deux frères, puis se met à courir vers la maison. Le film est saccadé, confus, et l'objectif est tourné vers le sol tandis qu'elle marche. Le gravier de l'allée emplit l'écran puis, aux abords de la maison, viennent des gros plans des tongs d'Octavio, puis ce sont les Tropéziennes de Louise, les espadrilles vertes de Thomas et les Converse rouges de Zack. Pendant ce temps, la conversation se poursuit en off, entrecoupée de frottements sur le micro. Au moment où Bouriol arrive avec ses deux cerbères, Bérénice a plus ou moins redressé la caméra. Bien qu'inclinée en contre-plongée, on aperçoit les visiteurs, la gêne de Bouriol, les yeux trop grands de Madame Kayola, le regard fouineur de Maître Saran…

Bérénice retourne en arrière pour mieux revoir la crypte. Elle ne peut s'empêcher de penser à Rufus et prend conscience qu'un détail a attiré son attention sans qu'elle s'en rende compte. Aussi se repasse-t-elle méticuleusement le film, jusqu'au moment où elle revoit le bouclier circulaire. Une fois l'image arrêtée, son attention se fixe sur l'ornement central. Elle l'agrandit, l'agrandit encore et, malgré la rouille, elle distingue clairement le motif : une spirale dont le bout extérieur est torsadé.

La jeune femme sursaute en poussant une exclamation de surprise. Elle vient de comprendre où elle a déjà vu ce symbole : c'est le pendentif que Rufus porte à son cou ! Bérénice comprend que c'est un signe… Elle n'arrête pas de penser à Rufus depuis qu'elle est entrée dans la crypte. Elle sent que la solution passe par lui. Après tout, il est Danois d'origine, et en plus il porte ce même pendentif en spirale ! Bérénice prépare fébrilement un envoi contenant les images de la crypte et des captures d'écran compressées pour que le transfert ne pèse pas trop lourd. À peine a-t-elle appuyé sur « Envoi », qu'elle tremble déjà d'impatience.

Lorsque son portable sonne, une trentaine de minutes plus tard, et qu'elle voit s'afficher le nom de Rufus, Bérénice n'en croit pas ses yeux. La conversation qui s'ensuit est un rêve éveillé qu'elle se remémorera toute sa vie. Rufus veut d'abord s'assurer que tout est vrai et qu'il ne s'agit pas d'une blague ou d'un trucage numérique, mais il sent très vite l'accent de sincérité dans la voix émue de Bérénice. Aussi lui demande-t-il de tout raconter depuis le début. Quand elle évoque la découverte d'une figurine de Lewis, Rufus s'enthousiasme, puis elle lui raconte sa visite dans la crypte mais surtout elle lui envoie en direct la photo avec le motif spiralé au centre du bouclier... Au téléphone, Rufus pousse un cri, suivi d'un juron danois :

— For fanden ! Mais c'est complètement dingue, Bérénice ! Le motif en spirale au centre du bouclier est exactement identique au pendentif que m'a légué mon grand-père marin, originaire de l'île de Falster en mer Baltique, lui-même descendant des Vikings !

— Quoi ? Mais... euh, alors ce bouclier... et ce bateau... Ils pourraient carrément venir de chez vous ? Euh, là-bas dans le Nord ? bredouille Bérénice.

— Je sais, ça paraît improbable, répond Rufus, mais ce que tu me montres là est tellement clair !

— Oh la la la...

Bérénice se sent dépassée par les événements.

— Tu viens sans doute de faire une découverte majeure ! Je vais tout de suite appeler mon bon ami, le professeur Olafsson, l'une des plus hautes autorités en matière de Vikings, il est conseiller historique auprès de notre Première ministre à Marienborg...

— Merci, Rufus !

— C'est moi qui te remercie, Bérénice. Je pensais avoir engagé une étudiante douée, mais en réalité tu as de l'or entre les mains ! Tu te rends compte que tu es la première à avoir filmé tout ça dans la crypte ! Personne n'y a sans doute mis les pieds depuis une douzaine de siècles. Tu es mon Indiana Jones !

Rufus se met à rire et Bérénice se joint à lui.

— Tes images sont uniques, elles vont faire le tour du monde !

— Merci Rufus, merci, vous me donnez des ailes !

— Mais écoute-moi bien, Bérénice : surtout, ne dis rien à personne ! Attends que je te rappelle.

— Ok.

— Tu promets ?

— Oui, promis je ne dis rien à personne. Mais appelez-moi vite avant que les choses se compliquent !

— Compte sur moi. Surtout, reste extrêmement discrète. Les enjeux sont énormes. Tu as bien fait de m'appeler. C'est important : te voilà devenue la gardienne d'un trésor inestimable !

C'est l'une de ces longues soirées de juin qui s'éternisent, comme si le soleil voulait profiter au maximum de sa fin de règne. Des nuages roses et obliques, dignes d'un western, se profilent entre les pins qui entourent Le Doigt Mordu. L'image est paisible, mais les cœurs sont encore retournés par la visite de Bouriol et de ses deux redoutables femmes d'affaires. Pendant qu'au rez-de-chaussée, les parents se lamentent de ne pas pouvoir stopper la marée de béton qui s'annonce, les trois jeunes ont prétendu vouloir faire la fête de leur côté. Ils se sont donc enfermés avec quelques vivres dans la chambre de Bérénice. Zack a monté du pain, du jambon, de la confiture, des chips et une bouteille de jus de fruits. Jo s'occupe de la playlist sur son enceinte, et Bérénice leur passe les images qu'elle a tournées.

— Dis donc, Zack, il a un drôle de goût, ton jus d'orange! se plaint Bérénice en fronçant le nez.

— Ben oui, c'est la vodka, répond-il avec un sourire, j'en ai juste versé un shot ou deux de la bouteille à ton père…

— T'es gonflé quand même! Bérénice prend l'air sévère, mais l'instant d'après, elle éclate de rire et en boit une bonne lampée.

Tout en détaillant les images qui défilent sur l'écran de l'ordi, Bérénice leur explique la situation. Ils rient, fument quelques cigarettes sur le balcon en bois, boivent du jus d'orange et poussent des exclamations d'étonnement, de peur et d'excitation. Elle ne leur a pas tout dit, mais elle exige d'eux le secret absolu. Sans mentionner Rufus, elle explique avoir contacté un grand professeur danois, spécialiste des Vikings, qui semble avoir authentifié ce qu'elle a filmé dans la crypte. Il doit la rappeler dans la matinée.

La possibilité qu'un guerrier viking soit enterré dans un bateau à quelques mètres de la maison enflamme leur imagination et ils se mettent à regarder sur internet… Ils voient alors les bateaux-tombes entiers exhumés ici ou là, dans l'île de Groix en Bretagne, en Norvège ou ailleurs en Scandinavie, enterrés sous des tertres ou des tumulus avec un chef viking parfois accompagné de ses proches et même de ses animaux, entouré de ses armes et de ses biens. Le bateau servait à emmener les âmes vers le merveilleux royaume d'Odin, le Valhalla…

— Tu sais pourquoi on dit « skoll » dans les pays du Nord, pour trinquer ? demande Zack un peu éméché.

— Non, répond Bérénice.

— Ça vient des Vikings, répond Zack, ils trinquaient avec le crâne de leurs ennemis. Et crâne, ça se dit « skôl », comme « skull » en anglais…

— Ah ben c'est charmant, se plaint Jo. Ça donne pas trop envie !

Après des heures de visionnage, de rigolades et de moqueries, tous trois se sont endormis d'un coup, au cœur de la nuit.

Lorsque Bérénice entrouvre un œil, vers 4 heures du matin, elle se croit d'abord dans un rêve. Le faisceau lumineux de sa caméra semble percer l'obscurité, tel un sabre laser qui danse dans les pins… Mais non ! Elle n'est pas en train de rêver. Il y a bien un rai de lumière qui bouge au-dehors. Elle se lève sans bruit et réveille les deux frangins :

— Regardez ! Il y a quelqu'un dehors ! Chhhht ! Ne faites pas de bruit. N'allumez rien !

Bérénice s'approche discrètement du bord de la fenêtre pour éviter d'être vue. Pas de doute, il y a des visiteurs sur le terrain ! Les trois jeunes s'habillent et descendent courageusement pour voir de quoi il s'agit. Bérénice est inquiète, car les intrus se rapprochent du secteur où se trouve la crypte. Le trio progresse en silence, jusqu'au moment où ils perçoivent des voix. Bientôt, ils surplombent trois hommes munis de puissantes lampes torches, qui fouillent les environs. Ils ne se trouvent plus qu'à une centaine de mètres de la crypte, heureusement cachée par les broussailles. L'un d'eux, en tête, tient une tablette entre les mains, qu'il semble utiliser pour se guider. Dans la lueur de l'écran, Bérénice croit reconnaître Bouriol, mais elle n'en est pas sûre. L'homme s'adresse à ses acolytes : « On ne doit plus être trop loin… »

Cachée en surplomb avec Jo et Zack, Bérénice fouille dans son petit sac à dos. Elle porte toujours avec elle un gadget très bruyant qui peut s'avérer bien utile en cas d'agression. C'est une alarme grande comme un porte-clefs, qui fait un bruit infernal. Elle tire la chaînette et le hululement de la sirène perce le silence de la nuit si fort que les deux frères s'en bouchent les oreilles. Plus bas, les hommes se mettent à s'interpeller en criant : « C'est quoi ? » « Meeerde, on est grillés ! Une alarme ! »

Des lumières s'allument dans la maison et un chien se met à aboyer chez les voisins. Les trois intrus décident de repartir : « Allez, on se casse ! » Ils font demi-tour et dévalent la pente jusqu'à leur voiture, garée en lisière du terrain. Le cœur battant la chamade, inquiète, Bérénice se souvient des derniers mots de Rufus : « Tu es devenue la gardienne d'un trésor inestimable… »

Par curiosité, Bérénice a regardé sur internet la valeur d'une seule pièce d'un jeu d'échecs viking. La dernière figurine de Lewis s'est vendue plus d'un million de dollars chez Sotheby's. Il y a de quoi aiguiser les convoitises ! Elle s'est bien gardée d'en parler aux deux frères pour ne pas les paniquer, mais elle se dit qu'une telle responsabilité est quand même bien lourde à porter pour une simple jeune femme de 17 ans. Pourvu que Rufus lui vienne vite en aide !

11

SKOLL !

Rongé par l'impatience, Rufus Andersen contemple le sublime lever de soleil orange sur le golfe de Gascogne depuis le hublot du Falcon X8, à 12 500 mètres d'altitude. Pour l'heure, le grand cinéaste semble indifférent à la beauté de l'aube. Tandis qu'il caresse distraitement son pendentif en forme de spirale, il laisse son regard glisser sur l'immensité océane, songeant à ses ancêtres qui ont tant navigué entre la Baltique et l'Atlantique.

Son cerveau bouillonne, car les images de Bérénice ont réveillé son sang viking. Il repense à Gustav, son grand-père pêcheur, qui avait les mains tellement abîmées par le métier et par l'eau de mer. Ce vieux marin ridé comme une pomme avait des yeux bleus tout ronds, cachés sous d'énormes sourcils blancs et broussailleux. En lui transmettant le pendentif, il lui avait dit : « Tu verras, mon garçon, un jour tu comprendras pourquoi je te l'ai donné. Grâce à ce bijou, tu retrouveras peut-être tes racines… » Et aujourd'hui, cette jeune vidéaste lui envoie des images incroyables de vestiges, parmi lesquelles un bouclier orné de la même spirale torsadée aux extrémités.

Dans la lumière mordorée de l'aube, le triréacteur s'incline sur l'aile pour virer, amorçant un lent changement de cap vers leur destination, l'aéroport de Biarritz-Pays basque. Tandis qu'ils perdent de l'altitude par paliers, Rufus observe le long cordon blanc qui borde la côte landaise, des plages de sable à l'infini, modelées par le chapelet des vagues… Cela lui rappelle les dunes et les plages de sable de l'île de Falster, où vivait son grand-père, sur une terre viking… Il repense à la trouvaille de cette jeune Bérénice et se félicite de l'avoir choisie comme stagiaire parmi tant d'autres. Les images de la crypte sont fascinantes. Le professeur Olafsson n'en dort plus, et les officiels qui les accompagnent à bord de cet avion privé frétillent d'impatience, collés à leurs téléphones et leurs ordinateurs.

Arrivé la veille au soir de Copenhague, le professeur Olafsson sort de la salle de bains à l'avant de l'avion, où il a pu se doucher. À bord se trouvent également des hauts fonctionnaires, deux représentants du ministère de la Culture français accompagnés de deux policiers et trois journalistes triés sur le volet, un Danois, une Américaine et un Français. Rufus a préparé une sacrée surprise à Bérénice, car l'histoire qu'il a « vendue » aux journalistes, c'est la découverte d'un haut lieu archéologique par une jeune vidéaste qui fait un stage avec lui. Les journalistes qui ont vu les images de la crypte meurent d'envie de la rencontrer et de l'interviewer. Quant à Rufus, il a pris avec lui sa secrétaire et son directeur de la photographie, le grand Milo Karzac, l'un des meilleurs cadreurs au monde.

Les images de Bérénice, formellement authentifiées par Olafsson, ont déclenché une tempête à haut niveau. Une telle découverte est réellement historique et doit être protégée du pillage au plus vite. Les enjeux de cette trouvaille, si elle est confirmée, sont tels que Rufus a accepté de financer l'opération, avec l'appui d'un magnat du luxe français dont il est très proche. Surexcité, le professeur Olafsson passe son temps au téléphone et sur son ordinateur. À l'université de Copenhague, toute une équipe d'étudiants est sur le pont, qui travaille avec lui en temps réel. Ils ont déjà réussi à identifier quelques objets sur les images et sont en train d'effectuer des recherches sur le motif spiralé du bouclier. Tous les passagers de l'avion bruissent d'impatience à l'idée qu'ils seront sur site d'ici peu. À l'aéroport de Biarritz, les hommes et femmes du TIC de Bayonne (Techniciens de l'identification criminelle), ainsi qu'un légiste, les attendent avec leur camionnette bourrée d'instruments destinés aux scènes de crime et permettant d'effectuer des prélèvements ADN. Tandis que le pilote annonce aux passagers le début de la descente, la représentante du ministère de la Culture téléphone au préfet des Landes pour le prévenir de leur arrivée. Une équipe de gendarmes les accueillera à Capbreton.

Avant la phase d'atterrissage, Rufus réunit les trois journalistes dans un carré pour évoquer la marche à suivre. En quelques mots, il leur explique la portée d'une telle découverte, qui réécrit en partie l'histoire de France et d'Europe. Il leur parle avec fougue, sa grande mèche bouclée barrant son front :

— Ça montre que l'influence viking est sacrément plus étendue que ne le croyaient les vieux historiens ancrés dans leurs certitudes poussiéreuses… Regardez ça !

Rufus leur expose fièrement son pendentif :

— Vous voyez cette spirale ? Elle vient de la terre de mes ancêtres, une île de la Baltique qui fut autrefois un sol viking et qui, aujourd'hui, a été sacrifiée au dieu Voiture, car elle est traversée, ou plutôt profanée, devrais-je dire, par l'autoroute européenne E47 qui relie la Suède au Danemark… Mais pardonnez-moi, je m'égare !

Il reprend son pendentif pour le leur montrer :

— Eh bien il semble qu'on ait trouvé dans la crypte un objet portant un motif identique à celui-ci !

Les trois journalistes filment et prennent religieusement des notes.

— Ça c'est extraordinaire, reprend le journaliste danois, il pourrait donc s'agir de l'un de vos lointains ancêtres qui serait enterré là ?

— C'est un peu tôt pour tirer ce genre de conclusion, répond Rufus, il pourrait aussi s'agir d'un voyageur, d'un commerçant ou d'un pirate…

— Ce qu'il faut, intervient la journaliste américaine avec une certaine autorité, c'est arriver à créer une story autour de cette découverte, il faut l'incarner…

Rufus la coupe avec enthousiasme :

— Justement ! Toute cette histoire n'existerait pas sans une certaine personne. Elle n'a que 17 ans, mais je peux vous dire que c'est une vieille âme, une sage. Elle s'appelle Bérénice et elle travaille avec moi. Je l'ai choisie parmi plus de 250 candidats, et je dois dire modestement que j'ai eu la main heureuse ! C'est quelqu'un d'exceptionnel, une influenceuse ; elle a sa façon bien à elle de tenir la caméra, on peut dire qu'elle a une véritable empreinte filmique, ce qui est rare, surtout à son âge.

— Mais pourquoi elle ? demande le Français, l'air un peu impatient.

— Parce que c'est elle qui a découvert la crypte sur le terrain de ses parents, Monsieur, et c'est elle aussi qui en a filmé l'intérieur. À cette heure, elle est la seule à y être entrée… du moins je l'espère. Tout comme les quatre garçons qui ont découvert Lascaux, ou comme Monsieur Chauvet qui a découvert la grotte par hasard, eh bien, Mademoiselle Bérénice est la découvreuse de la crypte du Doigt Mordu… puisque c'est ainsi que s'appelle le lieu !

— Très intéressant, en effet. Et dites-nous, Monsieur Andersen, est-ce que cette jeune femme s'exprime bien ? demande le Danois.

— Vous pouvez voir ses vidéos sur internet, elle a de nombreux followers.

— Mais à quoi ressemble-t-elle ?

Rufus hésite, il n'aime pas trop la question de l'Américaine, mais il soupire et finit par lâcher :

— Gracieuse… malicieuse… et rousse !

« Ladies and gentlemen please… » suivie par un carillon, la voix nasillarde du pilote emplit les haut-parleurs de la cabine, débitant ses instructions aux passagers avant l'atterrissage. Chacun rejoint sa place, pendant que le commandant de bord précise que la température extérieure à Biarritz est de 21 °C.

On n'a jamais vu ça à Capbreton. L'effervescence est telle que le maire a dû décider en hâte de faire installer un écran extérieur sur l'esplanade de la Liberté, face à l'Océan et l'estacade. Il n'est que 18 h 30, mais une petite foule s'amasse déjà là, dans l'attente du journal de 20 heures qui sera tourné et projeté ici en plein air. Plusieurs chaînes de télévision ont envoyé un journaliste sur place et les rues se sont emplies de camionnettes ; un hélicoptère survole la commune et les rumeurs les plus insensées courent de bistro en bistro, faisant affluer des curieux des alentours ; Hossegor, Seignosse, Saint-Vincent-de-Tyrosse, etc. Il paraît qu'on vient de faire une découverte incroyable chez

Hubert Delage, ce marinier à la retraite qui habite une maison biscornue avec un nom bizarre, Le Doigt Mordu. Les uns parlent d'une grotte préhistorique, d'autres d'un caveau mortuaire et certains évoquent même un tueur en série, car ils ont vu passer une camionnette de la gendarmerie avec la mention « Identification criminelle » !

Bérénice est emportée dans un tourbillon, car elle et Rufus vont passer en direct ce soir au journal télévisé le plus vu d'Europe. En attendant d'aller au maquillage, elle s'efforce de répondre aux interviews des journalistes, en racontant, encore et encore, comment elle a découvert la crypte avec les deux frères, et ce qu'elle a ressenti en y pénétrant. La chaîne va passer en exclusivité les images de Bérénice, commentées par le grand réalisateur oscarisé, Rufus Andersen. Avant même qu'elles soient diffusées, ces images font l'objet de nombreuses tractations avec des médias du monde entier, dont s'occupe Sofia, l'agent de Rufus. Cela signifie que Bérénice va toucher de l'argent, « pas mal d'argent, même » avait précisé Rufus en lui adressant un clin d'œil. Quelques instants plus tard, Rufus et Bérénice se retrouvent dans un camion de la télévision au fond duquel est aménagé un petit salon privé ; ils sont seuls avec le présentateur, Arsène Janvier, probablement le journaliste télé le plus populaire d'Europe francophone. Rufus le connaît bien, car Arsène l'a plusieurs fois invité sur son plateau. Ce dernier se tourne vers eux avec son irrésistible sourire de crooner et leur dit :

— Comment une jeune stagiaire en cinéma en vient à se retrouver aux côtés d'un des plus grands cinéastes de notre temps, pour une découverte archéologique majeure concernant les Vikings ? Voilà ce que les gens ont envie de savoir et de comprendre ce soir. Votre rencontre est une très belle histoire. Aussi belle que votre découverte. C'est pourquoi j'ai voulu bavarder en tête à tête avec vous deux pour que vous me racontiez ça. Je suis sûr que votre histoire va captiver nos téléspectateurs…

Plus tôt dans la journée, Rufus et Bérénice avaient vécu une petite escapade secrète. En effet, il lui avait demandé comme une grande faveur de l'emmener seul dans la crypte avant qu'elle soit prise en main et bouclée par les services officiels et techniques. Aussi Bérénice lui avait-elle donné rendez-vous à deux rues du Doigt Mordu pour l'emmener là-haut incognito, par un accès discret situé de l'autre côté du tuc. Ils avaient enjambé un muret et gravi un étroit sentier envahi de broussailles. Rufus rigolait comme un gamin faisant l'école buissonnière, alors que sa saharienne Ralph Lauren en soie bleue souffrait du passage parmi les ronces. Bérénice était très émue de se retrouver là, au pied du dolmen, avec le cinéaste qu'elle admire le plus au monde, pour l'emmener dans la crypte.

Rufus n'a pas hésité une seconde à se faufiler dans le terrier à quatre pattes. Munis de lampes torches, ils ne sont restés à l'intérieur qu'une dizaine de minutes, mais à la sortie, Rufus pleurait. Des larmes silencieuses coulaient sur ses joues : en voyant la spirale sur le bouclier, il avait eu la conviction d'appartenir à la même tribu que ce guerrier du IXe siècle allongé au fond du bateau. Le réalisateur s'était tourné vers la jeune femme et lui avait soufflé, avec une certaine solennité :

— Merci, Bérénice. Grâce à toi, je vais accomplir la prophétie de mon grand-père, qui m'a donné ce pendentif. Il m'avait dit que par ce bijou, je retrouverai mes racines !

Et c'est aussi ce que Rufus a raconté le soir même en direct au journal télévisé, rendant un hommage conjoint à son grand-père et à Bérénice. Arsène Janvier a préparé un beau sujet, mêlant des images de Vikings dans les films avec les images de la crypte rapportées par Bérénice. Vu le beau temps et les longues journées de juin, un élégant Barnum a été installé directement sur le front de mer et l'entretien se déroule sur fond de vagues et d'estacade.

Quand vient le tour de Bérénice d'être interviewée, elle fait preuve d'un sang-froid remarquable, malgré le fait que des millions de téléspectateurs la regardent en France et en Europe. Elle s'est habillée sobrement, mais avec élégance, et ses cheveux roux n'ont jamais paru aussi flamboyants. Lorsqu'elle parle, ses yeux verts s'animent et l'on sent la flamme en elle. Secrètement, Arsène Janvier jubile : il est convaincu que cette jeune femme habitée va faire un carton télévisuel.

Sur l'esplanade de la Liberté, face à l'Océan, une petite foule massée devant l'écran extérieur suit l'entretien avec passion. Les commentaires fusent de toutes parts :

— Des Vikings à Capbreton ? C'est des foutaises, ça ! On le saurait !

— Quand je pense que le grand Rufus Andersen est là, chez nous, c'est incroyable, j'ai vu tous ses films plusieurs fois !

— Quel bazar ! J'espère que ça va pas ramener trop de touristes ! On en a déjà assez comme ça !

— Cette jeune fille est formidable ! Elle va faire connaître Capbreton dans le monde entier !

— Ouais, ben faudrait pas non plus qu'ils nous fassent un Disneyland des Vikings par ici !

Non loin de là, c'est une tout autre ambiance qui règne au Doigt Mordu, devenu une véritable forteresse. Il est désormais impossible de pénétrer sur le tuc sans montrer patte blanche aux gendarmes qui sécurisent les lieux, y compris la crypte, entourée de rubalise, traitée comme une scène de crime. Il ne sera plus possible d'y pénétrer sans autorisation et sans porter une combinaison intégrale.

Dans la maison, c'est le branle-bas de combat, car Hubert a proposé l'hospitalité à Rufus et au professeur Olafsson, ainsi qu'à ceux qui les accompagnent. Toutes les chambres du Doigt Mordu sont désormais occupées, et c'est une étrange assemblée, très éclectique, qui regarde la télévision dans le salon. Octavio et Louise n'en reviennent pas de voir leur fille remplir l'écran du journal télévisé. Ils la voient avec d'autres yeux, si mature, si belle à l'écran, qu'Octavio en lâche une larme.

— Elle est géniale ! lance Olafsson, assis sur le canapé avec les parents.

Louise se redresse fièrement, et lance avec sa modestie habituelle :

— Je crois bien qu'elle tient ça de sa mère !

Silencieux, légèrement en retrait, Hubert est bouleversé. Il se découvre une grande famille, sa maison est pleine, sa petite-fille est en train de devenir célèbre, peut-être même riche, les projets immobiliers de Bouriol ne peuvent plus se réaliser au Doigt Mordu… Tout est merveilleux et il devrait être heureux, mais pourtant quelque chose de vital lui manque, celle à qui il pouvait tout confier, tout dire, tout montrer, la seule femme qu'il ait autant aimée… Jacquotte, l'insupportable Jacquotte qui lui avait tourné le dos et qui lui manque si cruellement. Sans elle, rien n'est plus parfait.

Arsène Janvier demande à Bérénice d'où elle tient sa maturité et son instinct. Elle lui répond posément, ses yeux verts fixant la caméra :

— Jusqu'ici, je ne savais pas d'où je venais. Maintenant je le sais. Un homme est en haut de la pyramide, celui sans qui nous ne serions pas ici ce soir. Cet homme noble, marin dans l'âme, s'appelle Hubert Delage et je suis très fière qu'il soit mon grand-père !

Une petite rumeur d'émotion parcourt l'assemblée dans le salon, et tous regardent Hubert avec affection. Les deux frères sont scotchés, eux aussi :

— J'hallucine, dit Jo avec admiration. Elle assure grave.

— Je le savais ! Elle est trop forte ! répond Zack, encore amoureux.

Émue, Wendy se colle à Thomas :

— On a une famille formidable !

— Une famille qui s'agrandit, ajoute Octavio en embrassant Louise.

Derrière eux, assis sur des chaises, l'entourage de Rufus exprime aussi sa joie de voir les deux héros interviewés par le fameux Arsène Janvier.

À une quarantaine de kilomètres de là, dans une ruelle du quartier Haizé Errota de Saint-Jean-de-Luz, un drame se noue. Là où autrefois on confectionnait de la dentelle, c'est aujourd'hui de la bile qui se fabrique. Médusés, Richard et sa mère regardent le journal télévisé sans en croire leurs yeux. Depuis son fauteuil roulant, Denise pousse des cris d'oiseau étranglé : Arsène Janvier, son présentateur télé préféré, est en train d'interviewer Hubert avec déférence ! Lui aussi ulcéré, Richard essaie de la calmer, en vain :

— C'est pas possible ! Tu as tout raté, une fois de plus ! Mais qu'est-ce que tu as dans la cervelle, mon pauvre ? Tu ne vaux pas mieux que ton père qui nous a abandonnés...

— Ça suffit, maman ! Laisse papa tranquille...

À l'écran, le présentateur montre un petit objet couleur ivoire sur lequel la caméra zoome. On reconnaît la figurine d'échecs :

— C'est grâce à deux frères venus du Canada qu'on a retrouvé cette rarissime figurine de Lewis...

Suit une interview de Jo et de Zack, qui expliquent comment ils sont tombés dessus. Arsène Janvier reprend :

— Et c'est là qu'intervient la jeune Bérénice Conti...

Gros plan sur elle, resplendissante.

— Non seulement elle a découvert l'entrée de la crypte grâce à une vieille épée rouillée, continue le présentateur, mais elle y est courageusement entrée en ayant la bonne idée de filmer ce qu'elle voyait. En exclusivité mondiale, voici donc les premières images de la crypte du Doigt Mordu.

Suit la séquence dans la crypte, commentée par Arsène Janvier :

— Malgré l'obscurité et la poussière, on peut admirer la beauté de ces objets, ce casque avec un masque facial, cette dague ouvragée, sans compter les bijoux... D'après les experts et les archéologues, ces objets d'une grande valeur représentent un trésor qui se chiffre probablement en millions d'euros...

Un cri déchirant s'élève dans l'appartement. C'est Denise. En entendant cela, elle s'est mise à frapper violemment les accoudoirs, de son fauteuil roulant, imaginant sans doute qu'elle bat son fils :

— Espèce de crétin ! À cause de toi, on a tout perdu ! Des millions d'euros, tu te rends compte ? Tu as tout gâché !

— Tu ne peux pas me parler comme ça ! Je m'occupe de toi depuis des années ! Et toi tu restes ici à ruminer tes mauvaises pensées…

Richard n'en peut plus de sa mère, de ses sarcasmes, ses reproches continuels, sa mauvaise humeur qui empire d'une année sur l'autre. Dès qu'elle le peut, elle crache son venin. Les murs de pierre de l'appartement résonnent de ses cris pleins d'amertume. Pour un peu, Richard aurait envie de l'étouffer, qu'elle se taise enfin…

Quatre coups sourds sont frappés à la porte. Tout s'arrête. Richard et sa mère se regardent, interloqués, pendant qu'à l'écran, Rufus Andersen montre son pendentif à Arsène Janvier… Une voix puissante s'élève, de l'autre côté de la porte :

— Monsieur Salaver ? C'est la police !

Des éclairs bleus balaient les fenêtres.

— La police ? demande Denise. Méfie-toi, chéri, c'est peut-être une ruse des Gitans qui viennent cambrioler les maisons…

— Mais non ! crie Richard exaspéré, tu ne vois pas les gyrophares dehors ?

Lorsqu'il ouvre la porte qui donne sur la ruelle, Richard se trouve face à Benoît, suivi par deux inspecteurs de la brigade financière et quatre gendarmes. D'un ton obséquieux, Benoît s'adresse à lui :

— Monsieur Salaver, nous sommes le 27 juin, il est 20 h 35 et vous êtes placé en garde à vue pour malversations, faux et usage de faux, usurpation d'identité et intrusion dans une propriété privée. Veuillez nous suivre, je vous prie…

Livide, couvert de sueur âcre, Richard se met à trembler et bafouiller :

— Mais ma mère… Qui va s'occuper de ma mère ?

— Nous allons envoyer les services sociaux.

— Mais enfin, qu'est-ce que vous faites ? lance celle-ci d'une voix chevrotante, prenant conscience de la situation. Vous n'avez pas le droit ! Sortez de chez moi tout de suite !

Avec courtoisie mais fermement, Benoît passe les menottes à Richard. Ce simple geste rend Denise hystérique :

— Arrêtez ! Vous ne pouvez pas arrêter mon fils comme ça ! Je vais appeler mon avocat ! Laissez-le tranquille, je vous dis !

Benoît parle à l'oreille d'un fonctionnaire et deux gendarmes restent avec elle tandis que Richard est emmené sans ménagement. Sur le pas de la porte, il se retourne une dernière fois pour regarder sa mère. Ses yeux sont pleins de larmes, et sa mère, entourée de deux gendarmes impassibles, ressemble à une folle éplorée tendant ses deux bras vers lui comme si elle pouvait encore le retenir par des liens invisibles.

À Capbreton, la fin du journal télévisé en direct sur l'esplanade de la Liberté marque le début d'une liesse qui se répand dans les rues et sur les plages de la ville. Très vite, des gens du coin viennent se mêler à la foule cosmopolite entre les caméras de télévision, pour échanger sur cette incroyable découverte dont tout le monde parle désormais.

Les réseaux sociaux font le buzz avec les Vikings de Capbreton, au point qu'on voit arriver, au fil de la soirée, des fans de cette culture nordique, déguisés. Certains portent les fameux casques à cornes – même s'il semble que les vrais Vikings n'en portaient pas – d'autres arborent barbes et longs cheveux, ainsi que des fausses haches, des boucliers et d'autres accessoires rendus populaires par des films et des séries. Certains arrivent en Harley, d'autres en camionnette, si bien que vers 10 heures du soir, le front de mer de Capbreton ressemble à une congrégation de joyeux lurons déguisés, trinquant avec leurs bocks de bière comme s'il s'agissait de crânes, et le mot le plus entendu, fut : « skoll ! »

Au Doigt Mordu, gardé comme une forteresse, c'est la fête. Le représentant du ministère de la Culture a clairement expliqué aux deux familles qu'après une telle découverte, tout projet immobilier sur ce terrain était impossible. Bien entendu, ils seront largement indemnisés à divers titres, d'autant que les recherches autour de la sépulture pourraient durer des années. Cela signifie que le tuc du Doigt Mordu reste intact, ainsi que la maison. Et pendant ce temps-là, Richard Bouriol dort en cellule.

Arsène Janvier est venu leur dire qu'ils avaient fait une audience record et que le sujet est repris dans le monde entier. Rufus jubile et fait des plans sur la comète, comme si le fait d'avoir retrouvé ses racines lui donnait une nouvelle impulsion créatrice. C'est pourquoi il s'est isolé quelques instants dehors avec Bérénice, pour lui faire part de ses réflexions. Il regarde ce qui les entoure, on dirait une garden-party à l'Élysée, avec des convives en costume, d'autres en chemise hawaiienne, le tout gardé par une petite armada de gendarmes et d'officiers de sécurité munis d'oreillettes. Le cinéaste fait un cercle du bras pour désigner cette vision improbable :

— Regarde, Bérénice… Tout cela, c'est grâce à toi.

— Mais il n'y a pas que moi, Jo et Zack ont…

— Chhhht, oui, oui je sais, Bérénice, je sais. Mais laisse-moi parler. Ce que je vais te dire est important. Pour moi et pour toi.

Tous deux sont appuyés contre le tronc d'un grand pin-lyre, avec le brouhaha des discussions, la rumeur de la ville en fête, et Rufus prend un air grave :

— Ce que tu as déclenché est absolument énorme pour moi. Il y aura un avant et un après, je peux te le dire. Tu te rends compte que tu as réalisé la prophétie de mon grand-père pêcheur ? Alors mon cerveau carbure déjà autour de mon prochain film. Ça sera peut-être le plus important de ma vie. Je n'ai jamais été aussi inspiré, ni convaincu ! Écoute bien : je veux une histoire qui se déroule à la fois de nos jours, et du temps des Vikings, lorsqu'ils sont arrivés dans cette région. Comme ça, on passera du surf aux drakkars.

— C'est génial, comme idée !

— Eh bien, je suis content que ça te plaise, répond-il avec un sourire lumineux, parce que ce sera notre film. On va le signer tous les deux, et tu vas m'aider à l'écrire et à le réaliser.

Pour le coup Bérénice reste sans voix, la bouche ouverte, et elle est obligée de se retenir à l'arbre pour ne pas vaciller :

— Mais non ?

Rufus fronce les sourcils :

— Comment ça, non ?

Bérénice se ressaisit :

— Non non… Enfin, je voulais dire oui, bien sûr que oui ! Mais vous êtes sûr ?

— Moi, je suis sûr, Bérénice. Je connais ton travail. Maintenant, je te connais un peu mieux. Tu as été parfaite au journal télévisé, avec Arsène. Parfaite.

— Mais j'ai peur de ne pas être à la hauteur… Et puis si ça ne marche pas, ça sera horrible !

— Dès que tu arrêteras d'avoir peur, tes doutes s'envoleront. Tu n'as qu'à ordonner à ta peur de ficher le camp, de te laisser tranquille. De toute façon, toi et moi on va avoir tellement de choses à faire que tu n'auras plus le temps de douter.

Après avoir bu et trinqué avec les uns et les autres, Hubert s'est esquivé pour grimper à l'observatoire. Pour lui, la fête ne peut pas être parfaite sans Jacquotte. Il n'aurait pas dû la brusquer ainsi, la traiter comme une simple mortelle. Il s'est souvent dit qu'il ne se mettait pas assez dans sa peau pour imaginer ce que cela fait, d'être à la fois immatériel et immortel. Même s'il n'existe pas pour elle, le temps doit lui paraître long quand même !

Après s'être faufilé dans le passage dérobé, il grimpe l'étroit escalier, puis ouvre le rideau d'un geste théâtral, comme s'il dévoilait la scène. Inconsciemment, il rêvait de la trouver là, assise autour d'une belle table avec les candélabres, les huîtres, l'encre de seiche, un verre de vin blanc… Tout comme lors de leurs dîners en amoureux. Au lieu de cela, c'est une image de désolation qui s'offre à lui, avec des débris de cristal éparpillés partout, suite à la chute du lustre qui gît au milieu de la table.

Il n'a même pas la force d'appeler Jacquotte ; l'endroit est plus vide qu'une coquille d'huître. On pourrait croire que tout est à l'abandon depuis belle lurette. Quelle tristesse, quel silence… Elle lui manque plus qu'il ne l'aurait cru. Hubert se sent lourd, comme si du plomb fondu coulait dans ses veines. Une mélancolie sans nom s'abat sur lui. Il s'en veut tellement de l'avoir provoquée, il aurait dû savoir qu'il en sortirait perdant. Avec elle, on ne peut jamais gagner. Mais par moments, Jacquotte était si excessive et exaspérante qu'il aurait fallu être un ange pour ne pas réagir. Le miroir ne reflète que lui-même. Se trouvant moche avec sa bouche de hareng et ses yeux de cocker, Hubert fait demi-tour et écarte le rideau pour quitter l'observatoire. Le vieux marinier décide alors de se ressaisir et de faire bonne figure en descendant vers le rez-de-chaussée où l'attendent ces gens qui, du jour au lendemain sont devenus sa famille.

TROIS MOIS PLUS TARD…

— Mon Dieu, comme j'aime le mois de septembre ici ! lance joyeusement Madame Cazaubon au bras de Louise, dont le ventre s'est légèrement arrondi.

— Oui, répond cette dernière, Octavio aussi adore cette saison, à cause des marées d'équinoxe et du surf.

C'est l'une de ces belles journées à la traîne de l'été, avec un beau soleil clair et, au loin, le bruit sourd des vagues explosant sur la grève. Les deux femmes arrivent en haut de la route qui mène au Doigt Mordu. C'est la première fois que Maïté Cazaubon y revient depuis son empoisonnement. Elle sort de sa convalescence affaiblie, mais curieusement réjouie. Depuis plusieurs semaines, Louise lui rend souvent visite pour s'assurer qu'elle va bien, et elles sont devenues amies. En plus, Maïté adore les enfants ; aussi l'idée que Louise, la fille d'Hubert, attend un bébé pour le printemps, la met en joie. Depuis plusieurs jours, Louise explique à Maïté les changements survenus au Doigt Mordu, mais cela ne semble pas l'affecter le moins du monde ; bien au contraire, la vieille gouvernante se montre curieuse et pose plein de questions pour en savoir plus. À la voir si enjouée et positive, on pourrait croire que son empoisonnement a transformé la vieille dame acariâtre et taiseuse en une petite mamie sympathique qui voit tout d'un bon œil. Pour un peu, on en viendrait à se demander si quelque sorcière un peu pirate ne serait pas passée par là…

Le terrain ayant été clôturé, il faut franchir un haut portail pour accéder au tuc. Maïté trouve amusant qu'on puisse l'ouvrir et le fermer avec une télécommande, et elle demande à l'essayer, comme une enfant. Au début, Louise s'est inquiétée de cette régression, mais visiblement la dame a toute sa tête et très bonne mémoire ; rien ne semble assombrir sa bonne humeur. De toute évidence, Maïté est très sensible à la soudaine notoriété de cette maison dont elle s'est occupée pendant des années. Personne mieux qu'elle n'en connaît l'histoire ; aussi les journalistes n'ont-ils pas tardé à la dénicher pour lui poser des questions sur Le Doigt Mordu. On l'a vue apparaître, pomponnée, dans la presse locale et même à la télévision. En réalité, Madame Cazaubon n'a pas bien compris ce que les Vikings venaient faire là-dedans, mais qu'importe, car cette histoire s'avère follement excitante.

La zone de la crypte a été clôturée et munie de caméras. Non loin, trois modules d'habitation de type Algeco, surmontés d'antennes, ont été installés pour permettre aux chercheurs et aux gardiens de demeurer sur place et d'installer leur matériel. Au fur et à mesure, Louise explique à Maïté les raisons pratiques de ces changements. Une aile de la maison a même été aménagée pour le professeur Olafsson et ses collègues, et chaque jour, de nouvelles trouvailles sont exhumées de la crypte. Octavio sort de la maison et descend vers elles, heureux de trouver Maïté aussi pimpante et souriante.

En partageant avec eux un thé à la bergamote, la gouvernante se remémore bien des souvenirs dans cette maison. Puis, revenant à aujourd'hui, elle leur demande où sont les autres membres de la famille.

Louise lui explique que son frère Thomas et sa femme Wendy préparent leur voyage au Canada, juste le temps d'y régler leurs affaires avant de revenir passer une année entière ici. Enchantés par cette perspective, les deux frères restent sur place, d'autant que Jo a intégré le lycée hôtelier Louis Darmanté de Capbreton. Passionné comme il l'est par la cuisine, le jeune homme veut profiter de son séjour pour apprendre l'art culinaire à la française. Il rêve secrètement d'ouvrir un restaurant qui s'appellerait *Le Doigt Mordu*. Quant à Zack, l'archéologue en herbe qui a découvert la figurine de Lewis, il a tout simplement été engagé comme apprenti par le professeur Olafsson pour les fouilles de la sépulture.

Maïté écoute sa nouvelle amie avec des étoiles dans les yeux. Elle sent confusément que cette découverte viking au Doigt Mordu peut aussi devenir une manne pour elle et son fils Mateu. Puis elle se tourne vers Louise :

— Et votre fille, la petite rousse malicieuse, elle est contente à l'idée d'avoir un petit frère ?

C'est Octavio qui répond :

— Bérénice ? Oh oui, elle est très heureuse pour nous… Mais c'est un sacré numéro, vous savez ! Et puis elle n'a plus trop le temps de penser à la famille, avec tout ce qui lui arrive…

Fière de sa fille, Louise reprend la balle au bond :

— Bérénice, ah la la, si vous saviez, Maïté ! Elle ne touche plus terre, ma fille, maintenant qu'elle travaille avec un cinéaste connu dans le monde entier. Elle gagne de l'argent, elle a plein de nouveaux amis et elle est presque célèbre ! Du coup, on ne la voit plus trop… Elle a loué un studio près de la plage, rien que pour elle, pour pouvoir y travailler tous les jours. Elle est en train d'écrire un roman qui sera aussi le scénario du film… Et c'est la maison de production qui paye tout. Bérénice vit un peu comme une star !

Non loin de là, une jeune femme solitaire et fatiguée est attablée à la terrasse du *Munda-kfé* qui surplombe la plage, le regard dans le vide. Elle est habillée dans le style pyjamas, un peu décoiffée mode geisha, et elle se lamente devant la coupe de crème glacée qu'on vient de lui apporter. C'est une glace quatre étages chantilly, saupoudrée d'amandes effilées grillées, le summum de la gourmandise. Oui, mais malgré le paysage idyllique et cette glace alléchante, Bérénice se sent plus seule que jamais. Voilà ce que c'est que de monter trop vite, trop haut ; maintenant elle se retrouve désorientée. Le doute s'immisce en elle, gagnant du terrain, ce doute qui mine son inspiration et pourrit ses nuits. Elle dort mal et se nourrit de plats livrés à domicile. Elle n'a même plus le temps de se baigner ! Et quand elle se regarde dans la glace, elle se détourne, comme si elle devenait quelqu'un d'autre. Et comme les cercles vicieux s'entraînent les uns les autres, Bérénice a fini par se retrouver toute vide, bonne à rien, en panne sèche. Voilà trois jours qu'elle n'a plus écrit une ligne, tout en faisant croire à Rufus que son travail avance bien. Lorsqu'elle relit ce qu'elle a écrit, elle trouve ça creux, naze. Elle ne va jamais y arriver, et va finir par se ridiculiser… La honte.

Sa glace quatre étages fond au soleil. Bérénice ne le remarque même pas. Sa vue se brouille et une larme tombe dans la chantilly. Elle ne distingue que le bleu de la mer, flou, comme une peinture de Nicolas de Staël. La brise vient de l'Océan, chargée d'embruns, d'images hauturières... Elle se sent inapte. Inepte... À ce moment, une image la frappe de plein fouet : la voile blanche d'un bateau s'éloignant vers le large. Dans un éclair d'adrénaline, Bérénice se souvient que l'on est jeudi, le jour où Hubert doit appareiller sur son voilier !

La réponse à ses tourments lui apparaît alors telle une évidence. Rien ne lui fera plus de bien qu'un voyage en mer ! Pourvu que la voile qui s'éloigne ne soit pas celle de *L'Archimède*... Bérénice court du front de mer vers le port, tout en guettant le mouvement des bateaux qui sortent. Elle se rue au ponton d'accueil et pousse un soupir de soulagement en constatant que le voilier d'Hubert est toujours là. Elle le trouve en train d'effectuer les derniers rangements avec les provisions fraîches qu'il vient d'acheter, fruits et légumes. Il s'illumine en la voyant :

— Ah ! Ma Bérénice, je t'attendais !

Elle grimpe à bord et ils se prennent dans les bras. Puis Hubert la regarde en fronçant ses sourcils broussailleux :

— Mais dis-moi, tu as une drôle de tête, toi ? On dirait que tu n'as pas beaucoup vu le soleil, ces derniers jours ?

— Ben non, répond-elle tristounette, je suis enfermée dans mon studio à me torturer la cervelle devant une feuille blanche !

— Ah, ça, c'est pas bon ! dit-il en souriant.

— Justement, grand-père, voilà pourquoi je suis là : emmène-moi avec toi sur ton bateau ! Comme ça, je prendrai le soleil et je te préparerai des bons petits plats, et puis je n'ai pas le mal de mer...

Hubert la regarde affectueusement, ses grands yeux humains plongés dans les siens :

— C'est pour ça que je t'attendais, Bérénice...

— Aaah super! lance-t-elle en se méprenant sur sa réponse.

— Je t'attendais pour te donner un ordre, Bérénice. Pas pour t'emmener. D'une part j'ai besoin de naviguer quelques jours en solo avec mon *Archimède*, mais d'autre part, et c'est bien plus important, tu as encore des choses à accomplir...

— Oui, oui, je sais, proteste-t-elle inquiète, mais je n'y arrive pas. Je suis sèche comme le désert...

— Non, Bérénice, tu n'es pas sèche du tout. Et moi je sais que tu vas y arriver. Tu as tout ce qu'il faut en toi, mais ne te laisse pas bouffer par le doute...

— Mais pourquoi as-tu dit que tu allais me donner un ordre? demande-t-elle en grimaçant.

— Je savais que tu viendrais me voir avant mon départ. Je savais aussi que tu étais bloquée dans ton travail. Alors voilà mon ordre: tu vas prendre tes affaires et tu vas aller t'installer dans l'observatoire du Doigt Mordu...

— Là-haut?

— Oui, là-haut. Et tu refermes l'entrée derrière toi pour ne pas être dérangée.

— Mais c'est tout en vrac, là-haut, et je n'ai pas...

— Chhhht, Bérénice. Tu me fais confiance? lui demande Hubert, paternel.

— Euh... Oui, bien sûr.

— Alors obéis-moi. Tu comprendras. De toute façon, il n'est pas question que tu partes en traversée alors que tu es en pleine ascension et en plein processus de création... Par contre, plus tard, je te promets que nous ferons un vrai voyage en mer ensemble, ok?

— Ok, répond Bérénice un peu déçue.

— J'ai beaucoup réfléchi, tu sais, et ce n'est pas un hasard si c'est toi que j'ai rencontrée en premier. Tu es la seule à avoir pigé que je n'étais pas Albert, tu es la seule à qui Jacquotte a parlé et tu es la première à être entrée dans la crypte... Tu vois Bérénice, tu n'as vraiment pas le droit de fuir ta chance et ton talent en partant en croisière !

Elle se met à rire en pleurant. Hubert la prend dans ses bras. Ce n'est encore qu'une enfant, mais il sait qu'un chemin de lumière s'ouvre devant elle...

Lorsque Bérénice arrive dans le salon du Doigt Mordu, elle trouve ses parents, ainsi que Thomas et Wendy, attablés avec Madame Cazaubon autour de divers papiers administratifs. Tous semblent bouleversés, comme si un drame venait de survenir. Bérénice s'assied avec eux. Sa mère lui explique qu'ils ont enfin eu accès aux papiers leur permettant de démêler l'histoire familiale...

Louise et Thomas sont jumeaux, nés officiellement à Bordeaux de Madame Julie Delgado (née Miramont) et du Señor José Delgado, citoyen espagnol (né à Barcelone), résidant en France. Élevés dans la maison d'Hossegor jusqu'à l'âge de 3 ans, les jumeaux se sont brutalement retrouvés orphelins lorsque leurs parents sont morts dans un accident de voiture. La suite s'est avérée compliquée dans la mesure où les grands-parents de chaque famille se sont déchirés autour des enfants. En fin de compte, Thomas s'est retrouvé avec la famille espagnole à Buenos Aires, puis à Toronto. Quant à Louise, elle a été élevée par la famille Miramont à Bordeaux. Ainsi Thomas et Louise ont-ils été séparés sans le savoir. Dès lors, on pensait que la vérité resterait à jamais enfouie. Mais c'était compter sans l'âpreté de ceux qui n'ont qu'un seul et unique dieu :

l'argent. En mettant son nez dans les affaires d'Hubert Delage, Richard Salaver était animé par la vengeance et la cupidité.

Sonnée par ces révélations, Bérénice n'est pas étonnée outre mesure. Elle a toujours senti, de façon diffuse, qu'un flou étrange flottait sur la famille. Mais désormais elle ne pense qu'à une chose : monter à l'observatoire, obéir à Hubert. Aussi annonce-t-elle à la ronde qu'elle va revenir ici pour écrire dans l'ancien bureau d'Hubert. Il ne faudra surtout pas la déranger. Tout le monde acquiesce avec respect. Sans plus attendre, au grand dam de la tablée, Bérénice se lève, prend son sac et file vers les escaliers. Les uns et les autres se regardent autour de la table, mais c'est Maïté Cazaubon, avec son sourire de mamie, qui trouve les bons mots :

— Eh bé, maintenant que la petite est devenue une grande artiste, c'est bien normal qu'elle ait des lubies, non ? Ça fait partie de son travail, en quelque sorte !

Après avoir refermé le panneau coulissant derrière elle, Bérénice allume son téléphone pour grimper l'étroit escalier. Elle est émue sans trop savoir pourquoi. Lorsqu'elle écarte le rideau, ce qu'elle découvre la cloue sur place : l'observatoire est magnifique, briqué à neuf, le lustre est réparé avec ses pampilles étincelantes, les candélabres brillent, les chandelles sont neuves, tout sent le propre, le sol, les fenêtres, et, de toute évidence, le bureau en bois l'attend. Un beau papier vélin blanc est disposé là, ainsi qu'une plume d'oie et un flacon d'encre noire. Bérénice est tellement habituée à écrire à l'ordinateur que cette vision la prend par surprise, et elle pense aux grands auteurs des siècles passés… Elle imagine Hubert écrivant et dessinant à ce bureau, Jacquotte toute proche dans l'alcôve, penchée sur la Remington… Bérénice perçoit le tapotement des touches d'une machine à écrire. Sans même se hasarder à jeter un œil dans l'alcôve, la jeune femme, impatiente, s'assied au bureau sans retirer son manteau. Jacquotte n'est pas loin…

La jeune femme prend un moment pour s'habituer à cet environnement, l'assise est bonne, le bureau est doux et confortable. À droite, une étroite fenêtre donne sur la cime des pins, la ligne de l'Océan et les Pyrénées nimbées de brume. Sa main prend la plume et elle se sent pousser des ailes ! Saisie d'une inspiration fulgurante, Bérénice trempe le bec biseauté de la plume dans l'encre de seiche, puis elle trace les premières lettres sur le vélin.

Oui, la mer est belle, très belle, même, avec cette brise soutenue. Oui, le coucher de soleil est sublime avec ses couleurs flamboyantes… Quant à *L'Archimède*, il tient bien son cap au nord, destination la mer Celtique et le merveilleux archipel des Scilly, à l'ouest du Cap Lizard. Tout semble pour le mieux dans le meilleur des mondes… Sauf que le cœur d'Hubert est lourd, si lourd qu'il pourrait entraîner le voilier et son capitaine par le fond.

Certes, il réalise son rêve, mais le manque n'en est que plus criant, plus douloureux. Pour être complet, le bonheur ne doit-il pas être partagé ? Lui qui a passé tant d'heures à scruter l'Océan, se retrouve aujourd'hui dans la même situation qu'en haut de ses sémaphores ! C'est absurde. Hubert repense aussi à Bérénice qui désirait tant l'accompagner… Non, la vérité, la vraie vérité toute nue, c'est qu'Hubert pleure l'absence de Jacquotte. À présent qu'elle n'est plus, là, il mesure l'importance qu'elle a prise dans sa vie. Au bout du compte, il n'y a que Jacquotte qui compte. Elle est la seule à tout connaître de lui, son histoire, ses faiblesses, ses folies… Il lui parle du soir au matin, mais elle n'est plus là. Ou au contraire elle est toujours là, il ne sait plus…

Ce n'est qu'après une nuit de veille triste et fatigante qu'Hubert décide de faire escale à Royan pour y dormir quelques heures. Épuisé, il arrive au port de plaisance avant l'aube, s'amarre au ponton, et descend dans sa cabine. L'intérieur du bateau est froid et humide, car il n'a pas quitté la barre pendant toute la nuit, vu le nombre de bateaux de pêche croisant dans les parages. Hubert s'installe dans son couchage, sur la bannette, s'attendant à trouver un lit froid et humide. Au lieu de cela, il se glisse dans un fourreau tout chaud et accueillant ! Une délicieuse chaleur animale l'envahit. Hubert se couche sur le côté en chien de fusil, et aussitôt une présence familière se colle à lui, s'emboîtant parfaitement en cuillère avec son corps. Elle est là, tout contre lui, invisible mais sensuelle, immatérielle mais palpable. Jacquotte ! Le cœur d'Hubert s'emballe. Il a peur de se tromper, d'être en train de rêver, il ne voudrait surtout pas être déçu et que ce bonheur soit illusoire.

— Chhht… Chhht… Calme-toi mon Hubert, je suis là, tu vois !

Jacquotte n'est nulle part, mais le vieux marinier peut sentir son ventre contre son dos, ses mains sur son buste, et sa tête collée à la sienne.

— Jacquotte ? Ô ma Jacquotte, prouve-moi que tu es bien là, que je ne suis pas en train de délirer ?

Pour toute réponse, il ressent un violent pincement au téton, assez fort pour le faire crier :

— Aouch ! Jacquotte, tu exagères ! Mais c'est bien toi, pas de doute...

— Je suis là, Hubert.

— Reste ! Ne t'en va plus jamais !

— On a toute la vie...

— Je ne veux plus te perdre.

— Tu finiras toujours par me retrouver...

C'est sur cette phrase énigmatique qu'Hubert s'est endormi, emportant avec lui la chaleur de Jacquotte qui ne devait plus jamais le quitter...

Quelques mois plus tard, de l'eau a coulé dans la passe du Boucarot, et bien des vagues ont déferlé sur les plages de Capbreton. Tout a changé, mais rien n'a changé. Les mêmes habitués arpentent le front de mer avec autant d'émerveillement que des enfants. L'Océan fait l'actualité quotidienne. Les Vikings sont entrés dans l'histoire locale. Sur la plage, au lieu-dit du Dragon, un homme et une femme, chemise blanche et veste de daim, sont assis au soleil dans la rumeur des vagues, un livre ouvert entre eux. Ils viennent juste de le recevoir et vibrent d'impatience à l'idée de lire ce roman écrit par la jeune cinéaste qui les avait filmés sur la terrasse du casino. La femme feuillette l'ouvrage :

— Tu te rends compte, tout ce qui s'est passé pour elle depuis qu'on l'a rencontrée ? Maintenant elle sort son premier roman : *Le Doigt Mordu* de Bérénice Conti...

— Et dans deux mois, continue l'homme, c'est la sortie du film de Rufus Andersen adapté du bouquin. Un mélange de surf, de fantômes et de Vikings... Je me demande ce que ça donne ?

— Eh bien, tu sais quoi ? demande sa voisine en lui tendant le livre avec un sourire lumineux.

— Non.

— Si tu nous lisais les premières pages ? J'aime t'entendre lire...

Sans se faire prier, l'homme aux yeux d'océan ouvre le livre, s'installe, reprend son souffle, puis commence sa lecture à voix haute :

« Le soleil se couche sur le golfe de Gascogne et ses rayons mordorés balayent la côte comme les faisceaux d'un phare. La lumière céleste passe sur le port de Capbreton, illuminant une belle maison perchée en haut d'un « tuc », une butte de sable boisée. Tandis que la clarté du jour diminue, des bougies s'allument dans l'étonnante bâtisse dont les toits pointus dépassent des arbres. De là-haut, à 500 mètres du front de mer, on voit parfaitement l'Océan, la côte basque et les Pyrénées. La maison s'appelle Le Doigt Mordu à cause d'une drôle d'histoire de musique et de pêche à la ligne... »

FIN

... ou commencement ?

DU MÊME AUTEUR,
HUGO VERLOMME

Cowabunga ! Surf Saga, Le Chêne, 1976

Détour (récit), Le Dernier Terrain Vague, 1976

Mermere (roman), JC Lattès (prix Fiction), 1978, 1989

Larima Baie (roman), JC Lattès, 1985

Les Enfants du Capitaine Nemo (avec Jacques Rougerie), Arthaud, 1986

Fous de glisse (coauteur Alexandre Hurel), Albin Michel, 1990

Le Manuel du jeune Robinson (jeunesse, 4 vol.), Fleurus, 1992

L'Homme des vagues (roman), Gallimard Jeunesse, 1992
(Prix Versele, prix Pithiviers, prix Saint-Exupéry,
prix de la Ville de Marseille)

Le Guide des voyages en cargo, JC Lattès, 1993, 1995, 1996, 1998, 2000

Les Indiens de la Ville Lumière (roman), Gallimard Jeunesse, 1995

Cent pages de vagues (anthologie), Pimientos, 2001

Le Livre des dauphins et des baleines
(coauteur Brigitte Sifaoui), Albin Michel, 2001

Bodysurf, Aux origines du surf (album)
(coauteur Laurent Masurel), Atlantica, 2002

Sables, Les Enfants perdus de Mermere (roman), JC Lattès, 2003

L'Eau est là, (roman), JC Lattès, 2005,
(Grand Prix de la Mer Adelf, Prix Corail du Livre, Antibes)

Le Guide des voyages en cargos et small ships, Les Équateurs, 2006

Coups de folie en mer, Histoires extraordinaires (essai) Arthaud, 2006

La Guerre du pochon, Paradoxes pour un écocitoyen (essai)
Éditions Yago, 2006

Les Sept couleurs de Monsieur Gris (roman), Éditions Yago, 2008

Passion bodysurf, Le corps et la vague,
(coauteur Marc Muguet), (album), Yago, 2008

Îles tragiques, Histoires terribles et magnifiques (essai)
(coauteur David König), Arthaud, 2009

Le Secret du capitaine Killian (roman), Gallimard Jeunesse, 2009

Le Guide des voyages en cargo et autres navires, Les Équateurs, 2011

Samouraï Océan, t.1 (roman), Gallimard Jeunesse, 2013

Vagues, Mode d'Emploi, Éditions Pimientos, 2014

199 citations de surf, Éditions Pimientos, 2016

Hossegor, *The place to be*, Éditions Pimientos, 2016

Demain l'océan, Albin Michel, 2018

La Piste de l'eau, Quai des Brunes, 2020